谨以此书献给
我的父亲

国家一级演员、全国政协委员 **濮存昕**
国家一级演员 **陈宝国**
喜剧演员 **陈佩斯**
演员、歌手 **陈　坤**
演员 **孙红雷**
主持人、中国传媒大学教师 **李　咏**
编剧、导演、制片人 **陆　川**
演员 **王宝强**
多栖艺人 **谢　娜**
百度公司创始人、董事长兼首席执行官 **李彦宏**
演员 **赵　亮**
著名编剧、编导 **束　焕**
演员 **丁柳元**
《藏地密码》作者、作家 **何　马**
中央电视台前播音主持人 **罗　京**

感人至深的
父爱故事

爸, 我爱你!

I Iove you, Dad!

陈 新 ◎ 著

**讲述15位名人的父爱故事,
致敬天下父亲**

首次呈献鲜为人知的名人**父爱故事**
走过**拧巴**、**冲突**、**畏惧**,
走向**接纳**、**理解**、**温和**的父子关系
父亲是家庭的**脊梁**,也是我们人生**成长**的**太阳**

中国经济出版社
CHINA ECONOMICS PUBLISHING HOUSE

北 京

父亲节那天，给在上海的老爷子电话，说父亲节快乐，他羞涩地嘿嘿笑着，把电话递给了奶奶……父爱从来都是这样理所当然，不计回报。

父亲是家庭的脊梁，也是我们人生成长的太阳。

推荐这本书，你能在字里行间感受到我们或许已经漠视的精神财富！

——编剧、导演、制片人 **陆　川**

感恩父母给予的生命和养育，感恩这么多年朋友的爱护，感恩几十年的经历给我的锻炼，感恩妻子女儿给予我的温暖。

——国家一级演员、全国政协委员 **濮存昕**

想到年迈的父母不易，每逢秋收季，我只要有时间，都会回家帮父母收玉米、锄地，干一些似乎与明星身份不大"匹配"却亲情秾稔的农活；每逢春节，我也会带包拖箱地陪父母旅游。之所以如此，除了尽孝之外，我觉得人生最美好的事，就是向父母证明，我这个儿子没有白养！

——演员 **王宝强**

想起我家一贫如洗的时候爸爸自己做的所有家具，我曾不知情况地问他，为什么不去买，爸爸说自己做的家具对身体好。我又问：家里为什么没有冰箱。他答：最好的冰箱是四川的泡菜坛子，我们家有两个呀！

曾几何时，他们总是用善意的谎言保护我们，让我们快乐，现在我们要好好保护他们，让他们快乐！

——多栖艺人 **谢 娜**

父爱是灵魂尘垢的清洁剂，是心灵快乐的幸福泉，更是一个孩子成才之路上必不可少的阳光雨露。父爱的天空永远灿烂！真诚向读者推荐《爸，我爱你！》这本能感动你，也能让你成长的好书。

——演员 **赵 亮**

小时候父亲去北京出差，带回一块夜光表，那时我觉得神奇得不得了，缠着他不放，为了看指针发光，天天盼早点黑。时间好像知道我嫌它过得慢，一晃几十年过去了。我不再缠着父亲说这说那，我干活的时候，他会进来，欲言又止，兜两圈，好像想起什么又出去了。父亲节许愿，一定抽时间多陪陪他。

——著名编剧、编导 **束 焕**

图书在版编目（CIP）数据

爸，我爱你 / 陈新著．
北京：中国经济出版社，2015.7
ISBN 978-7-5136-3834-0

Ⅰ.①爸… Ⅱ.①陈… Ⅲ.①纪实文学—作品集—中国—当代 Ⅳ.①I25

中国版本图书馆 CIP 数据核字（2015）第 117155 号

责任编辑	郭国玺
责任审读	霍宏涛
责任印制	马小宾
封面设计	任燕飞工作室

出版发行	中国经济出版社
印 刷 者	北京力信诚印刷有限公司
经 销 者	各地新华书店
开　　本	710mm×1000mm　1/16
印　　张	16
字　　数	198 千字
版　　次	2015 年 7 月第 1 版
印　　次	2015 年 7 月第 1 次
定　　价	48.00 元
广告经营许可证	京西工商广字第 8179 号

中国经济出版社 网址 www.economyph.com 社址 北京市西城区百万庄北街 3 号 邮编 100037
本版图书如存在印装质量问题，请与本社发行中心联系调换（联系电话：010-68330607）

版权所有　盗版必究（举报电话：010-68355416　010-68319282）
国家版权局反盗版举报中心（举报电话：12390）　　服务热线：010-88386794

引 子

积尘湮没的爱与痛

多像电影镜头中的叫花子。

烟雨泥泞中,一个瘦削而头发焦枯的农村女人,走在深没脚踝的稀泥烂浆里。

一手拄着一根木棍,一手拎着一个网兜。

网兜不沉,但却拎得很吃力,又很愉悦。

颤颤巍巍地走向那个她久违了的、琅琅书声如阳光暖心的地方。

……

这个像叫花子一样的女人,是我的母亲。

这一幕如电影镜头般的场景,二十多年来已经记不清多少次在我脑海中重现,在我睡梦中重演。而每次播映或重演,都如催泪弹,让我情不自禁地涌出泪花,模糊视线。

母亲毕业于四川财经学院(现西南财经大学),因爱上身为军医的父亲,随父亲转业回乡,从此变成了一个普普通通的村妇,变成了五个孩子的母亲。

母亲生于乐山殷实之家,祖上有田地,有工厂。抗日战争爆发,外祖父变卖了商产,买飞机支援前方将士抗日,自此家道中落。

一朵生长于城市里的娇花,从成都市移栽到南充县大通公社农村后,这场门不当户不对的婚姻让她从此与娘家形同决裂。

独自馥郁，难成风景。虽然一直都有一颗高傲的心，但入乡随俗却是生活的无奈，更是坚守的笃定。

曾经的大家闺秀被烟尘浸染，变得外表粗励，布衣粗服，食不果腹。

最令人痛心的是，岁月剥蚀外表、剥蚀青春与容颜之时，水土之异，粗茶淡饭，拖儿带女，扶老携幼，让母亲落下了严重的胃病，年纪轻轻就做了胃部部分切除手术。

自此，九死一生的母亲再不能干重体力活了，成了彻底的家庭妇女。

一家七口人，只有父亲一个人挣工分。贫穷如刀，摧残着我们的幸福，剜割着母亲的健康。从此，母亲便在父亲的强势中谨小慎微地活着，昔日的千金小姐完完全全沦为卑微的农妇。

马年春节，回老家祭祖，突生的念想，让我决定去废弃的老屋找寻儿时母亲自娘家带回却被我们当作玩具的翡翠。在陈年的积尘中，一个颓然出现的物件让我泪流满面。

一个皮质已经破败、拉链已经无法使用的紫红色手提袋。这是母亲生前去大通场赶集时总是拎在手上的手提袋。这个手提袋里，曾经装过贫穷家境里可怜的零食，也曾盛放着母亲那份汹涌澎湃却又万分无奈的爱——一个锅盔，或者几粒炒花生，或者几粒香蕉糖……

每当母亲从集市返回、笑颜如花地出现在屋后的小路上时，我们便扑上去翻找起她的这个手提袋。在鲜活的记忆里，纵然是一个锅盔分成九瓣（我们小家七个人一人一瓣，外加公公、婆婆一人一瓣），我只能分得其中如手指宽那么一绺；如果母亲买的是炒花生，那么，一人只能分得两粒，甚至是一粒；所买的香蕉糖一人只能分得一颗……当母亲慈祥而又心酸地看着我们美美地吃这些零食的情景时，她的爱是那么厚重而博大。

这个破旧的手提袋，曾经装载了我和兄妹们童年多少梦想和企盼啊。

岁月荏苒，吃不饱饭，又无药治病的母亲健康每况愈下。终于，她身体差得再不能赶集了，就连在屋后小路上走走，也得拄一根棍子才能勉强挪动几步。

然而，一个阳光明媚的上午，我正在高中教室里认真地听课的时候，却突然发现窗外有一个熟悉的身影。

她衣衫缀着补丁，右手拄着一根棍子，左手拎着一个网兜，网兜里装着一个有盖的搪瓷盅。

"班长，这是谁？是你们生产队的？"我的同桌，一个父母在医院工作、平时为人高傲的美女看到窗外这个叫花子一样的村妇在盯着我笑时，肆无忌惮地问。

曾经，班上有一位男生，母亲前来看他，因嫌母亲寒酸，怕丢自己的人，他竟然对同学声称母亲是生产队里的社员，他的谎言后来被来自同村的同班同学戳破，成为笑话。想必此时美女同桌如此问我，也是有心戏谑。

"不，她是我妈！"

"你妈可真土！像个收破烂的！"

"儿不嫌母丑，狗不嫌家贫。"我没理会同桌的话，向老师请假后，径直走出了教室，懒得顾及身后传来同学们的各种议论和唏嘘之声。

"妈，你怎么来了？"尚未等母亲开口，我就责备起她来。

出了门，站在母亲面前我才发现，同学们的嘲笑声在一瞬间让我也觉得，母亲给我丢人了，虽然我不会因此而声称她是我生产队的社员。事实上，我的话中也含有心疼她和对她已经病入膏肓的身体的关心。

母亲微笑着对我说："儿子,你爸今天买了一笼猪肺叶炖萝卜,说给我补身体,妈给你送了些来。"

"妈,你自己吃吧,你的身体这么差呢……"

其实,我是很渴望吃这东西的,因为当时我天天吃的都是蒸红苕,无钱买菜,只能就着咸菜下饭。但虚荣的我也在心里隐隐担心,怕同学知道母亲给我送的食物竟然是猪肺叶,因为这个东西即使是在生活困难时期,也是不被人欢迎的食物,廉价、粗鄙。至少在我看来,教师食堂是不会卖这种东西的。

"不,儿子,你正在长身体,缺营养,需要好好补补。"母亲吃力地说,上气不接下气,还咯出了一小口血。

我的心针扎般痛了起来:"妈,你看你都病成这样了,都吐血了,还来给我送东西干啥呀?"

"没关系的,妈这不是吐血,是感冒了,咽喉肿,这是咳出的血丝。"虚弱不堪的母亲不以为然地说:"不要担心我。学校不是离家不远吗?"

学校离我家是不远,不过4华里,但这对一个气息奄奄、走路万分吃力的人来说,却无异于天涯。

母亲有气无力却泛滥着母爱的话,努力绽放却似被阳光晒蔫了一般的微笑,终于把我强忍着的泪催了下来。

记忆中母亲只到学校看过我两次,父亲却一次也没来看过我。原因可能是他们都忙,也因为我学习成绩好,不用他们操心。

然而就是母亲的这一次探望,却永远储存进了我大脑的"芯片",铭刻在了我以后孤独岁月的成长回忆里和泪水涟涟的梦境中。

"几点了?快去上课吧,如果快到下课时间的话,我就跟你再待会儿;如果离下课时间还长,我就回去了,不能耽误你上课。"

"我又没戴手表,我咋晓得离下课时间还有多久?妈,你身体不好,快回去吧。"我的话把母亲噎住了。她猜不到我心中此时复杂的感情。

这时,一个上体育课的初中男生从我们身边跑过,他手腕上手表的金属光泽在阳光下异常闪亮,照得我不禁晕眩。

母亲看了看那个男生,疲惫的眼神多了些惊奇,她诧异地问我:"这么小的孩子就戴手表吗?"

"是啊,戴手表的学生可多了,哪像我啊!"我没好气地说:"要是有手表,考试时能掌握时间,做题时就能游刃有余,考出好成绩。"

我知道自己这话说得有悖逻辑,因为学生有无手表跟成绩好坏实在没有什么必然的关系,但贫困的家境所带来的屈辱让我充满了深深的怨懑,于是,情急之下,就说出了如此莫名其妙的话。

我看到,母亲听了我的话之后,原本被阳光晒蔫的微笑,顿时变成了无能为力的羞愧和黯然。

母亲匆匆把那一搪瓷盅猪肺叶炖萝卜交到我手里,便转身离去,在我有些愧疚的目光里,她踩着蹒跚的步子,拄着那根棍子,落寞地走上了回家的路。

我后来才得知,在路过场口时,泥泞没踝的泥泞滑倒了母亲,她被摔得吐了血,昏迷中的她像一株枯树一样倒在了地上。所幸,有一位好心的大妈见状及时扶起她来,又掐人中,又呼喊后,她才捡回了一条命,但内伤太重,又无钱医治,几天之后,母亲在病痛中告别了人世。

扶老携幼,历经风雨,积劳成疾的母亲,生命如昙花一现,在49岁那年,就这样去了天堂。一抔无情的黄土从此掩上了她曾经华丽多彩的生命画卷,而留给我的,是一个永不磨灭的剜心的离别情景。

母亲去世后,在清理她的遗物时,我发现了一封写给我的信,信封

里装了一块"蜀星"牌手表。信纸上寥寥数言,但往日娟秀堪比字帖的钢笔字却一反往常地墨迹斑斑,零乱而无精打采:

"三儿:

妈不知道还能不能等到你星期日放学回家,妈感觉自己快坚持不住了,所以给你写了这封信。

请原谅妈没出息,不仅挣不了钱,还生了病,花了家里不少钱。

手表是给你买的,你说过,手表对学生很重要,妈当时没表态,但记住了你这句话。

有手表后你要好好学习,成为一个有出息的人。

妈在天堂会想你的……"

看到这封信后,父亲"啊——"地一声哭了,眼泪从他那如萝卜干似的脸上滚滚而下。

原来,在母亲给我送猪心肺炖萝卜那次回家后的一天傍晚,做完农活收工回家的父亲发现家里养着的几只兔子不见了,母亲对父亲解释说,有人下乡收兔子,她就把兔子卖了,卖兔子的钱她拿去上医院检查身体了。

父亲当时问:"那检查出来啥病了吗?"

母亲苦笑着说:"没检查出来,医生说,乡上医院的设备不行,要检查出有啥病,得上南充城里医院去检查。"

"……"

父亲本来还想说什么,可是俗话说,"贫贱夫妻百事哀",自知无力支付高昂医药费的他选择了沉默。

现在看到这封信,父亲啥都明白了,他抹了一把眼泪,声音哽咽地对我说:"你妈检查啥病啊?她是用这笔钱给你买了这块手表啊!"

"呜——呜——"我一下子大哭起来,扑在已经摆在门板上的母亲的遗体上："妈啊，你这是在用你的命给我换了一块对我来说可有可无的手表啊！"

此时此刻，我无比后悔当时对母亲说起别人戴了手表时那种怨懑的语气。一块手表，与母亲的寿命相比，能画等号吗？

母亲去世了，时至今日，她粲然的生命究竟是被何种病魔夺去，我仍不得而知，但我宁愿相信，剥夺她生命的是沉重的贫困和深深的母爱。因为贫困，没钱去医院检查，即便病入膏肓，也只能一再拖延，任由病情恶化；因为母爱，她丢弃了那唯一可以用来检查病情的钱，却给我买了那块手表，用自己的生命阐释了她对我殷殷的希望。

我长大了，却没有多大出息，只不过从农村来到了母亲学习过、生活过的城市。

天空阴霾，都市的喧嚣赶不走思念的跫音。母亲，从此葬在了我的灵魂深处。

每年的清明、春节，甚至时时节节，都有一种无言的哀伤如猛兽般吞噬着我的快乐，潜滋暗长。探春踏青也好，节日欢庆也罢，我心灵的一隅都会因为抽穗拔节的怀念，因为萧冬冰寒的缅怀而愈加孤寂，愈加悲戚。

时光荏苒，母亲离世20余载，我再没听过那熟悉的声音亲昵地呼唤我乳名，再没有母亲那温馨的气息亲吻我的脸颊。沐富贵，浴奢靡，把母爱珍藏在心底的我，只有在知识的海洋里遨游，在象牙塔里挥洒风华。母亲，您怎么如此命舛，如此柔弱？

绕膝呈欢，依其侧，寐其怀……谁没有渴望被母爱沐浴的情结？可是母亲，您对我的爱在哪里呢？一直爱我的您，怎舍得抛下年少的我从此不管，让我在爱的世界里幕天席地孤独成长？

栀子花冉冉芬芳，一年又一年的母亲节到了。

那时节，我总爱伫立窗前，看着一簇簇康乃馨在街上流动，一泓泓爱的清泉在灯火闪亮处蜿蜒。音容宛在，梦境难真，我的视线就这样阴雨霏霏，浸润漫溢。

扼腕之痛暗暗袭心，不由得碎心含悲向天问："妈，您在天堂还好吗？"

在车水马龙的喧嚣中，我找寻不到我的答案。

……

母亲短暂的一生，如鲜花凋谢，让我悲痛扼腕和对她倍加怀念的同时，也强烈地怨恨我的父亲，觉得是他的无能，才导致了家庭的贫穷。因为贫穷，才让母亲身体身患重疾而无钱医治，英年早逝。母亲下葬的那天，正处于青春期的我，不知哪来的勇气，与父亲天昏地暗地大吵了一架，完全不顾及他在亲友们面前大失颜面。

之后，母亲的逝去，母爱的失去，在很长一段时间里，把我变成了一个沉默寡言的人。一是出于悲痛和怀念，二是出于痛恨和鄙视。

当然，悲痛和怀念的是我的母亲。

"世上只有妈妈好，有妈的孩子像块宝。投进妈妈的怀抱，幸福享不了。世上只有妈妈好，没妈的孩子像根草，离开妈妈的怀抱，幸福哪里找……"

而痛恨和鄙视的，当然是我的父亲。

如果他没有那么穷，如果他能干一些，如果他对我母亲好一些，我的母亲怎么可能那么年轻就离开人世？离开她挚爱的孩子们？

也许，时光是磨灭一切仇恨的利器。

随着年龄的渐渐长大，时光的河流渐渐消弭了我对父亲的怨恨；看到曾经暴烈强悍的父亲，渐渐在斑驳的岁月里变得弱不禁风，我坚硬的心也渐渐柔软下来。

多年后，我重新认识了父爱，重新认识了父亲，只因这一切均缘于对他人生不易的感悟：母亲去世时，我、妹妹、弟弟都还没成年，但父亲却坚强地独自撑起了这个因母亲离世而变得更加贫穷的家，他没再续弦，一个人把我们抚养成人。

有一种爱，润物无声，却总让我们熟视无睹；

有一种爱，默默无闻，却让我们弃之不能；

有一种爱，时常违逆我们的行止，让我们痛之恨之；

有一种爱，在我们孤独无靠之时，却如大山般挺立；

有一种爱，尽管被我们气过、怨过，却依然无怨无悔……

这就是父爱，伟大的父爱！

因为真正的爱不是说出来的，而是做出来的。

尤其是刚刚过去的2014年。

这一年，对我来说是一个沉郁多舛的年份，我在碌碌无为中恍惚过了一年，年近八旬的父亲被查出罹患贲门癌，呕吐不止，奄奄一息……

也正缘于此，在这一年里，我心力交瘁，因为害怕失去父亲，想尽一切办法来拯救父亲的生命，甚至不惜放下手中的工作潜心钻研治疗贲门癌的偏方。

然而，一切的努力最终没能挽留住父亲往生的脚步，2015年5月21日上午11时50分许，在饱受贲门癌一年多的折磨之后，父亲阖然而逝，安详地往生天堂。这一天正是农历节气中的小满节气，我没有看到任何小满的圆满，却感受着痛彻心扉的哀恸。

就在这一天，我成了一个再也不能在父母膝下承欢的孩子，我成了一个因"子欲养而亲不待"而独履心的沙漠的孩子，我成了一个无家可归的孩子！

就在这一天，父亲去了天堂，我祈愿，在父亲的天堂里，没有美食不能尽享的折磨，没有窘困的经济，没有孤独抚养儿女的辛劳……

父亲仙逝，我有生以来一直在获得的源源不断的父爱也随即飘散，更为凄惶的是，2015年父亲节在即，这个世界上却再也没有人听我道一声："爸爸，父亲节快乐！"

这个父亲节，将是我第一个没有了父亲陪伴的父亲节；这个父亲节，将是我第一个无法将"爸，我爱你"说出口的父亲节。

这样的痛，从此绵延无限，永无绝期。

有人说，父亲是儿子前世的恩人，今世的仇人。

意思是说，儿子是来报父亲前世对他的恩情的，但在今世做了父子后，儿子却非但未能报父之恩，还把父亲当成了仇人。

"父爱如伞，为你遮风挡雨；父爱如雨，为你濯洗心灵；父爱如路，伴你走完人生。

"恐惧时，父爱是一块踏脚的石；黑暗时，父爱是一盏照明的灯；枯竭时，父爱是一湾生命之水；努力时，父爱是精神上的支柱；成功时，父爱又是鼓励与警钟。

"父爱，如大海般深沉而宽广。

"父爱是沉默的，如果你感觉到了那就不是父爱了！"

这是高尔基的话。

我是一个凡夫俗子，对深沉父爱的理解有一个过程，那么名人呢？名人又有着怎样的父爱？

其实名人也是人，但是，做名人的父亲，做父亲的名人，与普通人的父爱又有什么不一样的？

如果说名人、明星是熠熠生辉的星辰的话，那么他们的父亲，在他们心中无疑是光辉万丈的太阳；父爱在他们心中，是永不消散的阳光。

名人明星如此，我们每个人又何尝不是如此呢？

目录

引　子　积尘湮没的爱与痛 /1

第1章　陈坤：泪眼中的父子情 /1

❶ 心怀怨恨，盼望父亲倒霉 /2

❷ 血浓于水，父子情几经沉浮 /5

❸ 亲情回归，走出冷漠风雨 /9

第2章　陈佩斯：我与"大坏蛋"父亲 /13

❶ "坏蛋"父亲心硬严苛 /15

❷ 波峰波谷，皆有如山父爱 /19

❸ 重回舞台，再创喜剧辉煌 /22

❹ 年轮渐增，方知父爱拳拳 /24

第3章　孙红雷：父爱伴我趟过苦难河 /27

❶ 叛逆不羁，讨厌教授父亲 /29

❷ 锋出磨砺，始终有父爱相伴 /33

❸ 形单影只，屡遭慈父逼婚 /37

第4章　谢娜："虚伪"父爱伴我成长 /43

❶ 家财荡尽，却说"有钱" /44

❷ 再遭大劫，强颜欢笑 /47

❸ 地震来袭，再骗女儿 /51

第5章　李咏：孔雀开屏为女儿 /57

❶ 为女儿选定"我爱你"的生日 /59

❷ 为"心尖尖"一生演好一场大戏 /61

❸ 既慈祥也严苛，事业中天为女辞职 /65

第6章　王宝强：父爱鞭笞下一举成名 /71

❶ 少不更事，心里痛恨父亲 /72

❷ 闯荡江湖，尝百味方知父爱 /77

❸ 一夜成名，不忘父亲谆谆忠告 /83

第7章　濮存昕：道不尽严父如山情 /89

❶ 儿子别哭，爸爸扶你站起来 /91

❷ 呕心栽培青涩儿子成明星 /95

❸ 众星捧月，不忘公益事业 /103

❹ 挑战极限，父子幸福相依 /106

第8章　陈宝国：明星"父子兵" /109

❶ 雕鹰故事感悟另类父爱 /110

❷ 弃工从艺，独闯影视圈 /117

❸ 凭实力，父子同台飙戏 /123

第9章 罗京：催泪的拳拳孝心 /127

❶ 播音才能与孝心同时萌芽 /129

❷ "国嘴"是家里的大孝子 /133

❸ 英年早逝，令老父悲恸断肠 /138

第10章 陆川：父子之间的"剪刀"之爱 /143

❶ 叛逆儿子想当导演 /144

❷ 克己复礼，频招谩骂 /150

❸ 父子连心，惺惺相惜 /154

第11章 "江姐"丁柳元：父爱让我泪潸然 /159

❶ 不解的父爱让她切齿痛恨 /160

❷ 拳拳父爱，艺术之路默默相伴 /164

❸ 拿什么奉献给亲爱的父亲 /167

第12章 束焕：我与父亲是同行 /173

❶ 幽默细胞有遗传 /174

❷ 耳濡目染报考中戏 /177

❸ 被誉为编剧界"卓别林" /183

第 13 章 李彦宏：我与锅炉工父亲 /187

1. 锅炉工父亲循循善诱 /188
2. 耳濡目染，渴望书海 /191
3. "冰棍疗法"拯救网络天才 /193
4. 父亲的教诲：达则兼济天下 /196

第 14 章 何马：父爱是我的成功密码 /201

1. 耳濡目染，从听故事到讲故事 /203
2. 因势利导，激励儿子写出《藏地密码》/206
3. 成长路上，慈祥父亲总是挑刺 /210
4. 父爱护航，影视转让开创天价 /212

第 15 章 "三德子"赵亮：岳父与我的翁婿深情 /215

1. 精明岳父慧眼识佳婿 /217
2. 女婿巧学岳父持家之道 /218
3. 女婿拍戏，岳父不忘探班 /221
4. 岳父罹恶疾，翁婿如父子 /223
5. 他是岳父生命不倒的旗 /225

结语：父爱浩荡，生命粲然 /229

第1章

陈坤：泪眼中的父子情

曾经是那么怨恨父亲，可是直到自己也当了父亲之后，他才蓦然明白，其实被怨恨着的父亲，原来也是一个可怜人。

——题记

> 离异子女多少痛？小男孩不知端倪怨爸爸；
> 岁月更迭沉浮，冰冷父子误会有多深？血脉父子
> 心连心，亲情回归走出冷漠风雨。

2008年9月27日，一部名叫《画皮》的东方新魔幻影片在全国影院上映，好评如潮。在这部电影中，扮演将军的陈坤给观众留下了深刻的印象。他的重情重义，与爱人生死相依，令许多观众潸然泪下。

陈坤，重庆人。因为在《像雾像雨又像风》《金粉世家》《理发师》《云水谣》等影视剧出演重要角色，从此红透演艺界。可没人知道，在陈坤帅气阳光的笑脸后面，却有一段令人心酸的成长经历：7岁时父母离异，母亲将他送到了乡下外婆家。从小没爹疼的他吃尽苦头，遭受同龄孩子的白眼。多年以来，他对抛妻弃子的父亲怨恨不已……

心怀怨恨，盼望父亲倒霉

陈坤的父母同在重庆市郊北滨路上一家工厂上班，父亲陈大林是卡车司机，母亲后来也调入这家工厂，干过车工、钳工、伙食团团长。陈坤生

第1章
陈坤：泪眼中的父子情

于1976年2月，从懂事起，他常和姐姐、弟弟倚在门口，等爸妈下班，一家人围着饭桌吃饭，其乐融融。

可是，陈坤7岁那年，父母开始经常吵架，他的幸福童年结束了。

父亲很帅，母亲漂亮，多年被人夸为天造地设，却为何无休无止地吵架？小小年纪的陈坤从父母吵嘴、邻里闲谈中隐约得知，在母亲调入厂里之前，父亲与一位善良的"阿姨"（同事）关系很好，经常给父亲和他们兄妹洗衣服、热饭菜，两人无话不谈。于是，厂里传出了他与这位"阿姨"关系"不正常"的风言风语。后来，母亲听到了这些话，气坏了。母亲是急性子，就去找这位"阿姨"理论，在厂里打了起来……原来，自己有位坏爸爸！而且，坏爸爸有了坏女人！

打架事件后，那位"阿姨"遭到了丈夫毒打，万念俱灰，在1983年冬跳下嘉陵江，幸运的是，被路过的人救起。后来，当地派出所专门调查了这件事，结果证明她作风正派，与陈坤的父亲没有越过雷池半步。

但是，这位"阿姨"和丈夫的隔阂却越来越深，最后，她选择了离婚，调到另外一家单位，搬到歌乐山去住了。

而陈坤父母的感情裂痕也越来越大，最后，他们决定协议离婚。父亲陈大林将房子留给了陈坤的母亲，自己净身出户。多年以后，他与那位女同事因为共同的磨难、相投的性格，一起重组了家庭。

那一天，父亲拎着简单行李，准备离开。临走前，他伸出手，想抱抱三个儿女。可是，年仅7岁的陈坤和姐姐惊叫着躲开了，只有弟弟被父亲抱了抱，惶恐不安。见儿女们这样，父亲凄然苦笑了一下，走了。

父亲再没回过这个家。离异的母亲带着姐弟仨人，艰难地维持着生活，不久，母亲把姐姐带在身边，把陈坤和弟弟陈渝寄养在了娘家。

那个年代，父母离婚是一件很丢人的事。陈坤在重庆郊区的学校读书时，经常有些调皮同学欺负他，说他是被父亲抛弃的孩子。陈坤的性格变得内向、忧郁起来。每当被同学嘲笑，他就格外恨自己的父亲，父亲居然

跟着坏女人走了，抛弃了妈妈和他们三姐弟。

在年幼的陈坤看来，只有妈妈对他最好。陈坤喜欢吃香肠，哪怕成为明星的今天，这个习惯也没改变。可是当时穷，他连闻到香肠味的机会也不多。一天，外婆给妈妈送来一根香肠。当晚，当香肠被切成片端上桌时，陈坤立即数了数，每人正好两片。姐姐很懂事，一直对香肠视而不见。妈妈给陈坤、陈渝碗里各夹了两片，说："你们瘦得像两只猴子，多吃点肉！"一会儿，妈妈又给他俩各夹了一片香肠。陈坤看看妈妈，又看看姐姐，咬了一口香肠后，故意皱起眉头，把碗里的另两片香肠放进盘子里，说："难吃死了，我不吃！妈妈，这香肠太难吃了。"陈坤知道，如果自己和弟弟各吃三片香肠，就意味着妈妈或姐姐没得吃。陈坤以为这样做是懂事，谁知妈妈大发脾气："这么好吃的东西，你说难吃，你想吃啥？"说完，到自己房间去了。陈坤很委屈，眼泪"啪嗒、啪嗒"落进碗里。姐姐说："我知道你心疼妈妈才这样说。可这话很伤害妈妈呀！你别哭了，我去劝劝妈妈！"

在门外，陈坤听到妈妈对姐姐说："孩子，我不是想发脾气，我是不希望你们三姐弟营养不良啊！"一会儿，屋里传出了妈妈、姐姐的哭声，格外酸楚……

随着一天天长大，陈坤遭受同学的白眼越多，有时深夜看见母亲独自垂泪，陈坤也更加疏远父亲、怨恨父亲了。

陈坤的母亲不希望父母恩怨影响孩子的成长，经常对陈坤说："你爸爸很疼你的，他自己很艰难，但却从来没有断过你们的抚养费……"陈坤低头听着，并不说话。但他固执地认为，家庭的困境、母亲的眼泪，都是坏爸爸造成的……

2

血浓于水，父子情几经沉浮

陈坤 11 岁时，母亲重建家庭，把陈坤和弟弟接到了身边。

小小年纪的陈坤深知母亲过得不容易。而母亲也因为没有维护好自己的婚姻，总觉得亏欠儿女们太多。对处于发育期的陈坤，母亲特别关照：他喜欢吃肉，她把工作餐的几片肉带回家里给他吃。开始时，陈坤几口把肉吃了，说："好吃好吃，可惜太少了。"

有天中午，陈坤去单位找妈妈，这才知道几片肉的来历。他心酸不已，说："妈，我以后不吃肉了，弄得你没菜吃。"母亲笑了："儿啊，你吃肉比妈妈吃更好。你长得高、长得壮，妈妈就苦到头了！"

陈坤转到妈妈身边时，弟弟陈渝才读一年级，而学校不知出于什么原因，居然不接受陈渝入学。无奈，陈渝在家闲了两年。陈坤听说，母亲曾经托人找过父亲，让他管管小儿子读书的事，而父亲没有回音。陈坤更加恼火：弟弟无法接受教育，父亲居然也不关心！对父亲的恨，又添了一层。

身为长子，陈坤觉得自己长大了。他发誓，要用自己的努力向父亲证明，他们被父亲抛弃后，一样可以过得很好！这一年，母亲的生日到了，孝顺的陈坤没钱买蛋糕，他拿着自己攒了很久的零花钱去买了一个大面包、一个西红柿、一根黄瓜，精心制作了一只"水果蛋糕"。母亲回家时，他捧出了这个"水果蛋糕"，和弟弟一起为母亲高声唱了一首"生日快乐"。母亲高兴得流下泪来："妈妈有你们，真的很幸福！"

不久，母亲与后父又添了一个儿子。同母异父的弟弟出生后，陈坤很开心，但家里的生活更艰难了。陈坤为了尽快赚钱，就选择了就读职高，学计算机。同时，为了减轻家里的负担，他晚上到歌厅当服务生。后来，他发现当歌手比当服务生收入高，就自告奋勇当歌手。白天在学校上课，晚上到歌厅唱歌。16岁那年，他毕业了，被分到了重庆市委机关印刷厂，当上了一名打字员，晚上，他依然到歌厅唱歌。一个偶然的机会，陈坤结识了重庆歌剧院的王梅言老师，从此，演唱水平提高得很快。

而缺失的父爱，一直是陈坤心底的隐痛。

一天晚上，陈坤回到后台，服务员说有人在等他，陈坤一看，竟是父亲！陈坤先是尴尬，继而呆住了，多年未见的父亲，已经在岁月流逝中变得佝偻矮小，一脸沧桑！父亲的表情也很不自然，他搓着手，颤颤巍巍地说："坤儿，现在我开了一家修理厂，收入好些了，你要是缺钱，就告诉我一声……"

一听这话，陈坤心中恨意骤起，语带呵斥："你少丢人现眼，谁是你的坤儿？我自己挣钱，不要别人的帮助！"

父亲愣住了，泪光盈盈，站在那里，不知如何是好。话一说完，陈坤也有点伤感，但这伤感立即转瞬即逝，他像逃避一般，装出一副胜利者的姿态，匆匆离开……

原本内向的陈坤变得更沉默了。18岁那年，他第一次考虑了自己的人生方向，他想证明自己的能力，想让父亲后悔当年放弃了一个优秀的儿子……1995年5月初，他在王梅言老师的鼓励下，进京参加东方歌舞团考试，顺利成为一名试用歌手。之后，他的命运发生了戏剧性的变化：陪朋友考北京电影学院，却以男生第一名的专业成绩成为表演系新生，与赵薇同班。

然而，在经历着人生突如其来的大喜时，陈坤也经历了猝不及防的大悲：1996年5月，姐姐在婚前几天，横过马路时遭遇车祸去世！此前，姐姐是一家街道小厂的小工，收入低，为了给在京读书的陈坤交学费，她非

第1章 陈坤：泪眼中的父子情

常节约。

听到消息，陈坤无比悲恸！他借钱买了机票，匆忙从北京赶回重庆。赶往医院时，他看到姐姐已经奄奄一息，而父亲正抱着姐姐，哭得老泪纵横！

看到此情此景，陈坤扑过去，哭成了泪人。可是，陈坤却对父亲感到更加厌恶了，心想：如果这个男人当初不抛弃他们母子，姐姐就不会这么辛苦、这么节约，哪会遭遇如此横祸?!

临终的姐姐，似乎看穿了陈坤的心思。她拉起陈坤的手，断断续续地说："大弟，我要死了。死前，姐要求你一件事，我们这么多年都恨爸爸，以为他不爱我们。其实，爸爸很爱我们……你和二弟不能恨他！大人的事，我们不懂……答应姐姐，不然，姐死不瞑目……"陈坤几欲哭昏："姐，你别死，我答应你……"

不久，姐姐靠在父亲臂弯里，溘然逝去。父亲哭得那么伤心，大滴大滴的泪水落在姐姐脸上……陈坤突然有了一种无法拿捏的感觉：爸爸真的很疼姐姐、很疼我们吗？

姐姐的死，也让母亲格外悲痛，她三天三夜不吃不喝，仿佛一下子苍老了10岁。陈坤心如刀绞，他知道自己必须撑起这个家了。

没有了姐姐的资助，陈坤在北京电影学院学习的四年里更辛苦了。他在歌厅唱歌，常常凌晨才回学校，两点钟睡觉，六七点钟就起床准备上课，每天只睡三四个小时，很多次累得都要晕倒了。无数次，他想起姐姐，要是姐姐在，就会有姐夫，就会资助自己上大学，自己怎么会这么累？他还是恨爸爸，觉得姐姐的死跟爸爸有关——虽然，他答应过姐姐，要原谅爸爸。

大二时，陈坤被导演吴子牛相中，出演了《国歌》男主角。之后，他踏入影视圈，心中始终抱着这样一个理想：在北京买一套房子，将妈妈和弟弟也接来，一家人团团圆圆。他四处接戏，陆续在《像雾像雨又像风》《金粉世家》等电视连续剧中扮演主角，渐渐成为一线红星，他的理想变成了现实!

看着妈妈和弟弟幸福而满足,陈坤却神思恍惚了。偶尔,不经意间,他会想起父亲,父亲还生活在重庆,他会怎么看待已经成为明星的自己?一种出人头地的扬眉吐气,也有一种想让父亲为自己骄傲的冲动,在他内心交织着。多少次,他想主动与父亲联系,可是,他却不知如何开口……

与此同时,陈坤对父亲的怨恨依稀存在。成名后,他接受过很多媒体采访,经常提到感谢母亲的呵护和照顾,却极少提及父亲。即使记者问及他的父亲,他也是巧妙岔开。

儿子的出息,让身在重庆的父亲陈大林为之自豪。但,他担心陈坤给他难堪,从来不敢主动与儿子联系。只要听说陈坤到重庆参加活动,他就抽出时间,远远地看陈坤一眼。有时,舍不得买门票,他就在酒店守候,躲在角落里打量陈坤。看到儿子被人众星捧月时,他经常高兴得悄悄抹泪。

2002年冬天,陈大林得知陈坤回到了重庆,一直在暗中跟踪。见到"粉丝"不多,他忍不住从角落里走出来,跟陈坤打招呼:"坤儿……"陈坤见了,一怔,然后装作没听见、不认识,没有理他。

见到儿子没有原谅自己,老人伤心不已。当晚,他找来一个老朋友,借酒浇愁,酩酊大醉,继而号啕大哭,大骂陈坤是不孝之子,大骂陈坤和陈渝不尊重父亲,居然曾经还想改姓……

当地媒体立即报道了此事。本来,陈坤因没尽孝,对父亲有些牵挂,有些愧疚。这一下,他又对父亲有些怨恨了:你抛妻弃子,没有尽到丈夫、父亲的责任,居然还要责备我?

3

亲情回归，走出冷漠风雨

2006年的一天，陈坤在一份报纸上看到父亲接受采访时说："我离婚时，每月工资只有60多元，日子格外艰难，但每月都给前妻（陈坤妈妈）25元钱，用于抚养陈坤姐弟。那时候，一个人每月生活费大概10元钱。孩子不能在身边成长，我一直很遗憾，就想从经济上多给一些，尽量让他们过得好一点……"

此时陈坤才知道：父亲离婚之后，日子并不比他们母子好：他没有房子，住在一间像牛棚的房子里；一年之后，他改做销售，有出差补贴，收入多了一点，他又主动把给他们母子每月的抚养费提高到50元钱……

报道内容得到了母亲证实后，陈坤内心受到了强烈震撼：自己多年怨恨父亲，难道真的错了？在自己成长的岁月里，除了没有父亲的身影，他的爱从来没有离开自己和弟弟？

陈坤对父亲有了愧意，不禁自责起来。

2003年春，陈坤与胡兵、陈好一起拍摄电视剧《双响炮》时，捡到了一个孩子，取名"优优"。随着孩子渐渐长大，他与孩子之间非常亲密，孩子叫他"爸爸"，他叫孩子"儿子"；每次出门拍戏，他都会带着优优的照片，看个没够；若在北京，晚上一回到家，就守在孩子床边。

以前，母亲一提到父亲，陈坤就不愿意多谈了。可有了优优之后，像是一把打开心锁的钥匙。他经常问母亲一些小时候的事情。母亲说：他从小体弱多病，经常夜半发烧，父亲总是彻夜不眠地照顾他，顶风冒雨把他送到医院……陈坤恍然大悟，自己多年来一直计较父亲抛妻弃子，却完全

忽略了一份深深的父爱!

之后,陈坤接受央视《艺术人生》栏目采访。提及父亲时,他对朱军说:"我爸爸也是一个蛮可怜的人……他应该是为我骄傲的,我没给他丢脸。可惜,我跟他交流不多,不经常见面。"正好,陈大林看了这期节目,他看着看着,禁不住哭了:原来儿子一直惦记自己啊!那天晚上,他喝了很多酒,开心地大醉了一场。

而陈坤,则专门交代弟弟陈渝给父亲打电话,让他回重庆时看看爸爸……

不久,陈渝回到重庆,费尽周折,才在观音桥附近一幢潮湿低暗的住宅里,找到了白发苍苍的父亲。虽然陈大林一再解释,自己住在潮湿环境,是因为爱种兰花,但陈渝依然心酸不已。回到北京,陈渝哽咽着告诉了陈坤。陈坤也哽咽了,半天说不出话来。后来,他们哥俩一合计,给父亲在江北区北城天街买了一套新房,并安排人做了精心的装修。

2004年12月的一天,当陈大林在家里弯着腰、吃力吹着火,准备点燃蜂窝煤炉时,听到背后有一个哽咽的声音:"爸,这里太艰苦了,我们给您买了一套新房子,您搬过去住吧,已经装修好了。"

父亲回头一看,呆住了——这不是陈坤吗?这个"不孝子"不但来了,还给自己买了房子?老人简直不敢相信耳朵,颤悠悠问:"坤儿,你说什么?"

"爸,我和弟弟给您买了一套房子,这是钥匙!"陈坤认真地说,眼里含着泪花。这一次,老人听清楚了。他突然呜呜哭起来:"儿子,这些年,我不是一个好父亲……我要谢谢你们妈妈,她把你们培养得这么懂事……"

"爸,别哭。以前儿子不懂事,没有孝顺你,请您原谅儿子……"说着说着,陈坤也忍不住哭起来。

在两个儿子的"要挟"下,陈大林与老伴搬到了北城天街的新居。原来的房子用来出租，租金用来颐养天年。

同时，陈坤还花10多万元买了一辆车，送给父亲。陈大林不肯要，陈坤说："爸，你让儿子多尽一点孝心吧……"听了这话，老人的眼圈红了。

自此，父子重归于好。他们经常通话，陈坤还时常寄些钱孝敬父亲。

2007年5月，陈坤因长期受困于喉咙息肉的苦痛，不得不选择做手术切除。虽然这是一个小手术，但也有风险存在，如果手术后导致失声或者变声，那对歌影双栖的陈坤来说，是无法想象的灾难。

陈坤相信医生，把手术看得很轻松，可身边的亲人为他捏了一把汗。北京的家人守在手术室外，远在重庆的陈大林也提心吊胆，隔一会儿就打电话问陈渝，让陈渝为他"现场直播"。知道手术成功后，他才松了一口气。

2008年9月27日，陈坤主演的《画皮》上映。陈大林老人一大早就来到重庆市江北电影城买好了票。当看到陈坤饰演的将军有情有义，回想起这些年以来几番沉浮的父子感情，以及儿子回归之后的至情至孝，老人眼里幸福的泪水，又在不知不觉之中，滑落了下来……

第2章 陈佩斯：我与『大坏蛋』父亲

父爱如伞，为你遮风挡雨；父爱如雨，为你濯洗心灵；父爱如路，伴你走完人生。

恐惧时，父爱是一块踏脚的石；黑暗时，父爱是一盏照明的灯；枯竭时，父爱是一湾生命之水；努力时，父爱是精神上的支柱；成功时，父爱又是鼓励与警钟。

父爱，如大海般深沉而宽广。父爱是沉默的，如果你感觉到了，那就不是父爱了！

——高尔基

> 饰演"大坏蛋"的父亲心硬严苛,曾经是他最"恨"的人;岁月更迭,经风历雨,他才慢慢感知到父爱的深远绵长;当慈祥的父亲溘然长逝,被誉为笑星的他却泪雨滂沱……

"爸爸,您醒来吧!醒来吧!我好想再次听到您亲切地听我一声'二子'。或者,您醒来生气地骂我一声'兔崽子',我也开心啊!……"

2012年6月26日21点38分,我国著名电影表演艺术家陈强老先生在北京安贞医院溘然长逝,享年94岁。难以直面这一残酷的现实,老人的儿子陈佩斯无法抑制地抽泣起来,由于他从来都是带给人们开怀大笑的那个人,因而,他的悲恸更显得撼人,几乎一瞬间,他周围的人都受到他情绪的感染,眼含眼泪,满脸戚戚。

陈佩斯虽早已不在"影视江湖",但"影视江湖"到处都是他的传说。他的《吃面条》《警察与小偷》等喜剧小品和《瞧这一家子》《二子开店》等喜剧电影,已经有了几十岁的"年轮",却一直被人们津津乐道,念念不忘。

陈佩斯因为喜剧而名满江湖,他总是被模仿,却从未被超越。但也许少有人知道,陈佩斯著名笑星、"东方卓别林"的身体里面,却有着一颗孝感动天的心!

第2章
陈佩斯：我与"大坏蛋"父亲

1
"坏蛋"父亲心硬严苛

"你这个兔崽子，有这么好的学习条件，怎么就不好好学习？成绩老不及格，还总与同学打架？看我不揍死你！"

20世纪60年代的一个春天的傍晚，在北京电影制片厂宿舍，一个严苛的父亲正在鞭打他那调皮的儿子。而几分钟前，这个调皮儿子的班主任找到这位严苛的父亲告状，说他的调皮儿子成绩很差，纪律也差，还把同学打伤了……

严苛的父亲便是陈强，而他那调皮的儿子，便是陈佩斯。

陈强，1918年出生，原名陈庆三，籍贯是河北省宁晋县徐家河，中国著名电影表演艺术家，新中国成立前便因在电影《白毛女》中饰演反角黄世仁而一举成名。解放后，他又在电影《红色娘子军》中饰演的地主南霸天一角，荣获首届电影百花奖最佳男配角奖和印度尼西亚第三届亚非电影节最佳男演员奖。

小时候，陈佩斯不喜欢自己的名字，他觉得这个名字怪怪的，不像个中国人的名字。其实，他的名字大有来历：陈佩斯大哥出生时，父亲陈强正在匈牙利布达佩斯访问，电话中得知妻子生了一个儿子，急需取名，便说："那就叫布达吧，如果再有第二个孩子，就叫佩斯。"因此，1954年2月1日陈佩斯出生后，便顺理成章地被取了"佩斯"这个名字。

陈佩斯总与同学打架，但起因一般都是同学骂他成绩差，或骂他"小黄世仁""小南霸天"，童年的陈佩斯相信拳头里面出"尊严"，于是屡屡被班主任告状，也总在班主任告状后被父亲痛打。因而，在被打得"哇

哇"大叫的同时，陈佩斯在心里恨透了那个爱告状的小学班主任，也恨透了不明真相就乱揍他的父亲，觉得父亲就跟他所扮演的电影角色一样"坏"！

1969年，15岁的陈佩斯跟随其他知识青年到内蒙古建设兵团接受锻炼。那些日子真苦啊，4年时间里，他从未吃过一顿饱饭，经常半年吃不上一顿肉。

饿得不行的时候，他多么渴望父亲能多给他些关怀，于是，他写信要父亲给他寄些钱，但4年时间里，父亲只给他回过一封信，钱更是一分也没给他寄过。倒是有那么一次，时时给他写信的母亲，在一封信里给他夹寄了5块钱，他可高兴了，要知道这笔钱可以买上6斤生猪肉或者40斤大米啊……

钱不给就不给吧，为了能吃饱饭，陈佩斯还央求父亲帮他返城，父亲也没答应。

就这样，在陈佩斯青少年的记忆中，父亲是一个心特硬、对他特狠的人。在很长时间里，他都觉得父亲更偏爱哥哥陈布达和妹妹陈丽达，自己作为老二，上下不靠，不受待见。有时候，他甚至怀疑自己是不是父亲的亲生孩子！

随着年龄的增长，陈佩斯才慢慢感受到了父爱，觉得父亲对他的爱是那么深蕴，绵长。当年父亲虽只给他写了一封信，并从未给他寄过钱，甚至不让母亲给他寄钱，实际上是父亲在磨炼他的意志；他央求父亲帮他返城，父亲没回应，那是因为父亲被打成了右派。

后来，陈强得知唯一能调动户口的地方就是文工团时，便把没有任何表演功底的陈佩斯关在家里，教陈佩斯背台词、吊嗓子、走台步。陈佩斯本来不喜欢表演，但想到进文工团便可发粮票，就不会挨饿，便硬着头皮学了起来。

然而，由于陈佩斯的长相太过一般，又没有文艺底子，他先后报考北京军区文工团、总政话剧团都落选。在那个年代，文艺院团偏爱的是唐国强那样的英俊小生。在这种情况下，从不求人的陈强为了让陈佩斯能尽早进城，便硬着头皮找到了八一电影制片厂的老朋友田华帮忙——他曾与田华一起演过《白毛女》，他演黄世仁，田华演喜儿，两人戏里是仇人，戏外是朋友。于是，在田华的帮助下，八一电影制片厂领导觉得该厂正缺演匪兵、流氓、地痞的演员，便收了陈佩斯。

到八一厂后，陈佩斯通常扮演的都是"匪兵甲"和"路人乙"，但那时他并没太多想法，只满足于自己有口饱饭吃就行了。

1979年，在"文革"中被批斗的陈强回归大银幕，出演王好为导演的电影《瞧这一家子》中车间主任一角。为了推荐儿子，陈强把陈佩斯拉到王好为面前说："这是我的二子佩斯，他想在电影中演一个小角色，行吗？"此前，正巧王好为看过陈佩斯演的话剧，觉得不错，便将该片主角、车间主任儿子嘉奇这一角色给了陈佩斯。

第一次演电影就演主角，还是个喜剧角色，这是陈佩斯之前想也没想过的事，可把他吓坏了。

"这有啥好怕的？不会爸爸教你不就成了？"陈强安慰陈佩斯说："我以前总演坏蛋，但后来演喜角不也演得挺好的吗？"陈佩斯明白父亲所说的喜角，是《三年早知道》中的赵满囤和《魔术师的奇遇》中的陆幻奇，这两个喜剧人物都被父亲演绎得很出彩。

于是，拍摄的过程中，陈强便手把手教陈佩斯演戏，陈强先做一遍，陈佩斯便照着演一遍。看到父亲这么认真，陈佩斯也不敢掉以轻心了，他每天晚上都会把第二天要拍的戏的动作语言分析一遍，贴在墙上，时时校正。陈佩斯的认真劲儿让陈强感到很欣慰，觉得这小子也许是个干演员的料。

果然，《瞧这一家子》上映后引起了巨大轰动，荣获了文化部优秀影片奖。演完《瞧这一家子》后，陈强告诉陈佩斯说："你就演喜剧吧。我

看你演喜剧还可以,不信,你走走试试。"就是父亲这句话,让陈佩斯从此踏上了喜剧演员这条道!

为了使陈佩斯在喜剧之路上阔步前进,此后,陈强又与陈佩斯合作了《父与子》《二子开店》《少爷的磨难》等影片。在父亲陈强的提携下,接连拍过几部喜剧电影后,陈佩斯成了大明星。

陈佩斯没想到,他的事业到此还未达巅峰:1983年的一天,陈佩斯与同为电影红星的好友朱时茂,因均对常被请去做文艺节目时只能朗诵诗歌而备感尴尬,便一拍即合准备创作电影小品,以备到时表演。很快,他们创作的小品便受到追捧。继而,央视春节联欢晚会剧组闻讯而来,把他们请到了1984年的春晚舞台进行表演。没想到,他们创作、表演的小品《吃面条》播出后,引起了巨大轰动。

之后,两人一发不可收拾,又相继创作了《烤羊肉串》《拍电影》《胡椒面》《警察和小偷》等小品,他们的小品几乎成了"春晚"的"招牌菜",他俩也因此红得发紫了。

有一天,陈强去外面买菜,结果一个卖菜的人因为"他是陈佩斯的父亲"而硬要白送菜给他,盛情难却,父亲只好收下。闻之此事后,陈佩斯乐坏了:"曾经我是陈强的儿子,而现在陈强是陈佩斯的爸爸!说明我的名气盖过了爸爸呀!"

看他骄傲得插上翅膀就可以飞起来的样子,陈强决定要打击打击他,说:"对一个喜剧演员来说,名气大就是好事吗?名气大了会被人仰视!而喜剧艺人的成功恰恰要能被观众俯视才行!"

父亲的话让陈佩斯陷入了沉思,他猛然想起自己在河南拍《少爷的磨难》时,有一场光着脚在农村的土地上追汽车的戏。在奔跑的过程中,他的脚上扎了无数根刺,痛得一下子坐在了地上。可当他皮咧嘴歪地一边拔刺,一边看着一股股流出的血而呻吟的时候,边上围观的老百姓却开心得笑了起来。

陈佩斯顿然明白：作为喜剧演员，为了让观众开心，达到"笑果"，有时真免不了拿自己的肉体或精神受折磨的噱头来表演，自己沾沾自喜、高高在上能行吗？因而，父亲委婉的批评让他冷静了许多。之后，他常常警告自己——观众们能记住自己，那不过是自己比观众历经的痛苦更多，他用这种痛苦换来了他们对自己俯视的欢乐，从而在脑海中留下记忆。所以，自己怎能臭美呢？

此后，陈佩斯还慢慢学会了如何让观众俯视他，或者让观众站在俯视他的角度上观看他的演出。

2

波峰波谷，皆有如山父爱

人生就如波浪，有时波峰有时波谷。

就在陈佩斯的喜剧小品和喜剧电影火得一塌糊涂之时，抨击他的言辞也纷纷扑来。尤其是1986年，有不少人在权威媒体发表评论说，他的电影和小品都是非主流、"不入流""纯为搞笑而搞笑，很低俗。"

面对如洪水般涌来的批评，郁闷的陈佩斯开始怀疑起自己来。这时，父亲安慰他说："你的作品也许没有评论者所说的'革命高雅情趣'，但其实一点也不低俗。再说，现在都改革开放了，还革啥命呢？"

然而不久后，陈佩斯还是从八一电影制片厂"被转业"了，他先"被分配"到北京宣武区文化馆，后又"被安排"去了河北梆子剧团。尽管当时他早已名满天下，但财富却与他毫无关系，他名气大不过是只赚吆喝不赚钱。又由于他在八一电影制片厂级别低，直到转业，他也没分到房子，真是上无片瓦、下无立锥之地。

被"发配"离京后，陈佩斯非常落寞，有篆刻业余爱好的他，甚至想到了最坏的结局：如果未来生活真的窘困到了要去乞讨的程度，自己就去十三陵摆篆刻摊，他听说一个字能卖100块钱呢。

"那你也太悲观了！"父亲对陈佩斯说："你一会儿自大，一会儿自卑，说明你还很不成熟啊！就算你会篆刻，可这门手艺有你演喜剧得心应手吗？如果没有，那你为啥放弃自己的喜剧事业，舍本逐末去搞篆刻呢？"老爷子的鼓励让陈佩斯重新站了起来，他决定继续他的喜剧事业。

于是1991年，陈佩斯又注册成立了自己的影视制作公司，并在1991年到1997年间，先后投拍并主演了《父子老爷车》《编外丈夫》《太后吉祥》等6部电影。

陈佩斯所拍的喜剧电影虽然很受欢迎，但他自己却并不快乐，原因是他承受着很大的压力，有电影行业的领导或同仁责问他："你凭什么拍片子？谁让你拍片子的？我们有规定，电影只允许这几个电影厂拍，你们自己拍，这是违法。""你擅自拍片子即便没有违法，也是违规！"

更糟糕的是，由于当时没有市场的规范，不少影院就偷票房，明明观众很多，但制片方却赢利很少。后来，因为他派人暗访并揭发电影院线偷票房，还惹得电影院线干脆无故将他的电影下线。在这种情况下，1997年，性格刚直、从来不会左右逢源的陈佩斯气愤地退出了电影圈。

陈佩斯万没想到，就在他退出电影圈之后，他的小品演出又遭遇了"滑铁卢"：1998年，陈佩斯又因自己在小品制作方面的创意与央视春晚剧组方达不成一致意见，最终决定撤出节目，不上1999年春晚。继而，他又发现央视下属公司擅自出版发行了他与朱时茂在历届春晚表演并享有著作权的《吃面条》《警察与小偷》等8个小品的VCD光盘，便将该公司告上了法庭，要求停止侵权、赔偿损失。虽然最终胜诉，但他们也从此被央视封杀了！

那段日子，大量不明就里的人说陈佩斯和朱时茂人品有问题，骂他们忘恩负义，说央视将他们捧红了，他们却翻脸不认人。对这样的不实评论，陈佩斯百口难辩，委屈难当。

世事就是这样，当你笑的时候，全世界的人都在朝你笑！当你哭的时候，全世界却只有你一个人在哭！

电影拍摄和小品表演两个专业都被迫放弃之后，陈佩斯的生活一下子陷入了窘迫的境地，最困难之时，他穷得连儿子280元一学期的学费都交不起。

后来有一天，陈强无意间看到陈佩斯在默默落泪，便安慰陈佩斯说："不上春晚难道会死人吗？那么多人没上过春晚，我也没上过春晚，不一样活得好好的？再说了，难道你不明白'祸兮福所倚，福兮祸所伏'的道理？"

"我不是为不能上春晚难过，而是为被广大观众误解而难过！"

"在这个世界上，被人误解是常有的事！高明的做法应该是：在不能再上春晚后，你过得要比上春晚还好，还顺溜才行！不然，观众误解你、嘲笑你忘恩负义，并预言你'离开央视舞台便不能活'的话全都会变成真的！到时你会更被动，更难过！"

父亲的话让陈佩斯沉默了。

陈强又对他说："你在内蒙古兵团那么苦的日子都能熬过来，现在的人生挫折算什么？你今天心情不好，要不我们带你出去散散心吧！"

于是，在父母和妻子王燕玲的引领下，他们去了北京延庆县井庄镇大山里。下车后，陈强指着脚下一大片荒山对陈佩斯说：

"我一直没有告诉你，你虽有才华，但人太倔，太不圆滑，也不懂经营管理和商业操作，骨子里又有着很深的乡村情结，怕你有一天碰壁后无路可走，因而我跟你妈还有你媳妇三人商量后，拿出钱来，承包了这1万亩荒山，承包期为50年，作为你溃败时的大后方。"

陈佩斯无论如何也想不到，在自己事业最红火的时候，父亲会帮他，

和家人一起在这个地方买下一座荒山给他留退路。他站在荒凉的山冈之上，极目远眺，百感交集。他想到自己在内蒙古当农民时好希望回城吃"商品粮"，现在却又被打回"原形"，重新从城里回到了农村，再想到从来在他面前冷酷严苛的父亲，内心忽然感受到了父亲对他那从不表达的爱……林林总总的思绪，让他禁不住泪流满面！

是啊！多好的父亲！挫折何所惧？好男人当坚强如钢！现在有了这块大后方，陈佩斯真切地在绝望中看到了希望！

3

重回舞台，再创喜剧辉煌

此后，陈佩斯便与妻子把儿子陈大愚交给了父母照顾，进山当了农民。他们在山上建了两间木头房子，一间作厨房，一间作卧室。

他们日出而作，日落而息，跟着聘请来的农民一起垦荒、搬石头、挖树坑，栽下一些果木，播下一些树种，后来，在那些农民纷纷离开后，整个万庙荒山便成了他们夫妻俩宽阔的舞台。

渐渐地，日晒雨淋中的陈佩斯完全变成了农民：夫妻俩的皮肤粗糙得像山石；老茧重重的手像树皮；陈佩斯的光头上也长起了稀稀拉拉的头发，积淀着灰尘，形如移动的山峦……

山里空气清新、蔬菜绿色，但真正山居的日子却并不惬意，可谓有苦有乐，苦多于乐：夏天，蚊虫如轰炸机般侵扰和叮咬着他，任何灭蚊办法都毫无作用；冬天没暖气，山上积雪遍野，屋里寒冷刺骨，晚上哪怕盖上四床被子，也能把人冻醒，手脚更是冻疮累累，皲裂处流血流脓。

第一年冬天回城跟父母过春节，当看到陈佩斯与妻子满手满脸的冻疮时，母亲王玉洁哭了："你们怎么这么苦啊？坚持不住就回来吧，不要那么倔了，在城里干点啥不好呢？爸爸妈妈拿出退休金也能帮衬你一些！"

看到儿子儿媳，陈强的眼眶也有了泪花："山上的日子其实挺好，身上有冻疮怕啥？只要心里快乐就行了！这还能磨炼意志呢！"说到这里，老爷子话锋又一转："如果觉得自己还想当演员，这种山居的日子也算是一种积累吧！啥时候有条件了，重回舞台便是了，也许会更成熟呢！"

陈佩斯没有回应父亲的话，因为他不知道该怎样回应。他脑海里在琢磨这样的问题：自己既没资金，又断了人脉，外加圈内外人士的误解，自己怎么重回舞台？如果重回舞台，是回哪一个舞台？难道要去求人上电视演小品吗？还是继续混迹于电影圈，无视票房被偷？抑或磨平棱角，左右逢源？

好在夫妻俩对荒山的付出终于有了回报，育出的一些小树苗成了抢手货，速成果树也开始挂果，一家人的生活渐渐有了保障。

贫困生活得到缓解后，虽然陈佩斯很开心，但2001年春天，被请进山里春游的陈强还是从陈佩斯的眼睛里看出了落寞：儿子曾是一个多么成功的演员啊！现在远离尘嚣，可他心中的舞台和站在舞台上享受鲜花、掌声的荣耀却从未远离过！便对陈佩斯说："二子，如果你不安心退出演员舞台，为什么要强迫自己安心呢？在山上种果树很好，当演员也挺好，但你应该选择你最想干的事做啊！如果你仍热爱喜剧事业，那你短暂栖身山里，叫散心！长期栖身山里，便叫逃避了！"

父亲的话让陈佩斯猛然惊醒："是啊！我这样远离尘嚣，经年累月，难道不是一种逃避吗？"

陈佩斯认真琢磨起这事来。他觉得自己对小品已经没了多少激情，而电影圈又太复杂，就想搞舞台喜剧。刚巧不久后，他听说了一个跟诈骗有关的题材，便请曾帮他创作过《王爷与邮车》的王宝社帮忙创作成剧本。三个多月后，舞台话剧剧本《托儿》诞生。

得知陈佩斯想搞舞台喜剧以后，他的朋友都纷纷表示反对，说这年头

已是多媒体时代，谁还看话剧啊？如果执意要搞舞台喜剧，铁定又要赔本，又赚不了吆喝。

投资前，制作人更是算出了个具体的数目：这个话剧可能赔30万元！

听到这里，陈佩斯有些动摇了，但父亲却坚决支持他，说赔本不可怕，起码能赚个经验！老爷子还拿出2万块钱给陈佩斯，说以行动表示支持。陈佩斯不要，老爷子就玩笑说他要参股，陈佩斯只好接受了。有了父亲的支持，陈佩斯信心大增。之后，他将这些年来积蓄的仅有的35万元作为本钱，开始了话剧排演。

这一次，上天没有辜负陈佩斯。舞台喜剧《托儿》第一轮上演，35场戏演完，他便收回了成本。继而又在全国巡演，几年间，先后演出200多场，盈利有4000多万，陈佩斯高兴坏了：当初只想舞台话剧不亏就好，却没想到会赚这么多。

陈佩斯赚钱后，要如约与父亲分红。但老爷子却说啥也不要红利，理由是"老子支持儿子的事业天经地义，还要啥分红？说出去不是让人笑话吗？你可不能毁了我一世清名啊！"

有了《托儿》这个良好的开端之后，陈佩斯又先后推出了《亲戚朋友好算账》《阳台》《阿斗》《老宅》等话剧，都获得了空前的成功，取得了辉煌的票房成绩。

4

年轮渐增，方知父爱拳拳

2007年的一天，陈强不幸脑中风，幸亏抢救及时，才无大碍。但此后，老人的记忆力却严重衰退，生活不便。于是，陈佩斯从自己家中搬了出来，租房与父母住楼上楼下，以便照顾父亲。为了让父亲出行方便，他又给父亲买了小轮椅，并请了护工。平常陪老父子散步、晒太阳，给老爷子洗澡、按摩、擦身子，他都尽量亲力亲为。

在几个孩子当中，陈强最喜欢的就是陈佩斯，随着老年痴呆得越来越严重，他对陈佩斯的依赖性也越来越强，只要见不到陈佩斯就会心绪烦乱，一个劲儿地念叨，让人赶紧打电话叫他。如果陈佩斯在他身边，他就特开心。

进入2012年，老爷子的病情时好时坏，经常反复，时常被送往医院抢救。见父亲身体越来越不行，陈佩斯索性全面停止自己的工作，专心照顾老人，轻易不敢离开北京。

事实上，父亲的病就是陈佩斯的晴雨表，他与父亲总是心有灵犀，如果哪天他心里不舒服，哪怕没见着父亲，那一定是父亲的病情加重了。如果哪天他精神面貌不错，那一定是老爷子病情稳定，精神状态好。

然而，无论陈佩斯怎么担心父亲的病，也无论他怎么祈祷，都终未能创造奇迹，2012年6月26日21点38分，随经北京安贞医院医生的艰难抢救，终因抢救无效，老人家永远离开了这个世界。

从医生口中得知这一噩耗后，虽然之前无数次在脑海中设想过父亲离开人世的那一幕，但陈佩斯还是不敢相信这一切是真的。

"爸爸，爸爸？我是二子，您听见我说话吗？"陈佩斯将手放在父亲的鼻翼处，但他再也没有感受到父亲的呼吸，他哽咽地呼喊："爸爸，您要是听见了，就转一下眼珠吧！转一下吧，啊？"但老爷子的眼珠再没转动。

见陈佩斯执着地呼唤着父亲，站在一旁的母亲这时轻轻地说了一句："这次估计他是再也回不来了……"话音刚落，陈佩斯的妹妹陈丽达便大哭了起来，继而外甥女也哭了起来。

"爸爸，今后再没人亲切地骂我'兔崽子'了！"在妹妹和外甥女悲伤地大哭之时，陈佩斯最终也没能忍住唰唰而下的泪水……

老爷子的遗体放入冰柜后，不相信父亲已经离开了的陈佩斯仍然静静地守候在太平间外面。往事历历，他的思绪又回到了过去与父亲在一起的时光中，回忆中的父亲无论是严苛、慈祥，还是冷酷、温情，无论是对他的表扬、批评，还是对他的失望、自豪，一切的一切，都是那么令他心碎！此时此刻，这一切都变成了悲伤风暴中的滂沱泪雨。

"父爱如伞，为你遮风挡雨；父爱如雨，为你濯洗心灵；父爱如路，伴你走完人生。

恐惧时，父爱是一块踏脚的石；黑暗时，父爱是一盏照明的灯；枯竭时，父爱是一湾生命之水；努力时，父爱是精神上的支柱；成功时，父爱又是鼓励与警钟。

父爱，如大海般深沉而宽广。父爱是沉默的，如果你感觉到了，那就不是父爱了！"

那一刻，高尔基关于父爱的描写，让陈佩斯感受最为真切！

2012年7月4日上午，陈强的遗体告别仪式在北京八宝山殡仪馆举行。韩三平、于洋、葛优、朱时茂、田华等领导和老爷子的生前好友前来向遗体告别。上午10点半左右，老爷子遗体被移出告别厅，进行火化。想到从此再也看不到父亲，陈佩斯的眼泪再一次潇潇而下。

第3章

孙红雷：父爱伴我趟过苦难河

顽皮是孩子的天性，顽皮既惹人爱也招人恨，尤其是在没有耐性的父亲面前。可是，哪个孩子成长的过程中不顽皮呢？面对顽皮的孩子，好父亲是一盏航灯，会因势利导野性的孩子向阳光的方向生长。

——题记

　　顽劣在贫穷上滋生，教授父亲曾是他最恨的人。他曾恨过父亲，父亲也曾因他的不懂事而烦恼。幸运的是，他有一位好父亲，在哭笑不得的尴尬中，父亲对野性的他因势利导，痛苦地让他去跳霹雳舞。岁月流逝，磨砺锋出的他渐知感恩，不仅竭尽所能给父母买新房，还在母亲去世、父亲凄惶时，像照顾孩子一样照顾父亲……

　　从"霹雳舞王"到《潜伏》，再到《男人帮》，一个顽劣少年成长为熠熠明星，他就是孙红雷。

　　2011年10月22日，一部名叫《男人帮》的电视连续剧在北京、浙江、天津四大卫视黄金档上星首播后，即刻掀起了收视率狂潮。虽然观看过该剧的观众对此褒贬不一，但孙红雷所扮演的爱情专家顾小白很出彩，不少观众都夸他真不愧是演技派演员，将人物性格演到骨子里去了。

　　从《我的父亲母亲》《永不瞑目》《梅兰芳》到《潜伏》《人间正道是沧桑》，再到《男人帮》，孙红雷所扮演的角色无不性格迥异，但他却将这些角色演绎得恰如其分，他有何成功的诀窍？

　　其实没人知道，孙红雷能够演谁像谁的一个重要原因，就在于他有着非同常人的阅历：童年家贫，少时顽劣，青年逃学，成年风光……而在这个风风雨雨的成长过程中，一直陪伴着他的，便是那令如今星光熠熠的他一想起来便感激万分的拳拳父爱！

第3章
孙红雷：父爱伴我趟过苦难河

1
叛逆不羁，讨厌教授父亲

夜幕降临，灯火阑珊。

在哈尔滨市中央大街一座俄式建筑的一间狭小的房子里，一位父亲生气地拿起一根鸡毛掸子揍自己的儿子，原因是儿子与别的小孩打架，被打的小孩母亲上门来告状。

儿子被揍得大声痛哭，他大声喊："您就揍我吧！我没见过您这样当父亲的，打架是相互的事，为什么我被打了，您就不心疼？不去找人家的父母告状？您怎么只知道揍我，骂我？"

父亲说："我揍你，是因为你太顽劣，不好好学习，整天惹是生非，你跟同学打什么架？就不能忍忍？我们家几代都是读书人，哪有你这样不争气的？"

儿子脾气很倔："我又不是神经病，我干吗无缘无故打人家？他不骂我是穷鬼，是破叫花子，我怎么可能打他……"

这一幕发生在20世纪70年代末，这个经常被老师和同学认为调皮顽劣、脾气倔强的孩子便是今天的一线红星孙红雷。

1970年8月16日，孙红雷出生在哈尔滨道里区中央大街3号2楼218室，小名三郎。

孙红雷家里很穷，房子只有28平方米，又破又旧，还要挤下孙家包括爷爷、奶奶、爸爸、妈妈和两个哥哥共7口人。

孙红雷家可谓书香萦绕：他的爸爸孙振山是哈尔滨一所高校的哲学教授，爷爷、叔叔、舅舅都是知识分子，只有妈妈朱凤琴是哈尔滨一家镀锌

铁丝厂的工人。

但在那个年代,知识分子地位并不高,收入更是微薄,朱凤琴所在工厂是街道企业,工资奇低,有时还没活干,因此,孙家的日子过得异常艰苦。为了让家人有饭糊口,朱凤琴不仅精打细算,还经常去菜市场捡别人丢弃了的老菜叶拿回家做菜。

因为家境贫困,穿着破旧的孙红雷经常被同学们欺负,性子很倔的他便在忍无可忍时坚决反抗,与对方打架。打架的学生当然不受老师喜欢,无论理由是否正当,因此,孙红雷经常被老师惩罚。经年累月的恶性循环,让原本在家里乖巧听话的孙红雷开始逃学。

书香门第竟然出了逃学孩子,这还了得?气愤至极的孙振山顾不得斯文了。没想到,孙红雷却不怕打,相反,他还恨恨地对父亲吼:"您就知道揍我,这是您的本事吗?您要有本事就让我们家不要这样穷,不要让我因为穷而受同学欺负!"

儿子的怒吼让孙振山无言以对。是啊!儿子变成这样,能说就跟自己这个当父亲的没有关系?

为了与父亲对着干,从那之后,孙红雷便经常与人打架。于是,每当他家的楼道里响起咚咚的脚步声,父亲和母亲就莫名紧张,就怕又有谁家孩子的父母找上门来。而每有人找上门来告孙红雷的状,他都少不了父亲的责骂或体罚。

每每如此,父亲便成了孙红雷在这个世界上最恨的人!

看到儿子这么厌学,又这么爱打架,孙振山花钱将他转进了学风浓厚的哈尔滨第十八中学住校。

孙振山原以为孙红雷换了新的学习环境,应该会努力了,却没想到,住校后的孙红雷却如脱缰的野马,不仅经常不上晚自习,有时候下午也逃课,不知道跑哪儿玩去了。

有一天,孙振山偷偷跟踪孙红雷才知道,孙红雷逃课是去市青少年宫学霹雳舞表演了！那天，看到儿子正带劲地练习霹雳舞表演时，孙振山气得真想冲进去给孙红雷一顿暴打！

但孙振山最终却没有冲进去对孙红雷进行无情的体罚，原因正是孙红雷学跳霹雳舞时那股他从未见过的认真劲震撼了他。不仅如此，有着慈父情怀的孙振山还反问起自己来：我以前对三郎只知道责骂和体罚，教育方式是不是太粗暴了？每个人长大后都会有不同的社会分工，我一味地强迫聪明的他学习文化课，是不是错了？再有，父子之间偶尔发生冲突学会巧妙地进与退，也许能让父子感情向更深的方向发展。

那天下午，当孙红雷走出舞蹈室突然看到站在外面的父亲时，先是吃了一惊，继而嗫嚅着说："我知道迟早会被您发现的，不过您打也好骂也好，我反正就想学舞蹈！"

说完，他就等着挨揍了。

但令孙红雷意外的是，父亲却没打他，而是语气平和地对他说："你要是真喜欢舞蹈，那就继续学吧。假如你学过霹雳舞后能够参加比赛拿奖，便证明你是学舞蹈的料，爸爸甚至可以考虑让你放弃学校教育，而选择职业跳舞！"

就在孙红雷对父亲的这番话惊讶得不敢相信时，孙振山又补充道："不过，学霹雳舞可以，但下午不能再逃课！学舞只能利用课余时间！除非你真能拿到奖来证明自己的舞蹈天赋，才能在鱼和熊掌之间做出选择！"

孙振山当时想的是，孙红雷顽劣，成绩不好，总遭老师和同学们厌弃，如果他能拿一个市级或者省级的奖，或许能赢回他在师生们面前的面子，也可能激发他对学习的信心。

父亲竟然没大发雷霆，孙红雷很吃惊，也很开心，但父亲的话却也让他备感压力：自己这样练下去，能在去参加比赛时拿奖吗？他在心里对自己说，无论如何也要努力学好霹雳舞，只有这样才能堵住父亲的嘴。

令孙振山吃惊的是，1987年，正读高二的孙红雷在参加当年哈尔滨举

办的霹雳舞大赛时,一举获得了一等奖!

看到儿子拿回奖杯,得奖的新闻还上了报,孙振山再次庆幸当初在看到儿子逃学去学霹雳舞时没有不问青红皂白地体罚他。

手捧着荣光闪亮的奖杯,心里依然忐忑的孙红雷问父亲:"我获得这个奖,您高兴不?"他一边说,一边暗忖着:爸爸会是一个说话算话的人吗?

身为教授,岂能说话不算话?孙振山当然不是那样的人。

没有后悔的人生不叫人生,总是后悔的人生也不能叫人生,而真正的人生是不后悔的事比后悔的事更多,身为哲学教授的孙振山当然知道这个理。

孙振山脸上毫不掩饰地挂着笑,由衷地夸奖道:"在任何行当里做到第一都很了不起。你能捧回奖杯,爸爸为你感到骄傲!"

自夺得霹雳舞比赛冠军后,哈尔滨不少娱乐场所向孙红雷伸出了橄榄枝,希望他能出场献舞。于是,孙红雷白天上课,晚上去娱乐场所唱歌跳舞,一晚上能赚10元钱。在人均工资只有几十块钱的20世纪80年代,一个小孩每月能挣300元,真是令人羡慕极了。

当孙振山看到孙红雷的老师和同学在谈到孙红雷创造的这个"奇迹"时充满了佩服的语气和眼神时,他也很开心。

不久后,孙红雷又参加了在重庆举办的第二届中国霹雳舞大赛,荣获第二名。

然而,就在孙振山替儿子骄傲之时,孙红雷却向他提出,他要辍学专职跳舞。

"专职跳舞?"孙振山惊呆了。

原来,就在孙红雷获得第二届中国霹雳舞大赛亚军之后,中国歌舞剧院的领导便找到他,希望他加盟中国歌舞剧院下属的中国霹雳舞明星艺术团,去全国巡演。受到这么高级别的机构邀请,孙红雷当即答应了。

尽管儿子面临着这个难得的机会,可孙振山却不同意。跳舞这一行都是吃青春饭,不学文化课,不考大学,今后怎么办?父子俩在这一问题上又僵持住了。

虽然朱凤琴出来打圆场，但这种僵局依然没有打破。令孙振山惊讶的是，此后没几天，孙红雷竟然离家出走了。孙红雷留下字条说，他已答应了要加入中国霹雳舞明星艺术团，不能食言。同时，这对他来说也是一个绝好的机会，所以不得不离家出走。

孙红雷的目无尊长把孙振山气坏了！不过，在儿子"离家出走"后，他也开始反思自己对儿子的教育方式。

半个月后，孙红雷回来了，他原以为自己即将面对的是一顿暴打！谁知父亲却平静地面对他："三郎，你去外面呆了这半个月，过得还好吗？"

孙红雷说，他感觉挺好的，说完就沉默了。沉默的过程中，他猜想着即将到来的会是怎样的"暴风骤雨"。但孙红雷预料中的一幕依然没有发生，他眼睛看到的是，父亲先是若有所思，然后对他说："你在外这么久，精神状态也不差，说明跳舞这个职业挺适合你。你这么喜欢跳舞，那你到学校去办休学手续吧！"

孙红雷不相信自己的耳朵，他突然觉得自己误读父亲了，一直以来，他都以为父亲严格要求他努力读书是为父亲挣面子，现在他才感觉到，父亲所做一切其实都是为他好，父亲最关心的是他快乐与否以及能否一生快乐！

锋出磨砺，始终有父爱相伴

虽然孙振山在孙红雷面前一直都表现出冷酷无情的样子，但1988年，孙红雷18岁这年的有一天，他却真切地感受到了拳拳的父爱：那天，孙红

雷从外面回家,打开家门时,只有父亲一个人在家。当他跟父亲打招呼时,却听到父亲的声音有些异样,又看到父亲慌忙地拭了一把泪。父亲的这个动作把孙红雷惊呆了,他长这么大,从未看到父亲掉过泪,父亲今天这是怎么了?

他不知所措地问:"爸爸,没发生啥事吧?您不要吓我啊?"

孙振山叹了一口气说:"三郎,爸爸本以为这次能在单位分到房,能让你将来结婚用,现在没分到,你结婚的房子问题就泡汤了,爸爸对不住你啊!"

父亲的话让孙红雷不知说什么才好。他一直以为父亲对他非骂即打,从来看不顺眼,却没想到父亲内心对他却是这样的爱!从此以后,他渐渐改变了对父亲的印象,他开始反思父亲以往对他的严厉。

将跳霹雳舞当成一种职业之后,孙红雷如鱼得水,快乐跳舞,收入颇丰。但孙红雷却舍不得花这些钱,他将自己收入的一大半都寄回了家里,只留下很少的一部分作为零花钱。同时,他还在汇款单上写着给父亲的附言:"儿子现在能挣很多钱了,您就和妈妈由着性子花吧!"

可是,等孙红雷演出休整期回到家,却发现父亲仍然衣着寒酸:一件大衣穿了十几年仍然在穿,家里也没有更换现代化的家电。当他问父母为什么舍不得花钱买新衣服和新家电时,父亲却说,衣服还能穿,买新的干啥?家电也是可有可无的东西,又不能当饭吃。

父亲絮絮叨叨的话让孙红雷听得真没劲,他甚至在心里鄙视父亲起来,觉得他就跟葛朗台一样抠门。

然而,任何事物的发展都不可能永远是高潮,霹雳舞也一样。让孙红雷没想到的是,到1991年时,曾在全国掀起狂潮的霹雳舞却走向了没落!没有了观众,中国霹雳舞明星艺术团也随之解散,失去了"工作"的孙红雷从受人追捧的舞林高手,一下子变成了蜗居家里的待业青年。

赋闲在家的日子让孙红雷备感失落,在这种失落中,他努力地寻找着

第3章
孙红雷：父爱伴我趟过苦难河

适合自己的职业。之后，他看小虎队在全国很火，能歌善舞的他便想，中国霹雳舞明星艺术团解散了，自己何不成立一个类似于小虎队这样的歌舞表演队？

得知儿子这个想法后，孙振山大力支持，但孙红雷却迟迟没有行动。在得知是因为没有经费时，孙振山一下子拿出了10多万元钱来，叫孙红雷放手去做自己喜欢的事。

孙红雷很吃惊，父亲哪来这么多钱呢？

听了父亲的解释孙红雷才知道，这些钱都是他跳霹雳舞寄回家的钱。当时，父亲怕霹雳舞在全国火不了多久，便与孙红雷的母亲将他寄回家的钱全都存着，一分也没敢花。

得知原委，孙红雷特别感动，之前他还鄙视父亲特抠门，现在他才明白，最该鄙视的人其实是自己！

就这样，在父亲和家人的支持下，一个名叫"小狼队"的歌舞表演队很快乐成立，并在哈尔滨渐渐有了市场，能歌善舞的孙红雷也重新有了可观的收入。

不过这次，孙红雷却给父母的钱不多，他觉得给父母再多的钱，父母也舍不得用，倒不如将大部分钱自己存着。

1994年，当孙红雷重又攒下10多万元钱后，他便拿出其中11万元存款，给家里在哈尔滨新开盘的锦江花园买了一套三居室的房子。

搬进宽敞的新家，孙振山百感交集，顽劣的儿子这么孝顺，的确令人欣慰！可儿子舞蹈这门职业又能维持得了多久呢？

得知父亲内心的隐忧之后，孙红雷也不敢得意忘形，他更加努力地提高自己的歌舞水平，同时为人也更加谦和、低调。

事实上，孙振山鼓励孙红雷成立"小狼队"，却再一次改变了孙红雷的人生，并引导着他后来踏上影视表演之路。

1995年初，孙红雷在参加哈尔滨电视台的一台晚会时，认识了来此演

出的牛振华、冯巩等明星。牛振华看过孙红雷的演出后，建议他去考中央戏剧学院。

牛振华的话在孙红雷的心中激起了涟漪，但他却不自信，觉得自己长得不帅。

那天晚上，当他将这一情况告诉父亲后，他没想到父亲却积极地支持他："当演员难道一定要长得好看吗？再说了你又长得不难看，为什么不去试一试呢？"

父亲的话极大地鼓舞了孙红雷，他坚定了报考中央戏剧学院的信心。

这时，孙振山又拿出孙红雷成立"小狼队"后给家里的钱，对他说："你很有潜力，只要努力，没有你办不成的事！爸爸相信你一定能够考上中央戏剧学院！"

就这样，1995年5月，孙红雷揣着5000元钱和一部手机，来到北京报考中戏，并成功地从应考的700名考生中脱颖而出，成了考进表演系音乐剧班唯一补招的幸运儿。

进入中央戏剧学院后，孙红雷学习十分努力，成绩很优异。

1997年大学毕业后，他又通过实力比拼，进入了中国国家话剧院，成了一名话剧演员，之后一步一步走向通往成功的坦途：

1999年，他被张艺谋看中，和章子怡等演员一起拍摄了电影《我的父亲母亲》，获得了一致好评；

2000年，在赵宝刚导演的电视剧《永不瞑目》中，他出演了一个只有68场戏的打手，给观众留下深刻的印象。

此后，他又先后接拍《警察世家》《像雾像雨又像风》等，演艺之路越走越宽。

看到儿子演技越来越精湛、名气也越来越大时，孙振山既开心，又担心，他怕儿子会在浮躁的演艺圈迷失了自我。于是，他经常以信件的形式为孙红雷提些警示，要他戒骄戒躁：一个人想要在演艺圈站住脚，就必须

第3章 孙红雷:父爱伴我趟过苦难河

同时做到有性格的创作和谦逊上进这两个方面才行!单纯地注重"有性格的创作",虽可能成名成星,但不会为人处事,便会如流星闪过了无痕迹;而单纯地低调谦和,好似万金油,却没有"有性格的创作",那他也只能是普通人,而非优秀的演员。

孙红雷成为明星之后,在北京买了房子,2004年8月,他特地到回哈尔滨将父母接到北京享福。看到以前让自己操碎了心的儿子现在变得这么有出息,这么孝顺,孙振山心里特别感慨,朱凤琴更乐得整天合不拢嘴。

然而,就在孙红雷尽心地尽孝、快乐地给予着父母的晚年幸福时,2005年的有一天,朱凤琴突然对在外面刚刚拍了一个月戏回到家的孙红雷说,她和老伴不习惯北京的生活,想回老家去住。

听到母亲这样说后,孙红雷顿时自责起来,猜测是不是自己在哪方面对父母照顾得不够好?还是无意中做了啥事,惹恼了父母。当他询问母亲是不是这些原因时,朱凤琴说,她和他爸是真的在北京住不惯,北京虽好,可没有他们的朋友。另外,他们也想回家去看看孙红雷的两个哥哥:"父母也不能老住你这儿啊!不然,你的两个哥哥会不会说我们当父母的偏心眼?"

听母亲这样说后,孙红雷便不好坚持什么了。

3

形单影只,屡遭慈父逼婚

父母走后,孙红雷心里却老是不踏实,因为平时说话很注意分寸的母亲没理由拿两个哥哥来做挡箭牌,作为自己要回哈尔滨的理由啊!他觉得挺奇怪的。

果然，2006年5月，正在拍摄电影《天堂口》的孙红雷，接到大哥打来的电话："妈不行了，你快回来。"

孙红雷吓坏了，当即乘飞机赶回哈尔滨。

见到病床上已经形容枯槁的母亲时，孙红雷的眼泪顿时落了出来："妈，你怎么病成这样也不对我讲一声啊？"

原来，孙红雷请父母去北京享福的2005年，朱凤琴就出现过一次严重的昏迷，去医院检查后才得知，她患有严重糖尿病，而且已到了晚期，还引发了高血压、冠心病等并发症。知道自己去日无多，为了不影响孙红雷的事业，朱凤琴便找借口回到了哈尔滨。

看到母亲病成这样，孙红雷当即决定将母亲接到北京最好的医院，请最好的医生给母亲看病。

然而，在北京几家医院检查后，结果都一样地令人绝望：母亲病入膏肓，已无药可治！

朱凤琴在北京的那段时间，孙红雷推掉了所有工作，日夜守候和照顾着母亲，为母亲端屎端尿。但朱凤琴最终还是在2008年2月23日那天，永远地离开了这个世界。

母亲去世后，孙红雷和哥哥伤心地忙着料理母亲的后事，等一切结束后，他才发现父亲在母亲去世后沉默了很多，经常一个人坐着，不停地抚摸着和老伴生前的合影。这一幕让孙红雷眼眶湿润。他非常担心父亲的身体和心理状况，于是向剧组请假，一直陪在父亲身边，陪父亲唠嗑，拉着父亲四处逛逛，希望父亲能早日走出伤痛。

后来剧组电话催得急，同时也为了给父亲换一个环境，孙红雷便将父亲接到了北京。

将父亲接到北京后，考虑到自己很多时候都在外面拍戏，即使把父亲带到剧组，自己也照顾不了父亲，怕父亲孤单的孙红雷又特地找了一个哈尔滨籍的保姆来照顾父亲，同时还刻意给父亲找一些事来做。

第3章
孙红雷：父爱伴我趟过苦难河

2007年7月，孙红雷接演电影《梅兰芳》中邱如白一角。因为这是一个很"文"、很"柔"的角色，他怕自己演不好，他很想去图书馆查些资料，但因为忙而一直抽不开身。这时，他突然想到了落寞的父亲，让父亲帮自己查这些资料不是两全其美吗？

接到孙红雷这个任务后，孙振山果然干得很认真，他每天进出图书馆，不仅将所查资料交给孙红雷，与孙红雷交流自己对这个角色的理解，同时还特意对孙红雷强调说，要演好邱如白，不仅要演得形似，更要神似。要形神兼备，则必须懂得"柔"，而真正的柔是发自内心的柔软、宽厚、宽容。

孙红雷发现自己采纳父亲的建议，注重对"柔"的修为后，不仅把戏演得更加得心应手了，而且他自己变得比以前更快乐了，生活也变得美好了。

在出演《潜伏》中的地下党员余则成这个角色前，孙红雷又请父亲提前帮他看剧本，并请父亲分析角色如何演绎，同时也请父亲帮他去图书馆查一些与地下党有关的资料。

当《潜伏》在电视台热播时，孙振山也和其他观众那样每天紧张地守在电视机前，成了一个彻底的"潜迷"。

不仅如此，因为儿子扮演的角色也凝聚着自己的心血，他还认真地分析得失，并随时与孙红雷交流。

就这样，在儿子的"循循善诱"之下，整天忙忙碌碌的孙振山渐渐走出了丧妻之痛。有了父亲的帮助，进步很大的孙红雷心里也对父亲更加充满着感激。

因出演"余则成"很成功，孙红雷顿时成为一线明星。不仅如此，2010年9月21日，在第八届中国金鹰电视艺术节上，他连夺了"最佳表演艺术奖""最佳人气奖""最受观众喜爱的男演员奖"三项大奖，成为本届艺术节的最大赢家。

在当晚的颁奖礼上，抑制不住激动心情的孙红雷面对亿观电视观众，深情地表达了对父亲的感谢："谢谢我的父亲孙振山先生……"

那一刻，喧哗的现场一片寂静，只有轻轻的唏嘘和哽咽声。在晶莹的泪光中，孙红雷对父亲的感恩之心溢于言表。

当年孙红雷的母亲朱凤琴还在世时，眼看着儿子事业有成，孙振山和妻子很操心起他的终身大事，那段时间，孙振山总是催着妻子四处托人给他牵线搭桥寻找缘分。但父母今天给自己介绍一个研究生，明天介绍一个公务员，弄得孙红雷哭笑不得。

见父母如此热心，且热心到了"骚扰"他的程度，孙红雷便对父母说，"好男人何患无妻？"他说他不急于相亲，是想在事业上有出息，证明自己是好男儿后再说。

想想儿子说得也有道理，孙振山夫妻也就没再催得那么急了。

于是，少了父母许多"骚扰"的孙红雷一连接拍了多部影视剧，并因在电视剧《军歌嘹亮》《走过幸福》《七剑》中的精湛表演，先后获得"金鹰奖最佳男演员奖""中国电视界最受大众欢迎十佳演员奖"……

孙红雷事业越来越成功，他的年龄也在一天天长大。在父母眼中，只要他一天没结婚，父母便会对他操心，也担心他没人照顾。因而，直到朱凤琴去世，孙红雷没结婚的事都是老人家的心病，她再三嘱托丈夫，一定要督促儿子尽快完成这件事，让她能死得瞑目。

2010年11月11日，赵宝刚新剧《男人帮》开机。在剧中，孙红雷饰演风流洒脱的自由撰稿人顾小白，身为爱情专家，面对自己的爱情却不知所措。

在开机发布会上，赵宝刚还特地将孙振山也请到了现场。

父亲的到来，可谓喜气十足，然而，孙振山却当着众多记者的面对孙红雷逼起婚来："你是一个普通家庭的孩子……今年你已步入不惑之年……这标志着你已走入成熟……走过名利的人最终内心会归于平静，希望你能拥有小家庭的温暖，这是我近几年最大的期望！"

爸爸当场逼婚，让孙红雷和现场所有人都大感意外，当主持人笑问孙振山有无心仪人选时，老人便大方地说："现在红雷那朋友吧，我就很满意。我已经观察好几年了，心里有数……"

孙红雷连忙岔开话题："感情这东西总是当局者迷，我听爸爸的……我自己的生活会好好安排，等我真有结婚计划时会跟他说。"

2011年10月22日，《男人帮》在北京、浙江、天津等卫视黄金档上星首播后，即刻掀起了收视率狂潮。之后，网络点播率也超过10亿。

虽然观看过该剧的观众对孙红雷的表演风格褒贬不一，有人说他在剧中太"娘"，失去了他在以往电视剧中的"刚"性；也有人力挺他的"转型"，觉得他演啥像啥，不愧为演技派。但广大观众对他所扮演的顾小白在剧中时不时迸出的爱情金句却颇有同感，觉得不失为一部"爱情教科书"。

面对鲜花和板砖齐飞，孙红雷则说，生活中的他没有顾小白那么多心眼，他对感情比较直接，因而出演这样一个作家角色，是一个快乐的挑战。

而认真看过该剧的孙振山则对孙红雷说："顾小白"也好，生活中对感情很直接的本人也好，孙红雷能将自己真实的爱情"演"好，能尽早"演"到婚姻和家庭这一"集"，也许才是最成功的！父亲的话让孙红雷哭笑不得，但又生感慨：真是可怜天下父母心啊！

第4章

谢娜：「虚伪」父爱伴我成长

> 出于美好愿望的欺骗，是人生的滋养品，也是信念的原动力。它让人从心里燃起希望之火，确信世界上有爱、有信任、有感动，从而找到更多笑对生活的理由。
>
> ——题记

> 家财荡尽却说有钱,只为女儿能安心求学;再遭大劫还强颜欢笑,说自己过得很好;地震来袭成为灾民,躲在风雨飘摇帐篷里的他又骗女儿:爸爸住三星级宾馆,很安全……

著名主持人谢娜出生在一个文艺家庭,她的搞笑天赋很大一部分来自于父亲的遗传:6岁那年,谢娜跟随父母演出,便登台扮演了媒婆;14岁那年参加一次演讲比赛时获得了二等奖;16岁那年考上四川师范大学影视学院,并参与著名歌曲《九妹》MV的拍摄,出演女主角;17岁那年参加"全国推新人大赛",荣获影视表演冠军……

没人想到,在谢娜成长的过程中,有一个人对她的"欺骗"一直伴随着她,让她一步步从丑小鸭变为白天鹅。而这个总是欺骗她的人,就是父亲谢扬功。

1

家财荡尽,却说"有钱"

1980年5月6日,谢娜出生于四川省中江县,谢娜的父亲谢扬功曾是

第4章
谢娜："虚伪"父爱伴我成长

县曲艺队队长，她从小就继承了父亲的文艺细胞，是远近闻名、能歌善舞的童星。

升入高中的那年暑假，谢娜到成都去看在那里读书的表姐。表姐的一个同学说她长得挺好看，建议她去考四川师范大学电影电视学院。谢娜表姐的这个同学的爸爸是峨眉电影制片厂的美术师，跟四川师范大学电影电视学院院长罗共和转弯抹角地认识，她俩便初生牛犊不怕虎，直接去找罗共和院长帮忙。

死磨硬缠后，罗共和勉强同意让谢娜去读书，可争取到这个机会后，谢娜又犯了难，该怎么对爸爸妈妈说呢？那时，家里为她花了不少钱，让她又是补课又学奥数，就是希望她今后能考一所好大学。可现在她刚考上高中，却要退学，一向严厉的爸爸会同意吗？

结果，这事比想象的简单多了，谢扬功认真地问了一下四川师范大学影视学院的情况后，竟然爽快地答应了。

轻易便得到父亲支持以后，谢娜反倒有压力了，所以自她进校门起，就发誓一定要努力学习，要学个样子出来，让父亲觉得当初支持她读电影电视学院的决定是多么正确。

在成都上学的时候，谢娜每个月生活费是260元，而他们全家一个月的生活开销总共也才400多元。可那时她不知道父母的艰难，为了滑冰等玩乐，还常常打电话回家，问爸爸妈妈能不能多给她点零花钱。结果，平时很疼她的爸爸不开腔，妈妈却一口拒绝了。

看到妈妈这么不疼她，谢娜心里特难受。

第一个学期结束后，谢娜回家过春节，总觉得家里变得空荡荡的，少了什么东西，但也没有仔细留意。临近开学时的一天，她和舅母跟爸爸一起去街上买菜。路上，谢娜的舅母突然莫名其妙地对她说："娜娜，你要不就别去上学了！"谢娜非常惊讶，好不容易才争取来的读书机会，爸爸妈妈也很支持自己上学，舅母为什么这样说呢？

谢娜的舅母看着谢娜，吞吞吐吐地说："你家里，可能交不起学费了！"

舅母的话让谢娜吃了一惊，但就在谢娜还没来得及问舅母到底发生什么事情时，跟在她们后面的谢扬功吼了起来："怎么交不起学费了？我就是贷款，也要让娜娜上学！"说完，怒气冲冲地拉着谢娜，扔下谢娜的舅母就往家走，弄得谢娜的舅母非常尴尬。

看到爸爸那么生气，谢娜隐约觉得不对，却没敢多问。

以前谢娜每年都会有很多压岁钱，收到钱后她就将一时没花完的压岁钱攒起来放在一个袜子里，然后放在柜子衣服的最下面。这一天，谢娜突然发现压岁钱不见了，便问母亲："妈妈，我们家是不是遭贼了？我的压岁钱怎么不见了啊？"

谢娜的母亲当时表情很复杂，不知该如何回答才好。这时父亲很不好意思地对她说，钱是他拿的，但只是暂时周转一下。

"你们又不是没钱！为啥要拿我的压岁钱啊？"谢娜很生气，跟爸爸吵起架来。直到她发完脾气，父亲才说，那些钱他一定会还给她的。

后来，谢娜才得知，家里真出了大事！原来，谢娜的父亲谢扬功在一个很好的地段买了一块地皮，谁知房子建好并装修完工后，却突然接到政府的通知，说政府要扩街，刚建起的房子要拆除！谢扬功与之理论时，政府给谢扬功又指了一块地，叫他在那块地上重新修建。

既然这是政府的规划，谢扬功只能认命了。他赶紧找人帮忙去银行贷了一笔款，又在那个政府工作人员指定的空地上动工重新修建楼房。当时他想，建好了房，重新开始营业后，损失的钱迟早会收回来的。

谁料到，就在这个新工程即将完工之时，又接到政府通知，说新工程也得拆！谢扬功花钱找了不少人斡旋，却都没用，最后，新房子还是被拆掉了！

债主们看到谢扬功的公司一夜之间变成烂摊子后，都担心投资的钱打了水漂，便都来向谢扬功讨债。为了这次重建，谢家已经负债累累，往哪里再借钱啊？要债的人便每天堵在谢家门口，把家里值钱的电器家具都搬

第4章 谢娜:"虚伪"父爱伴我成长

走了,家里一下子变得空空荡荡的。

得知家里发生那么大的变故后,谢娜禁不住哭了。哭过之后,她比以前更振作,一门心思地想着要帮父母!于是那年暑假,她开始了勤工俭学。

1998年7月,谢娜靠着身边老师和同学的帮助,半工半读完成了学业。之后,她参加了全国第五届推新人大赛,一路过关斩将冲出四川。

出发前的那天晚上,谢娜与参赛选手一起住在峨眉电影制片厂旁边的西苑宾馆里。由于好长时间没见着从中江前来成都送别的父亲,谢娜与父亲聊得热火朝天,结果谢扬功错过了当天回中江的末班车。于是谢娜建议父亲也在宾馆开一个房间住。但谢扬功说他有一个同事在成都,他要去同事那里住,顺便还要和同事说点事情,谢娜就相信了。

其实,那晚谢扬功却去火车站旁边一个小巷里,花5块钱在一家录像厅里坐了一夜,连饮料都没有舍得买。后来当谢娜知道这件事时,眼泪一下子便落了下来——因为她父亲有腰病,不能长时间坐着。

谢扬功就是这样,不管自己多辛苦,在谢娜面前,他都用善意的谎言欺骗女儿,不让女儿有后顾之忧,他生怕自己的一句话、一件事分了女儿的心。

幸运的是,谢娜荣获了此次比赛的全国冠军,没有辜负父亲对她的期望。

2

再遭大劫,强颜欢笑

谢娜拿了推新人大赛冠军的那个晚上,有个剧组找到她,问她是否愿意去海南拍戏,谢娜高兴地答应了。

到了海南,谢娜才发现自己并非是去当演员的,而是去打杂的:拍戏之时,她总是揣着一条手绢,演着演着只要导演一喊停,她就得马上掏出来给演员擦汗……渐渐地,谢娜心里不平衡了:在四川,我是个尖子生,到北京后也拿了冠军,剧组怎么就让我打杂呢?难道在人才济济的北京我真的算不了什么?她觉得自己真是太失败了。于是,颓废、沮丧的她决定立即卷铺盖回四川。

然而,就在谢娜一边流着泪收拾行李,一边给父亲打电话说出她的想法时,却遭到了父亲破天荒的训斥:"一个人如果遇到一点儿挫折就打退堂鼓,那你说这样的人一生还能做成什么事?不行,你要坚持!只要你坚持了,你就一定会取得成功的!"

父亲的话让谢娜难受极了,她心想:父亲怎么现在这么不心疼我了呢?她一下子大哭了起来!

在电话中听见谢娜的啜泣声后,谢扬功又耐心地劝导谢娜说:"万事开头难,最终获胜的都是能坚持的人。再说,如果你放弃了演艺事业,将来中国不是少了一个巨星吗?"谢扬功的一席话又说得谢娜破涕为笑。

于是谢娜继续留在北京。

幸运的是,此后不久,曾与谢娜一道参加全国推新人大赛的一个朋友找到她说,《少年英雄方世玉》缺一个小丫鬟,问她是否愿意去试试。

丫鬟就丫鬟吧,谢娜想,有戏总比没戏好,就去了。结果,导演就看中了她,跟她签了30多集的合同。

谢娜没想到,在这部剧中,她还是个很重要的丫鬟,每场都有戏。她在那里一拍就是四个多月。

拍戏的时候,有一天,有一个中江县的熟人到北京办事时遇到了谢娜,他惊讶地问她:"娜娜,你怎么还在北京待着,干吗还不回家啊?你家里发生了那么大的事情,你都不知道啊?"

"你说什么?"谢娜摸不着头脑。

第4章 谢娜："虚伪"父爱伴我成长

"你们家被砸了，所有的东西都被搬空了，你爸也被人打了……"

爸爸被人打了？谁敢打我爸爸呀？听到这个消息，谢娜不敢相信。

原来，那些向谢扬功要债的人见谢家的东西都搬光了，再也没有东西可搬之后，便把他家砸了，把他打了一顿。法院在还没弄清楚的情况下，便以欠债不还为由，把他拘留了15天……

得知这一情况后，谢娜快要崩溃了，她心急如焚地赶回四川，发现家里真的发生了翻天覆地的变化：新换了防盗门和玻璃窗；手工打的木柜子整齐地摆在原来放电器和家具的地方……父亲见到她，乐呵呵地说："娜娃子，前一阵我将家里的旧家具扔了，现在换了些新的……"父亲以为她不知道实情，还在继续欺骗她！

谢娜的心里一阵酸楚："爸爸，你别再骗我了，我什么都知道了！"谢扬功见再也隐瞒不了女儿时，便摸着她的头说："娜娜，你专心发展你的事业吧，大人的事情你别管！你也管不了呀！你想想，如果你的事业也荒废了，那爸爸妈妈岂不是更没指望了？"父亲的话让谢娜的泪水止不住地流了下来，但她也在那一刻清醒了许多："是啊，我只有好好挣钱，才是眼前唯一能帮父母的办法！"于是第二天她又马不停蹄地赶往北京继续拍戏。

10天后，谢娜拿到了第一个月的工资：6000元钱！这笔钱真是来得适逢其时！于是，她留下2000元作为自己的房租和生活费，将剩下的4000元钱立即寄给父母。

收到谢娜的钱后，谢扬功打电话叫谢娜不要寄钱回家，说她一个人在外闯荡不容易，让她不要管家里，家里一切都很好。

那三个月，谢娜每月都只给自己留2000元钱，而将其余的钱全寄回家，虽然这些钱对她家所欠的债务来说是那么微不足道，可她要让父母开心，要让父母对生活充满信心！

随着时间的推移，讨债人的行为越来越偏激，而还不了债并非自己的

错,是政府部门随意规划才造成了损失,可自己却因欠债被拘留,觉得自己很冤的谢扬功决定打官司。没钱请律师,他就自己买了很多法律书,自己给自己辩护:"我一定要相关部门给我个说法!"

谢娜非常支持父亲这个决定!

2003年冬天的一天,谢娜带着父亲到北京向有关部门递送申诉材料。办完事之后,在谢扬功返家的头天晚上,谢娜交给父亲一张飞往成都的机票,说第二天一早要拍戏,不能送他了。其实,这张打折机票是谢娜向剧组提前预支了薪水才买到的,谢扬功笑着连连点头,还表现出很开心的样子。

晚上,谢娜回到租住屋时,父亲已经走了,茶几上压着几百元钱和一张纸条:"娜娃子,爸把机票换成火车票了,剩下的这些钱你自己留着花,你也不容易,爸坐火车回去就可以了,飞机票太浪费了。你好好拍戏,别担心家里,爸爸等你春节回家,咱们全家人一起团团圆圆地过个好年。"

拿着那张纸条,谢娜"哇——"地一声哭了!

那一年春节,谢家冷清无比,以前过春节来家串门的人,全都不来了,谢娜一下子感受到了世态炎凉,但谢扬功却表现得很快乐,一点没有重负压身的感觉。他对谢娜说,一家人能健健康康地在一起,就是幸福!那些磨难是人生的调味剂,磨难的存在,能更好地衬托出平常生活的美好!

春节过后,谢娜想在家里多待些时间,陪父亲一起打官司。但谢扬功却叫她赶快回北京,说春节前谢家的墙上被写了"父债子还"之类的大字,怕她留在四川会发生意外。

谢娜没再坚持,因为她知道,自己留下来确实起不了啥作用,反而可能令父母担心。

"我离开,是为了更好地回来!"谢娜发誓:"如果我再回来,一定要扬眉吐气!"

之后,谢娜的事业节节攀升。演完《少林英雄方世玉》后,她又接演了《幸福街》。为了得到《幸福街》女主角这个角色,谢娜还做了一些当时很另类但后来却被传为"美谈"的事儿：所有的艺人都是经纪人去谈合同，她却是自己去谈——谢娜径直找到导演说："我觉得自己适合演这个角色，您一定要让我演这个角色……"

导演第一次见到有人这样跟他谈，但最后看谢娜和戏里的女孩很相似：那个女孩也是没有戏，毛遂自荐后才有戏的，便忍不住乐了，说："好吧，就是你了！"

定下了角色，谢娜又带着一支笔和一个本子去找制片人谈薪酬，她坐在办公室里旁若无人地算着账："我演一集多少钱，如果我先签50集的话，会拿到多少钱，如果我每个月自己留两千，余下的寄给家里能寄多少钱……"

制片人在旁边看傻眼了，觉得谢娜是他遇到的第一个以这么好笑的方式跟他谈薪酬的人。但是为了回报父母的养育之恩，为父亲分忧，谢娜根本顾不上别人对她的惊诧、白眼或者是同情。

谢扬功的官司最终赢了，德阳市中级人民法院于2001年10月31日做出民事裁定书裁定："……中江县法院采取司法拘留申请人是错误的。赔偿委员会认为，应对其给予赔偿……"

那天，谢扬功很骄傲地给谢娜看了德阳市中级人民法院的民事裁定书和赔偿决定书，像个考试得了满分的学生，父女俩禁不住喜极而泣。

3

地震来袭，再骗女儿

为了不让谢娜在事业上分心，谢扬功总是在女儿谢娜面前撒谎，将他和谢娜妈妈的生活说成是天堂般的日子，哪怕就是灭顶之灾突然降临，也

一样被他说成"幸福无边"。

2008年5月12日14时28分,四川省发生了震惊中外的汶川大地震。地震发生时,正在北京上班的谢娜只觉得自己所在的房间有一些摇晃。

不一会,一个朋友打电话给谢娜说,刚才四川汶川发生地震了,很严重。谢娜一听顿时蒙了,她立即心急火燎地打电话给家里,但怎么拨电话都拨不通,那时她简直要崩溃了,因为中江县也在德阳境内,离震中汶川的距离仅有80公里。

谢娜不停地拨电话,一个多小时后,电话终于打通了。但父亲谢扬功却在电话中说,他们家的亲戚都在一个广场上待着,很安全:"娜娃子,我们这里的地震根本不厉害,你放心吧!"说完电话就断了,谢娜再拨时却怎么也拨不通了。因为相信了父亲说地震不厉害的话,谢娜也没多想,毕竟中江不是汶川。

谁知当天晚上,当谢娜看电视时才知道,家乡已经成为人间地狱!她忽然意识到,父亲又欺骗了她——父亲一定是怕她担心,所以才说地震不厉害。

谢娜一边看电视,一边哭。她想打电话给家里,却一直打不通,只能焦急地等待,心里特别害怕。

后来谢娜才知道,地震发生时,母亲是光着脚跑出屋的,家里的电器全部震到了地上,被摔得破碎不堪,房子的墙壁也被震得裂出了大口子。

地震发生后的5月13日和14日,谢娜去贵州演话剧《暗恋桃花源》,她扮演女主角春花。《暗恋桃花源》是一部喜剧,谢娜却一直在哭,没办法调整心情参加演出。制片人便安慰她说,会在话剧演出之前搞一个募捐活动,希望她看到人们纷纷献出的爱心时,心情会好起来。

晚上,募捐活动虽然只进行了半个小时,但却募捐到了20多万元现金和50多万元物资,谢娜真是太感动了。

那两天,除了演戏,谢娜还不停地打父亲的电话。后来终于打通了,

第4章
谢娜:"虚伪"父爱伴我成长

她哭着对父亲说,她要回家接父母离开四川。但谢扬功却不等她话说完,便说:"现在全国很多志愿者都在往四川赶,你不要回来,免得占用了他们的机票和道路,这样可以使更多的人获救,放心吧,我们现在正住着非常安全的三星级宾馆呢!有地毯,有席梦思,你在外面多做一些赈灾的工作,我和你妈会更开心。"

父亲的话让谢娜困惑不已:在余震不断、离汶川震中只有80公里的中江,很多房子都成了危房,父亲上哪里找到安全的三星级宾馆?他又怎么有钱住星级宾馆?

2008年5月19日,谢娜赶回四川赈灾。因为统一安排,她先去了绵阳,往医院去送一些医药和赈灾的物资,然后去看灾民……

在灾民聚集点,谢娜看到一群孩子,他们是被老师带着逃离震区,在雨中翻山越岭走了一天一夜,才走到绵阳来的。谢娜问孩子们谁最勇敢时,孩子们都纷纷说自己最勇敢!谢娜又问他们谁没哭时,每个人都说自己没有哭。

然而,当谢娜问他们眼前最大的心愿是什么时,他们却都突然间沉默了。也就在那一瞬间,谢娜发现他们眼睛里都充满了眼泪,不少孩子哽咽着说:"我希望像过去那样,能与爸爸妈妈、能与家人好好生活……"话没说完,便泣不成声。也在这一刻,她倍加思念父母。

结束了绵阳之行后,谢娜终于回到了朝思暮想的中江,结果发现她家的房子已成危房,父母和舅舅、舅母,还有爷爷、奶奶,6个人挤在一个帐篷里。进了帐篷后谢娜才明白,父亲曾经在电话中告诉她所谓的"三星级宾馆"的含义:帐篷地上铺的是一张广告纸,又捡了一个小席梦思……

"爸爸,这就是你所谓的三星级宾馆啊?"谢娜笑着问谢扬功。谢扬功听了,尴尬地笑了笑,然后又表现出若无其事的样子。但谢娜却哭了,这是父亲对她的又一个善意的欺骗啊!

那天晚上,谢娜也睡在了这个"三星级"的帐篷里,虽然电台预告了

夜里有六到七级余震,但有父母在身边,她却感到前所未有的轻松和踏实。

其实,在谢娜成长的过程中,父亲谢扬功对她善意的欺骗还有很多:

当年谢娜刚进《快乐大本营》当主持时,由于经验不足,不少观众质疑她的主持能力,饱受打击的她曾一度想放弃主持这一行,继续去剧组干她的"丫鬟专业户"。

谢娜至今还记得,那段时间,总有几个热心的"粉丝"一直支持她,时常给她发短信:"美女!我很喜欢你轻松快乐的主持风格!你是我的偶像!""看到你敬业得昏倒在舞台上的情景时,我被你深深地震撼了,眼泪一下子就涌了出来!你这么敬业,相信你一定能成为中国最出色的女主持的!"

这几个"粉丝"的支持短信给了谢娜无穷的动力,她将他们的手机号存了起来,署名为"鼓励我的人之一""鼓励我的人之二""鼓励我的人之三"。

后来,谢娜终于渡过难关,成了当红主持人。想到曾经那几个热心"粉丝"的鼓励与支持,她心里非常感激。

然而,一波刚平,一波又起。2006年5月,与谢娜相恋多年的影帝男友刘烨因聚少离多而与她黯然分手。这段恋情是谢娜的初恋,她对这段感情投入很深,分手的打击让她一度觉得失去刘烨便失去了一切,整天以泪洗面。

那段时间,又是那三个一直鼓励谢娜的"粉丝"给她发来短信:"除了爱情,你还有'粉丝',还有家人!""你在我眼中一直是阳光的,你如此消沉,伤害的不仅是你自己,还有热爱你、一直支持你的我们!"

这个时候,谢娜被彻底感动了,决定拨通这几个"粉丝"的电话,向他们说一声感谢。然而,当她一个一个电话拨打过去,好不容易将总是"关机"或者"不在服务区"的手机打通时,才惊异地得知,那三个号原来都是父亲谢扬功的——为了支持谢娜、鼓励谢娜，谢扬功特地去买了三个新的手机卡，不时用不同的手机号给她发鼓励短信！

2008年12月25日，谢娜在电话中给父母祝贺圣诞节的同时，告诉他们说，自己将于12月27日到成都首发并签售刚出版的新书《娜写年华》，问父母有没有时间到成都去聚聚。谢扬功听了谢娜的话后，连声说他和谢娜的母亲工作忙，抽不开身，不然一定到成都为她捧场。

2008年12月27日那天下午，谢娜在成都万达广场为读者做现场签售。一个多小时后，当签名签得头昏脑胀的她接过一位中年男子手中的书，突然看到书中附着一张写着"娜娃子，我也是你的'粉丝'"的纸条时，她先是一愣，抬起头来，马上便泪流满面："爸爸！是你呀？"她一下子扑进父亲怀里！

原来，得知谢娜要到成都签售时，心中当即就决定要去成都为女儿捧场的谢扬功，故意说没时间去成都。为了给女儿一个惊喜，第二天一大早他却和谢娜的母亲从中江赶到成都，跟普通歌迷一样排队等候女儿的签名……

曾经有一位乡村教师，他称自己能给学生预测未来：你将来可能成为数学家，他能当作家，那个同学具有艺术天赋……在老师的指点、熏染、鼓励中，孩子们变得勤奋刻苦，懂事好学。几年后，大批学生以优异成绩迈进大学的校门，小村也因此闻名。人们都以为这位老教师能掐会算，感知未来，其实，老师的良苦用心，是将一个个善意的谎言种植在孩子的心灵里，就像播一粒种子在土里，它们终将枝繁叶茂，开花结果。

出于美好愿望的欺骗，是人生的滋养品，也是信念的原动力。它让人从心里燃起希望之火，确信世界上有爱、有信任、有感动，从而找到笑对生活的更多理由。

谢娜能从一个默默无闻的县城小女孩，成长为当红影视歌明星，正是父亲善意的欺骗，让她具有神奇的力量，使她坚强执着，一次再一次地做

着进步的努力,最后战胜脆弱,走向成功。

因而,每当想到父亲,谢娜都心存感激,她不仅感谢父亲对她的养育之恩,也感谢父亲用善意的谎言让她坚强,让她进步,让她成功!

第5章 李咏：孔雀开屏为女儿

> 心理学数据表明，在人的一生当中，对孩子影响最大的是父亲。如果一个孩子长大成功了，可能百分之二十是靠自己努力，还有百分之八十是靠他爹。所以我作为父亲，应该尽可能多地抽出时间，来陪伴孩子的成长……
>
> ——李咏

> 三十二岁才要孩子,女儿出生便"我爱你";"第三者"成"心尖尖",一生演好一场大戏;慈父有时也严苛,事业中天为女辞职。

阳春三月,当"贺岁片""春晚"等娱乐热词随着年末岁首的远离而渐渐远去之后,娱乐圈宛若遭遇春寒,清冷横生。但自2013年3月7日,有消息曝出李咏将从央视辞职起,到3月21日这一消息被证实,娱乐圈再次热闹非凡,一时间,圈内圈外众议纷纭。

李咏是中央电视台当红男主持人,他所主持的《非常6+1》和《向幸福出发》等节目等成为央视的王牌节目,他在观众心中受欢迎程度更是首屈一指,被誉为"央视一哥"。可是,正处于事业巅峰之际的李咏,为何突出要离开央视呢?

众所周知,李咏的夫人是龙年、蛇年两届春晚的总导演哈文,李咏从央视辞职是否与哈文升任央视文艺部副主任有关?每个成功的男人背后都有一个伟大的女人,按理说,妻子荣升,会更有利于李咏事业的发展,他为啥还要辞职呢?

本书作者曾多次采访李咏和哈文,在李咏辞职之事被确认以后,作者又第一时间连线李咏与哈文,得知其离开央视的主要原因竟然是为了陪伴女儿的成长,个中原因,非一言可尽。

第5章
李咏：孔雀开屏为女儿

1
为女儿选定"我爱你"的生日

1968年5月3日，李咏出生于新疆乌鲁木齐市，和同样生于1968年的青岛姑娘哈文是北京广播学院的同学。因为哈文长得漂亮，刚进大学校门不足三个月，李咏便开始热烈地追求哈文：上课偷偷给她画像，又煞费苦心地将画作送到她手中，让哈文既诧异又感动。之后，李咏又"乘胜追击"，百折不挠，最终，两人确定了恋爱关系，并于1991年共结连理。

婚后，夫妻俩一个在北京，一个在天津，天各一方，聚少离多，不具备要宝宝的条件；后来，两人费尽周折都到了北京，且都到了中央电视台，却又因房子逼仄，"宝贝计划"被迫延后；再后来，几经拼搏，两人有了一个像样的窝，可李咏又恐孩子是"第三者"，担心他/她影响夫妻感情，又坚决不要宝宝。

对李咏的"总有理"，恩爱中的哈文也觉得没什么不妥，就这样，夫妻二人共同防范着"第三者"的到来，惬意地享受着神仙眷侣般的二人世界：从不做饭，哪儿好吃奔哪儿去；晚上回家，想看录像看录像，想打牌打牌；如有闲暇，想去哪玩去哪玩，想怎么玩怎么玩……

时光飞逝，转眼过了十年。到了2001年，李咏与哈文都已32岁，他俩才觉得应该享受有孩子的天伦之乐了，并很快怀上了孩子。

在哈文怀孕刚三个月，能通过器械听到胎音时，她就开始对腹内胎儿进行胎教，利用早晚的休息时间对着肚子说话，讲故事，放胎教音乐。当然，由于腹中第一次有了个小生命，哈文的情绪波动也很大，李咏不得不时时处处赔着小心。

虽然李咏的长相让人横竖看不出他跟一个好爸爸有啥必然的联系,但实际上,他感情细腻,性格温柔,尤其表现在父爱上更是如此:当李咏第一次通过胎心监测仪听到了胎儿心跳的声音时,激动不已的他便提笔给这个未出世的孩子写起日记来:

"小宝贝,你好吗?今天爸爸一个人静静卧于床上,手握着你胎心的录音,塞到被窝里,音量开到最大,让你那铿锵的心跳声儿,通过被窝与席梦思的混响和共振,从手到胳膊传递到全身,爸爸真正体验了一把什么叫心动。你知道吗?你在妈妈腹中,默默地成长,妈妈时愁时喜,一惊一乍,随时能感受到你的存在,可是爸爸又不能变成一条蛔虫,只能隔岸观火干着急。但听胎心就完全不一样了,爸爸至少听见了……你的胎心让爸爸对你展开了无穷想象,以至于爸爸像个精神病人一样懒于起床下地。真的,你让爸爸变傻了,变呆了,变痴了。你不觉得自己太神奇了吗?爸爸是在生命奥秘面前完完全全地变成弱智了。不行,这样下去不行,爸爸要和你一道,从头开始,展开一场爱的较量。"

李咏以前没有写日记的习惯,他是因为看到妻子与腹中胎儿说话时那种幸福的样子羡慕不已而又束手无策时,才采取了这种方式与"小宝贝"交流的。有了这个开端之后,他便每天坚持给未出世的小宝贝写日记。

"亲爱的小宝贝,你好吗?天天都听妈妈说,小宝贝是多么活跃,多么好,只可惜白天妈妈和爸爸各忙各的,爸爸无福多看到小宝贝的活跃。刚才,爸爸向小宝贝表达了这点想法,万没想到,我居然看到了小宝贝的蠕动,你似乎在说:'不是没看到吗?这就让你看看。'顷刻,爸爸泪流满面。爸爸感慨地和妈妈说,这就是血缘。在今天《名人点击》的录制棚里,有人问我:最近一次让自己动感情的事是什么?我回答说,是第一次听到小宝贝的胎心。是的,伴着'砰砰砰砰'一声紧似一声的心跳,当时,爸爸的泪水便在眼眶里滚来滚去……"

那段时间,李咏的日记每篇都是如此细腻,如此激情澎湃,如此柔情似水而又感人至深。

看到从单位回到家里困倦不已的李咏依然雷打不动地坚持着给腹中宝贝写日记时,哈文笑着问他道:"你天天这样写着,难道不觉得疲惫和枯燥吗?"

李咏笑着说:"我们的孩子每天在黑暗中顽强地生长着都不觉得累,而我每天在灿烂的阳光下生活着,我还有什么理由敢喊累和枯燥呢?"

李咏的话说得哈文哈哈大笑。

十月怀胎,很快到了预产期:2002年5月29日。哈文原想自然产,但李咏怕媳妇受苦,建议提前剖腹产,理由是孩子在娘胎中呆够37周便成熟了!一番商议之后,两人达成共识,将剖腹产日子定为5月20日。理由是5月20日出生的孩子跟李咏一样都属金牛座,而且这个日子还有着特别的含义:"520"="我爱你"!

2002年5月20日,早上8点15分,当李咏在手术知情同意书上签完字后,哈文便被推进了手术室,继而麻醉,再清洗、消毒。

当手术室门框上方的红灯亮了后,李咏的心情就变得复杂起来,一边读秒一边祈祷,因为红灯亮便表明剖腹产手术正式开始。

就这样约过了15分钟,突然一声娇嫩的婴啼从手术室里传出,不一会,一个护士探出头来告诉李咏说:"生了个女孩,6斤8两!"

2

为"心尖尖"一生演好一场大戏

这是一个漂亮的女孩儿,红扑扑的脸,粉嫩得令人心疼,脸上一双眯缝着的小眼睛,怯怯地打量着这个陌生却充满光明的世界……"这就是我

一直用心与之交流、一直期待着能够早日降临人世的宝贝吗?这个漂亮的女孩儿,是上天赐予给我的小公主啊!"李咏的心咚咚地跳着,突然而至的狂喜令他几欲昏厥。

那天,李咏在日记里记录了自己的心情:"小宝贝,你好吗?今天爸爸好高兴啊!回到病房以后,我一直盯着你看。这时候我觉得我们是平等的。我伸手和你接触,你虽然很小,可是却有感觉,能感知出我们父女之间的亲情传递,那时,我就越发地敬畏你了。

小宝贝,爸爸妈妈因为相爱而有了你,也会因你更相爱,这当然得靠你的帮助,因为我们是三口之家嘛。现在你还不懂什么叫爱情,其实爸爸开始也不懂,就是感觉像得了间歇性精神病,唯一有效的药方就是和你妈结婚,婚后可以说是很甜蜜,可也渐渐进入了甜蜜的"失业期",正愁闷时,你来了,不仅完整了爸爸妈妈的爱情,而且更重要的是给爸爸妈妈又提供了'再就业'的机会,爸爸真该感谢你呢!"

而对生孩子的过程,因为打了麻药,哈文觉得有些木然,剖腹产时,她只隐隐地感到有东西在划过自己的肚子,却并不疼痛。之后,孩子哭了,她却没找着当妈的感觉。

因为哈文是回族,她在李咏的支持下,请一位德高望重的阿訇为女儿取了一个"法图麦"的名字,这个女孩气十足的名字,有着深刻的寓意:"圣人的女儿"!得到了这个名字之后,李咏便马上到派出所去给女儿注册了名字"法图麦·李"。当女儿有了大名之后,他们又给女儿取了一个"豆豆"的小名。

虽然女儿是个"第三者",但李咏和哈文却很感谢这个"第三者":她不仅不会让他们的感情疏远,相反还是黏合剂,能使他们原本甜蜜的爱情更加甜蜜,原本幸福的婚姻更加牢固。

从那之后,只要法图麦在家中,李咏和哈文不管多忙多晚,都要第一时间赶回家,因为女儿的味道就是家的味道!女儿是他们的镇宅之宝!李

第5章
李咏：孔雀开屏为女儿

咏更是时常与女儿一起躺在床上，给女儿讲讲故事、聊聊天；当女儿睡眼蒙眬时，他又在女儿额头、鼻尖、下巴、脖子、脸蛋等地方亲个没够，这种亲昵之举，几乎成了女儿最好的催眠曲。

俗话说，真心爱孩子就要学会蹲下来与之说话。

为了与女儿平等交流，李咏不仅会蹲下，甚至会躺在地上以顽童状与女儿说话。看到他"老"不更事的样子，忍俊不禁的哈文说他有神经病。李咏听后，却认真地说："你不觉得我这是一种快乐吗？当人有点愚钝的时候，他的快乐才是真快乐。我是被宝贝女儿的童心感染了，所以如此'礼贤下士'。"

为了当好一个父亲，李咏还将自己的家庭成员进行了全新定位，合演一场拍摄时间为一生的大戏：李咏出演男一号，名字叫"爸爸"；哈文出演女一号，名字叫"妈妈"，而该戏的导演，则是法图麦·李。

李咏对哈文说，他们这个大片的目标是获得"奥斯卡最佳导演小宝贝奖""终身成就奥斯卡爸爸奖"。到时候，颁奖嘉宾就是哈文。

为了演好自己的男一号角色，李咏很努力，他自己无论再累，都要保持一颗愉快的童心，这样才能跟女儿打成一片。

法图麦属"马"，为了让女儿的出生和成长更有意义，2002年10月，李咏决定认养一匹和女儿同年同月同日生的小斑马，与女儿一起成长。经过与北京动物园联络，他们顺利地选中了一匹5月18日出生的小斑马，与法图麦的生日只差两天，他们给这匹小斑马也取了个"豆豆"的名字。

双休日，李咏和哈文经常带法图麦去动物园，看认养的小斑马"豆豆"。法图麦似乎很认同"马"作为自己的形象代表。

但有一天，法图麦却若有所思地对李咏说，她不想属马了。

李咏很奇怪，要是那样，自己的一番苦心不就白费了吗？"你不是很喜欢小斑马吗？不属马，你想属什么呢？"

法图麦回答说她想属小兔。

李咏很惊讶:"小兔比小斑马好吗?"

法图麦认真地说:"当然要好哪!小兔吃萝卜,马吃草,草没有萝卜好吃呀!"

法图麦成长的过程中发生过不少趣事,比如她刚记事时,只要在电视里看到李咏,便很困惑:"电视机里的那个人是爸爸吗?他是怎么钻进小小的电视机里去了呢?"

后来,小家伙又开始吃醋了:每当在电视里看见有女观众和李咏拥抱,她便会一下把电视机关了。看到电视里李咏接通观众的电话,电话那头的观众很兴奋:"啊,你是李咏!"法图麦也会一下把电视关了,嘴里还不满地说:"你是我爸爸,他们高兴什么啊?"

法图麦读幼儿园时,李咏每次去接她,都会有不少人主动和李咏攀谈,或请他签名,这让法图麦很不理解:"爸爸的作业怎么写在别人的本子上呀?而且字迹潦草,几个字占一页纸,多浪费纸啊,真不乖!"而当学校组织亲子活动时,法图麦也对其他小朋友及父母跟自己爸爸更亲热的现象甚为不满:"他们有爸爸有妈妈的呀,为啥总想抢我的爸爸呢?"

这时,李咏总会幽默地对女儿说道:"人家喜欢你爸爸,是因为你爸爸的脸比别的小朋友的爸爸妈妈的脸更长啊!"

李咏"幽默"的次数多了,有一次法图麦竟然有了主意:"那我也要请医生伯伯给我做一张长脸,就像斑马的脸一样长!"

女儿的话将李咏吓了一大跳:"宝贝呀,那可不能将脸做成那么长啊!不然,可就得被关在笼子里让别人看的啊!宝贝也因此读不上书了呀,所以,还是宝贝这张脸最漂亮了呢!"

有时候,李咏也带法图麦出去走走,既感受人情,也感受风景。当有人找李咏签名时,李咏偶尔就会问女儿:"能签吗?"如果法图麦说"不行!"那李咏就会说:"抱歉,我女儿不让我签。"如果法图麦说:"签吧。"那他就签。在李咏眼里,女儿是他的命根子!

第5章 李咏：孔雀开屏为女儿

李咏是典型的 A 型血金牛座、恋家且偏执的男人。有了女儿后，他觉得自己的小家更稳固了，一家三口就像一个直角三角形，自己和哈文分别是那两条九十度的直角边，法图麦则是那条斜边，三个点三条线互为支撑，相为依靠……

3

既慈祥也严苛，事业中天为女辞职

除了在北京市动物园认养斑马"豆豆"外，随着法图麦的一天天长大，李咏又开始在家里养宠物，以此来培养女儿的爱心，他们先后养过兔子、小乌龟、金鱼等，当这些宠物都先后"作古"后，李咏又琢磨起让女儿养别的宠物来。

养只什么宠物好呢？李咏和哈文本希望女儿喜欢猫儿、鸟儿之类，因为这些动物比较温柔，然而，法图麦却独独喜欢狗。女儿爱狗，自己爱女儿，为了培养女儿的爱心，他们只得依了女儿。

于是 2011 年 6 月 15 日，哈文从一个朋友处抱了一只名叫雪儿的比熊宠物犬回家。因为这只狗长得白，法图麦便给它取名雪儿。带雪儿回家的路上，法图麦怕雪儿伤心，一路和它说话唱歌；回家后也围绕在它身边寸步不离。

雪儿到家的第一晚，由于环境的变化，整晚都叫来叫去。一大早，法图麦就起床给雪儿喂饭，眼神和动作充满了爱心。

从那之后，法图麦对雪儿的感情越来越深，一有时间便跟狗玩，简直亲热得不得了。见状，李咏笑着对哈文说，从此后，你便多了一个女儿，法图麦多了一个妹妹。

虽然对法图麦疼爱有加，李咏却并不娇惯女儿，跌了摔了，都表现得很镇定，觉得女儿适当遭受些挫折并非坏事，毕竟温室里的娇花是经受不住岁月长河的大风大浪的。

孩子都有不懂事和偷懒的时候，怎么让孩子改掉这些坏毛病呢？李咏可谓煞费苦心。有的父母认为，孩子与父母吵架、顶嘴便是大逆不道。但李咏却认为，父母与子女享有平等对话的权利，哪怕吵架也无所谓，因为吵架不仅能让道理越辩越明，让孩子知道善恶是非，还能开启孩子思维，拓展孩子知识面，锻炼孩子的口才。

为了让女儿多一种技能，除了让法图麦学画画外，李咏还与哈文商量，决定让女儿学钢琴。虽然在学琴之初，法图麦很喜欢钢琴音乐，也对即将到来的学琴生活憧憬不已，然而，当她正式学琴后，才知其中苦滋味。于是，她找出各种理由来逃避弹钢琴；实在理屈词穷不能不学，便能拖则拖，能赖则赖，有时候还与爸爸妈妈吵吵嘴。

女儿与自己吵吵嘴，无妨，但李咏坚持认为，女儿不学琴却是行不通的，哪怕自己多么喜欢女儿。因为原则是原则，爱是爱！李咏的观点得到了哈文的坚决支持。

父母的决定如此强悍，别无选择的法图麦只能痛苦地执行了。但小丫头却也在泪水涟涟中抛下一句狠话："我以后绝不让我的孩子学琴！"法图麦自言自语的话，让李咏哭笑不得。

就这样，法图麦很快考过钢琴五级。

虽然填鸭似的教育也取得了一定的成果，李咏心里却并不欣慰——他在坚持原则的同时，一直都在琢磨如何让女儿对钢琴爱由心生。因为只有这样，女儿学琴才能持之以恒。

不久，法图麦所在学校有个学生音乐会，法图麦的老师得知法图麦钢琴已过五级后，便将她挑选出来，要求她出一个节目——上台演奏一段钢琴曲。

第5章
李咏：孔雀开屏为女儿

面对这个展现自己的难得的机会，法图麦却不以为然，甚至不想参加。但在得知这一消息后，李咏却很开心，觉得提升女儿学钢琴的兴趣的机会终于来了！于是他对女儿软硬兼施，劝她珍惜这个登台的机会。父母威逼利诱，软磨硬缠，再加上老师的话好比圣旨不可违抗，法图麦只得"自叹命苦"，了无兴趣地接受"机会"。

只要女儿能够登台就好，李咏可不管她痛苦不痛苦。因为他知道女儿的"实力"！他相信这种"痛苦"会非常短暂，如同清晨的雾霾，会很快散去。

果然不出所料！当法图麦怀着忐忑复杂的心情登台弹过一曲之后，台下师生顿时掌声雷动，让她顿时既惊讶又开心。

就这样，几乎是在一瞬间，法图麦便体会到了"学有所成"的荣誉感！

那天回家，她向父母谈起自己在学校弹钢琴的"盛况"时，可谓津津乐道，末了还特地补充了一句："爸爸说得真对，真的是'梅花香自苦寒来'！"

2011年5月8日晚上，法图麦又深情地对哈文说："妈妈，今天是母亲节，我送你一首钢琴曲吧！请听泰坦尼克插曲《我心永恒》！"

哈文打趣道："你不是觉得我和你爸让你学琴很烦恼吗？现在知道学弹琴的好处了吧？"

哈文的话让法图麦有些不好意思："妈妈，我知道你和爸爸逼我学琴是为我好。尽管我也知道学琴很苦，能不学就不学，可心里却还是感激你们的！"

多懂事的女儿啊！哈文和李咏听了此话后心里都暖暖的。

然而，由于李咏和哈文的工作特别忙，平时与法图麦待在一起的时间并不多。哈文是央视文艺部著名导演，又是制片人，制作节目时事无巨细都要操心，担任春晚总导演期间，更是如此。

身为主持人的李咏虽然工作要简单一些,但要将他所主持的《非常6+1》和《向幸福出发》等节目做得出彩,不殚精竭虑也不行。

好在夫妻俩在事业上的付出都得到了相应的回报:李咏成了央视"一哥",哈文任总导演的两届春晚也令观众刮目相看,广受好评。

本来以为春晚结束后夫妻俩便会恢复常态,有时间陪伴女儿成长,岂知哈文因能力出众,春晚后被直接提拔为央视文艺部副主任。

哈文升职后,李咏和哈文与女儿相处的时间变得更少了,由于电视台节目部的特殊工作性质,通常是凌晨时间才下班,等他们回家时,法图麦已经睡着了;早上法图麦上学时,他们又都还在睡觉……想到女儿到当年5月便满11岁了,而且面临小升初的压力,李咏与哈文心里就有着一种莫名的焦虑。

李咏外表阳刚,内心却柔弱如水。他曾从一本书上得知,父亲对孩子的鼓励和肯定所带来的影响,是母亲对孩子的鼓励和肯定的50倍。为了能有更多的时间,在女儿面临人生升学的关键时期陪伴女儿成长,他在心中做出了一个惊人的决定!

三月阳春,就在春晚的欢乐气氛渐渐远去,娱乐新闻渐趋平静,孩子们步出寒假的闲散,重新开始校园生活之时。2012年3月7日,一个小道消息劲猛地传来:李咏将从央视辞职!

此消息一出,娱乐圈顿时哗然,李咏的"粉丝"和广大媒体从业者纷纷猜测他辞职消息的真实性和辞职的原因。有人说李咏离开央视是因为酬劳太低,东南卫视则曝出李咏加盟其某档节目的身价高过该台所有当家花旦……

一时间,这件事众说纷纭,莫衷一是。时间一天天过去,直到3月22日,李咏与哈文现身母校中国传媒大学,与学弟学妹进行交流时,面对媒体的追问,李咏是否从央视辞职、从央视辞职的原因以及是否加盟了某电视台等谜底才一一水落石出。

第5章
李咏：孔雀开屏为女儿

原来，一直浸淫在无力自拔的甜蜜父爱中的李咏所做出的那个惊人的决定，正是他从央视辞职这事！

李咏和哈文都在令人羡慕的中央电视台工作，各自的事业也都小有成就，但由于平时工作太忙，他们在成就事业之时，也倍感越来越疏远了自己在女儿面前的父母之职。

随着法图麦的渐渐长大，父母对她的陪伴和辅导却越来越重要，作为父母，如果两人都只顾自己的事业发展，却忽视了对女儿成长的呵护和肯定，势必会顾此失彼！而哈文此时刚刚被提升至新的岗位，正是大展宏图的好时机，考虑再三之后，李咏决定从央视辞职，回中国传媒大学当老师，以便有更多时间可以陪伴女儿的成长。

"无情未必真豪杰，怜子如何不丈夫？"李咏从央视辞职原因的谜底揭开，他那对女儿的一腔拳拳父爱令人唏嘘。在"拼爹主义"大行其道的今天，李咏没有用自己的功成名就来对女儿揠苗助长，而是用陪伴与爱来呵护女儿成长，实在难能可贵！

第 6 章

王宝强：父爱鞭笞下一举成名

父爱是一缕阳光，让你的心灵即使在寒冷的冬天也能感到温暖如春；父爱是一泓清泉，让你的情感即使蒙上岁月的风尘依然纯洁明净。有人说，"一个父亲胜过100个教师"，因而孩子的成长、天才的培养，父爱绝不能走开！

——题记

  与众多毕业于科班的影视演员相比，没有进过校门，没有影视剧背景，也没有表演资历，且完全是农民身份、其貌不扬的他，能够在一夜之间成为一线红星，无论怎么说，都是一个奇迹！

  而创造奇迹的人，就是天才！

1

少不更事，心里痛恨父亲

  电影大片《集结号》《天下无贼》、最热电视剧《士兵突击》《暗算》等，一部又一部大戏，成就了一个从偏僻农村出来"漂"在北京的农民工王宝强，他一夜之间所展现的超强的人气还让他登上了中央电视台春节联欢晚会大舞台，而且接连表演两个节目……

  一个相貌毫不起眼的农村小伙子，为什么能在一夜之间红遍大江南北，登上众多杂志、报刊的封面？没有任何背景，没有任何文化基础，朴实的他为何能一夜成名、为广大观众所追捧？

  其实，王宝强的成功，完全得益于严厉的父亲对他多年的栽培和鞭策！

  他就是一个普通得不能再普通的农村孩子。不过，普通之中，也有几

第6章 王宝强：父爱鞭笞下一举成名

许异于同龄孩子的性格，而这种性格颇令他的父母头痛。

日子重叠着日子，脸朝黄土背朝天的生活，不过就是五更便披星戴月迎接日出，然后再送走日落三更方睡，千篇一律，平淡乏味。即使1984年4月29日，王宝强来到人世，他的父亲王银生、母亲刘焕德，也没有多大的兴奋，他们甚至还哀叹了一口气，感叹这个小生命的出世，不过是他的出生地——河北省南和县贾宋镇大会塔村，又多了一个未来的村民而已。

王宝强是家中最小的孩子，他上面还有一个哥哥、一个姐姐。

王宝强的童年就像其他农村孩子不被人关注的童年一样，树叶般随春风飘来，随秋风飘零，被时光推挤着走。而他，就是农村随处长着的树林里一蓬平平常常的枝丫。

在王宝强身上如过客般飘过的还不只他的童年，还有他身上的衣服。这些大小总难合身的衣服，都是哥哥姐姐穿过弃下的，这些衣服像树叶一般陪伴王宝强走过几个春夏秋冬后，又纷纷飘落，不留一丝痕迹。

儿时的王宝强虽然不像电影《天下无贼》中那种傻傻的样子，但是脾气却倔得出奇。

在岁月里，淡忘美好是天性，但刻下难堪，却又是那么任性。6岁那年冬天，有一天，王宝强跟母亲刘焕德去贾宋镇赶集，看上了一件绣有孙悟空肖像的T恤，便想让母亲给他买来穿。

孙悟空是那个年代农村孩子心中的偶像，如能拥有一件印有偶像肖像的T恤，那该多好啊！然而，在这个世界上，愿望与现实却又总是隔着自以为是的距离。家里经济条件不好，母亲没舍得给他买。这下子，王宝强的倔脾气上来了，索性在那个摊位前的地上打起滚来，像银幕上被唐僧念紧箍咒的孙悟空那样来回翻滚。

看到儿子这样，怕乡邻们笑自己抠门的刘焕德心里像吃了辣椒般不是滋味，她无奈地叹了一口气，赶紧满足了王宝强的心愿，给他买下了那件T恤。

孩子的坏习惯，大都是父母纵容所致。此后，尝到甜头的王宝强，在母亲赶集或者走亲戚时，总是抓住母亲的衣摆，要求带他一起去；见到喜欢的东西，总是又哭又喊、满地打滚地要求母亲给他买。

"养不教，父之过"，见王宝强这样横，曾经是军人的父亲王银生深知纪律的重要性，他决定亲自收拾王宝强，让他改掉这个倔毛病。因而，当王宝强又一次故伎重演哭闹着要跟母亲一起去赶集时，王银生在呵斥王宝强不管用的情况下，生气地像拖一头小猪似地把他往家里拽，然后拿下挂在墙上的马鞭便抽起来，抽得王宝强身上的血印一星期都未能消散。体罚孩子固然不是科学的教育方法，但王宝强被痛打之后，只要父亲在家，他却再不敢缠着母亲带他去赶集和走亲戚了。

大会塔村村民有习武的传统。王宝强的爷爷王书文会梅花拳，60多岁时还鹤发童颜；王宝强的爸爸王银生和叔叔王魁生也有武功。受长辈的影响，王宝强从6岁时便跟爷爷学武术。挨了父亲打后，他练武练得更加刻苦了，心里只有一个念头："学会一身功夫后，要是父亲再要揍我的话，就用学来的武功反抗他！"

王宝强身体孱弱，似乎一生下来就长着一副被人欺负的样子，村子里的其他孩子因此老是欺负他，有时会把他打得鼻青脸肿。在王宝强心中，他的对手不仅仅只是父亲王银生，还有村子里其他欺负过他的孩子！因而，他学武很是用功。原因是，爱是最大的动力。

每个人都有理想，有的人的理想是凌乱易变的，有的人的理想是一成不变的，有的人的理想是层层叠加的。1992年5月，村里一对年轻人结婚，放了一部名叫《少林寺》的电影。8岁的王宝强看完电影后很崇拜李连杰，心里萌生了要到少林寺去学习武术的想法，他要做一个不受人欺负的英雄，还要像李连杰一样去演电影。

得知王宝强的想法后，王银生对王宝强说："学武术很苦的，你不怕吗？况且，你学会武功，就一定能当上演员吗？"

第6章 王宝强：父爱鞭笞下一举成名

王宝强的倔脾气又来了："爸爸，我能吃苦的，您让我去学吧，等我将来成了李连杰一样的演员，挣了大钱后一定好好孝敬您和妈妈！"

想到自己家贫，儿子学武后虽然未必能当个演员，但找个工作应该不是问题，比如，当个体育老师、武术教练、保安什么的。因此，王银生决定支持儿子的想法，并亲自把他送到了少林寺。

到了少林寺，王宝强想："等我学会武功了，我看你还敢打我不？！"但父亲王银生却对他深情地说："儿子，要学会武功真的很苦，你一定要挺住啊！今后就靠你自己照顾自己了！"

父亲的话令王宝强心里涌起阵阵感动，他不明白父亲为什么此时又是那么慈祥，那么好。

入院后，少林寺一位名叫释延宏的武僧看王宝强的骨骼很适合练武，便收他当了弟子。

在少林寺习武，入门最初三年是基本功练习，这是最苦的阶段：冬练三九，夏练三伏，每天都要踢腿，劈腿，扎马步、虎步、扑步。训练量一点一点增加，虽然每天都有新内容，但每天训练得筋疲力尽不说，到第二天浑身都疼，就好像骨头架子都散了。

不仅如此，学武时反应迟钝了，还要挨师父和师兄的痛打。

凡事怕比较，有比较，就会有全新的认识。有了比较，王宝强才知道，跟被师傅打相比，爸爸打自己那简直就叫亲！这时候的王宝强开始后悔没有听父亲的劝告而跑来少林寺学习武功了。

但是，王宝强却不敢将自己挨打的事告诉父母，怕父亲责备自己咎由自取，只好咬牙坚持着。

后来有一天，当王宝强从少林寺到达摩洞晨跑时，脚下一滑，一下子滚下了坡，把左手摔断了。尽管师兄们连忙将他救回少林寺，还给他上了药，但手还是肿得像面包一样。

在痛如刀绞的日子里，王宝强和着泪水给父亲写了信，将自己受伤的

情况和孤独"悲苦"的学武生活告诉了父母,并对父母说他不再想学武了。

王宝强原以为父亲收到他的信后,会对他安慰一番。未曾想,父亲的回信却只有寥寥数言:

"这世间没有一种职业是轻松的,既然去少林寺学武,这是你自己的选择,再苦你也得挺住,要记住:吃得苦中苦,方为人上人!

别打退堂鼓,别让自己成为别人的笑话,别给父母和家人丢脸……"

读了父亲的信后,王宝强哭了,他恨父母太无情了!他想,一定是自己在家的时候太不听话而惹父母生气,被父母抛弃了。

此后,没地方诉苦的王宝强面对扑面而来的磨难时,只得咬着牙、流着泪忍着,在面对困难和疲惫"无路可逃"的情况下,也只能刻苦练功,因为他别无选择——只有更加努力,功夫练得好了,才不会挨师父和师兄的打。

有时候,压力是能够变成动力的,王宝强在学武的过程中,深深地体味到了这一点。渐渐地,吃苦在王宝强心中从痛苦变成无奈,又从无奈变成了习惯,并最终从习惯变成了享受。

在王宝强咬着牙经过三年艰苦的基础训练之后,师父又开始教他学习各种拳法套路。由于自小聪明,又有很好的基本功,王宝强学习套路时进步很快,师父释延宏不仅没再责罚他,还对他总是表扬。

凭着勤奋、善良和朴实的品质,王宝强在少林寺得到了老师的格外疼爱,他不仅加入了少林武僧团,还代表少林寺赴泰国去演出过。

就这样,转眼间六年时间过去了。在少林寺学习武术的这六年时间里,无论王宝强在信中怎么讲述自己的痛苦和不易,父母都从未让他放弃,也一次都没到少林寺去看过他。

但是走过了六年的少林寺时光,王宝强才发现,那些吃过的苦、挨过的打不过是成长过程中的小插曲,这些插曲就像大树在成长过程中所必须经历的风雨沐浴一样。走过风雨,留给他最深刻的,却是一身难得的真功夫和宝贵的人生感悟。因而,回首过往,渐渐懂事的王宝强,非常感谢父亲在他学武功之时对他的无情,也感谢师父对他的严厉!

所谓可怜天下父母心。王宝强有所不知,他在少林寺的日子里,虽然父母没有看过他,却很牵挂他。他每每写给父母的信,父母都会反复看,而每看一次,父母都会看得眼睛潮湿,甚至泪水涟涟。可是要让儿子学会生存,让他有坚强的意志,他们只得忍着心痛而以包裹着父母之爱的貌似无情来对待他。

去少林寺学习武艺的,几乎都是农家子弟,王银生当初将王宝强送到少林寺学习武术的初衷,是期望他学成以后有一个好的出路,比如说进部队担任教官,进入少林寺武术表演队,或者去国外开武馆等。但王宝强在少林寺学了六年之后,却并未按照父亲为他设计的人生之路走下去,而是沿着最初渴望当演员的梦想,执意要去北京闯荡。

王宝强的这一想法在父母面前,再次成了忤逆之举。

闯荡江湖,尝百味方知父爱

"癞蛤蟆想吃天鹅肉!"王宝强的想法传开后,邻居们都笑翻了!

在邻居们的眼中,王宝强的长相实在不敢恭维:不仅五官不对称,个子不高,大鼻子小眼睛,还内向、傻傻的……

"他要是能演电影的话,那天下所有的人都会演电影了!"有人做此评价。

王银生和刘焕德也劝儿子不要去北京闯荡,在他们眼中,儿子自身的

条件与银幕上那些演员比,差之天壤。就算他不愿意当武术教官,不愿意当临时体育老师,至少可以在家老老实实种地,早早挣点儿钱,修一座像样的房子,早点儿娶个媳妇。

王宝强的倔脾气又来了,他当初到少林寺去学武术时就抱着两个愿望:一是保护自己不受欺侮,或者"报仇";二是拍电影。至于学武是否有利于今后谋生,他压根没想过。伴随着学武时间的推移,他已经渐渐认识到了父亲对自己的严厉和无情,其实是为了锤炼自己抗击人生风雨的能力,是对自己深深的爱,因而在学成武术之后,他的心里就只有一个愿望了,那就是拍电影,成为像李连杰那样的电影明星。

想想年轻人经受一些磨炼也未必是坏事,王银生最终答应儿子去"北漂"。

于是,2000年春,王宝强带着500元钱去了北京,到北京后,他就直奔北京电影制片厂而去。

事实上,到北京闯荡影视圈,比王宝强之前预想的,要艰难多了。

第一天很快就过去了,令王宝强郁闷的是,他不仅没有找到活儿,而且连住宿的地方也没有找到。

第二天、第三天,来回奔波,在人丛中朝着招收临时演员的导演挤去,腆着脸介绍,不屈不挠,但他依然没有找到活儿……

时间一晃就过去了10天,眼看着那500元钱用得所剩无几,电影角色却一个也没捞到,甚至连演死尸的机会也没轮到他。

在陌生的北京,在无朋友、无亲人更无师兄弟的新环境里,王宝强备感凄凉,也深刻地认识到了拍电影原来是如此不易,不是仅有愿望就能行的!

是继续寻找机会,还是离开北京回老家乡下去当一个老老实实的农民?

连续多日徒劳无功,王宝强有些绝望。

第6章 王宝强：父爱鞭笞下一举成名

如果在北京继续守望，眼下雾霭沉沉，前路一片茫茫。如果放弃梦想，回乡务农，不仅梦想将零落成泥，自尊还将被唾沫淹死。

何去何从？

有人说，成功者之所以成功，在于坚持！失败者之所以失败，在于不坚持！

王宝强在痛苦地思索之后，最终选择了继续留在北京，继续寻找机会当演员。

又过了三天，当王宝强正在北影厂门口和众多等活儿的人一起翘首以盼剧组来找演员的时候，他终于等来了一个群众演员的角色：穿着大褂在明清一条街上走一趟。

第一回当演员，王宝强当然激动！虽然这个角色在银幕上仅是一个一晃而过的背影。

激动归激动，但是这次机会就如同烟花乍现，瞬间灿烂之后便又重回黑暗。

王宝强演过这个角色后，又没活儿了，又开始为找活儿而奔波，而焦虑。

无计可施之时，为了引人注意，王宝强花了几块钱，去照相馆照了一张练武动作的照片，当有剧组要找人去当临时演员时，他就拿出照片，告诉对方说自己会武术。

但是这煞费苦心的一招，却并没有给他带来好运，他依然没找到活儿。

王宝强后来才知道，很多有经验的群众演员根本就不用整天蹲在电影厂门口，他们都认识"穴头"，很多挑演员的副导演不去厂门口，只要找"穴头"就可以。

王宝强又想方设法辗转结识了一位"穴头"，并在"穴头"的帮助下，很快找到了一些不重要的角色，就这样，他偶尔去演替身，有时候去演一

些很快被打死的角色。

疼痛的感觉对谁都一样,何况还会被打得浑身青肿,但只要导演夸王宝强一句"很真实,不错",他就会完全忘了身上的痛苦……梅花香自苦寒来,不经风雨,怎么见彩虹?王宝强身体上虽痛,但他心里却有希望。

可令王宝强郁闷的是,这样又苦又累还有生命危险的活儿,却并非想干就能干得上,依然难找。

日子一天天过去,带来的钱要花完了,为了维持生计,王宝强只能一心二用地对待梦想,偶尔和同住的伙伴去建筑工地打零工,一天25元,包吃不包住。

打零工的这些日子里,王宝强没有挣到钱,还吃了不少苦头。

那段时间,看王宝强总是找不到演戏的活儿,一些"同行"开始劝他说,他长得不帅,武功也不高,没有更吸引人的自身条件可以从群众演员中脱颖而出,与其这样苦熬,不如转行。

王宝强有些动摇,便给父亲打电话,说自己坚持不住了。但王银生接到他的电话后,却坚决反对他回河北老家,理由是他回家后,上学跟不上班,做农活年龄又太小,而且乡邻们都知道他去北京当演员了,如果一事无成,怎么面见乡邻们?

父亲鼓励他要坚持,要坚强,要寻找机会展示自己,要对每一个帮助过自己的人知恩图报……

父亲给王宝强打气的话,并没有给王宝强带来多少信心,他仍感到自己前途难料。不过梦想在前面招手,父亲在后敦促堵截,无路可逃的他还是决定摸索着走下去。

也许坚持就是胜利呢!至少也要再摸索一段时间,坚持到真的不能坚持为止!

那段时间,王宝强与另外五个同样在北京电影制片厂门前"蹲活儿"的人一起在一处煤场旁边租了一个大杂院里的一间小平房住,房子很破,

第6章
王宝强：父爱鞭笞下一举成名

但租金还算便宜，只要120元钱一个月。王宝强每天拖着疲惫的身体回到这里，能躺在这里望一望布满蜘蛛网的天花板，心里无以言表的迷茫也会消散许多。

为了联系方便，五个人又凑钱买了一个传呼机，并将传呼号印上名片，天女散花般地四处散发。但转眼一年多时间过去了，这个传呼机却似乎并没有发挥多大的作用，呼声寥寥，而且都是他们五人之间相互响应。

2002年春的一天，传呼机突然响起，王宝强没想到，这个传呼机不响则已，一响则"惊人"，并由此改变了他的命运：

一个叫《盲井》的电影剧组通知王宝强去见导演李杨，试镜该片男主角——一个进城打工几次被骗的少年！拿到500元钱的预付片酬时，王宝强激动得手都抖起来了！

机会来之不易，王宝强格外珍惜。这部电影有下井的戏份，面对几百米深的矿井和不可预知的危险，很多演员都不愿意接戏，但王宝强却无所顾忌，他知道有危险，但他更珍惜这个难得展示自己的机会！

跟其他演员相比，文化不高、认字不多的王宝强下的功夫要更加深一些。他在记台词时，都是先翻字典注音，然后提前把所有台词都背下来，以方便导演调整……

王宝强身上的质朴本色令导演李杨很感动，虽然他没有背景、没有文化、来自农村，但是李杨却有一种预感，这个农村小伙日后必成大器！

想到自己到北京闯荡两年，终于演了一回主角，还挣了2000元钱，王宝强非常高兴。由于怕事情临时有变，他一直按捺住内心的激动，谨小慎微地以父亲的嘱咐来警醒自己，既当演员又当后勤，直到2002年冬天，他将《盲井》拍完，才激动地找到一家小卖铺给家里打起了电话。

当王银生跑到邻居家接起电话时，却对他劈头盖脸地骂了起来："小兔崽子，你这么长时间都不跟家里人联系，我以为你死了呢！你还打电话过来干吗?!"

说着，王银生便将电话挂了。

父亲的一顿臭骂，将王宝强骂得六神无主，也特委屈。但想到自己在拍《盲井》的近一年时间里一直没有给家里打过一个电话，父亲骂自己也是对的，于是，他再次拨打起邻居的电话。当王银生得知他出任电影主角，又吃了很多苦，心中的气也就消了许多，父子俩在电话里都哽咽起来。

王宝强不知道的是，在他闯荡北京销声匿迹的日子里，父亲非常担心他，不仅托村里在北京打工的人四处打听他的消息，还特地上北京去找过王宝强。

可是偌大的北京，茫茫人海，到哪儿去找一个谁也不认识、毫不起眼的小孩呢？

在北京找了几天后，一无所获的王银生只得失望地回到家乡。因为担心脾气很倔的儿子被人打死，或者冻死、饿死街头，老人时常从半夜的噩梦中惊醒。

而在北京的王宝强除了不停地奋斗以外，也很思念对他严厉"无情"的父亲，渐渐知道了父亲对他的爱多么伟大：父爱是一缕阳光，让他的心灵即使在寒冷的冬天也能感到温暖如春；父爱是一泓清泉，让他的情感即使蒙上岁月的风尘依然纯洁明净。

有人说，"一个父亲胜过100个老师"，王宝强觉得这句话太正确了！

从那之后，王宝强开始想着法子孝顺父亲：

父亲爱抽烟，他就花钱给父亲买了一个精巧的铜烟嘴；

父亲没有一件像样的毛衣，他给父亲买了一件漂亮的毛衣；

父亲的脚在冬天容易生冻疮，他又给父亲买了一双毛皮鞋……

一分付出，一分收获。令王宝强喜出望外的是，2003年，他居然凭借在《盲井》里的出色表现而在台湾地区拿到了金马奖最佳新人奖；继而，他又凭该电影的演出而荣获法国第五届杜威尔电影节"最佳男主角奖"和第二届曼谷国际电影节"最佳男演员奖"。

一次又一次站在从前想也不敢想的领奖台上,局促地面对镜头,面对鲜花,当台下的掌声如雷鸣般地响起的时候,王宝强心里最感激的,就是对他一贯严厉的父亲。

著名导演冯小刚在看《盲井》时,也对王宝强的本色出演赞不绝口,觉得他很适合扮演自己即将开拍的一部名叫《天下无贼》的电影中的傻根一角。

幸运之神,再一次向王宝强伸出了橄榄枝。

一夜成名,不忘父亲谆谆忠告

《天下无贼》是一部大制作的电影,前期宣传如火如荼。名不见经传的王宝强也搭乘着这辆宣传的顺风车,名字渐为人识。

参拍《天下无贼》时,当在北京打工的南和县大会塔村乡亲从报上得知扮演傻根者就是王宝强时,特意将报纸从北京带回村里,拿给王银生看。

王银生看到报上与刘德华站在一起的儿子的照片时,简直不敢相信自己的眼睛。

"站在刘德华旁边这傻小子真是咱家小三子吗?真是他吗?还是我眼睛看错了?"

"爸,真是我家小三子呢!您没看错,这不,旁边还有名字吗?王宝强!"

这时王宝强的哥哥王建永对父亲肯定地说。王建永看到,就在他说这

番话时,王银生激动地抹了一把眼泪。

《天下无贼》在全国公映后,王银生特地乘车到南和县城,花了30元钱去电影院看了这部电影,看到激动之处,老人简直以为自己在做梦:这个在很多人眼里没什么本事的儿子,咋就真成了一名演员呢?

自此以后,一直怕想当演员的儿子好高骛远而被人嘲笑的王银生终于长长地吐了一口气,因为王宝强在演过《天下无贼》后,村里人都开始夸王宝强有出息!

2004年秋天的一天,当王银生正在家里专注地看着电视的时候,门口突然进来一个人,叫他"爸爸"。王银生定睛一看,顿时惊喜不已:这不是小三子王宝强吗?

"傻根?你回来了?!"老人见到儿子后,打趣着跟王宝强打招呼。

王宝强哈哈笑着一路小跑过去,一把抱起比自己高一头的父亲,在屋里转起圈来。

那天晚上,父子俩同床而眠,彻夜长谈,王宝强第一次在父亲面前承认了自己曾经不懂事而执拗犯下的错误,也对以前屡次惹父亲生气的事向父亲道歉。王银生也向儿子讲了很多为人处事的道理,要他继续保持农民质朴的生活方式,要朴实、真诚、吃苦耐劳,做一个滴水之恩涌泉相报的人。

在经历了不少事吃了不少苦头后,王宝强已经充分感受到了父亲对自己谆谆教诲的正确性。他对父亲说,他在拍完《天下无贼》之时,为了感谢冯小刚的提携之恩,决定以不要演出费来报答冯小刚。冯小刚从来没有遇到过这么纯朴的孩子,深受感动。但是,付出了劳动怎能没有收获呢?王宝强越是不要报酬,冯小刚越是要给——他们就此建立了忘年交……

听了王宝强的讲述后,王银生也很感谢冯小刚。后来,当王宝强要回北京时,他特地叫王宝强给冯小刚背上一大袋小米,同时还给冯小刚写了一封感谢信。

第6章
王宝强：父爱鞭笞下一举成名

冯小刚收到那袋小米后，又读了王银生写给他的充满了感激的信件后，竟然百感交集。"是啊，一袋小米不值钱，可是这份一尘不染的纯朴的感情，却是无价的啊！"

自从拍过《天下无贼》之后，王宝强从一个平常糊口都难的群众演员成了一位小有名气的艺人，生活也比以前富裕了很多。

为了工作方便，他准备拿积攒起来的钱买一辆汽车，还抽时间去考了驾照。

但是，就在他拿钱准备去买车时，却突然接到哥哥王建永从家里打来的电话说，父亲王银生在打工时腿被砖砸伤了。

年过六旬的父亲怎么还去打工呢？王宝强很着急。

原来，王银生家里的房子这时已经很破了，随时有倒塌的危险；他又想到王宝强如今出息了，如果房子太破，有个朋友来家里玩，也太伤王宝强的面子了，于是，老人决定出去打工，到附近的建筑工地帮人搬砖、挑沙什么的，想积攒修房子的钱。没想到，他在搬砖时，被倒塌下来的砖坯砸伤了脚……

王宝强的眼睛潮湿了，他决定改变自己的买车计划，把买车的钱拿给家里修房子。王宝强先后拿出50多万元来给父亲，为家里修了一幢两层楼的房子，装修得富丽堂皇。

儿子这么出息，这么孝顺，乡亲们都羡慕王银生福气好。

自从父子关系回归天伦后，王宝强如同搭上了顺风车，先后在《天下无贼》里扮演傻根，在《殷商传奇》里扮演哪吒，在《暗算》里扮演阿炳，在《士兵突击》里扮演许三多……

随着王宝强扮演的角色越来越多，他的知名度也越来越高。

虽然王宝强的名气越来越大，可是他的质朴本色却丝毫没改变，在拍戏之时，他始终是最能吃苦的人；而所挣的钱，也几乎全给了家里。

遵循父亲的教导，王宝强时时保持着一颗感恩之心：

跑龙套时，穴头通常都会在演员费用上"卡一手"，不少群众演员对此有意见，但王宝强却不争，给多少是多少；

成名之后，他也从不对片酬提要求，脑海中想的只是应该如何珍惜机会和感恩那些给了他机会的人。

因为看出王宝强是一个有情有义的人，冯小刚在请王宝强拍了《天下无贼》之后，又邀请他拍摄了电影《集结号》，并特地给他增加了一个"狙击手"的角色，而且加重了戏份。

在讨论戏的时候，由于天气太冷，冯小刚总是让王宝强上自己的房车取暖并参与角色的讨论，享受"特殊待遇"。

2007年，王宝强主演的30集电视连续剧《士兵突击》播出之后，他所塑造的许三多这个角色，以自然的表演给观众留下了深刻印象。王宝强的憨厚质朴也受到了2008年春节联欢晚会导演的青睐，被邀请上了2008年春节联欢晚会，在晚会上他除了和冯巩、阎学晶等合作演出小品《公交协奏曲》之外，还作为留京务工人员代表接受了主持人的采访，之后再与重庆农民工演唱团合唱了《农民工之歌》。

除了主持人，一个演员能在春晚三次出镜可谓凤毛麟角，而王宝强就是如此幸运的人！

除了演电影、电视、说小品以外，王宝强还出唱片专辑。他的《有钱没钱回家过年》专辑很受广大听众的喜欢，在网络上也成为热门歌曲。

"怀揣着理想在外闯荡

酸甜苦辣不愿对人讲

经历了风雨才知生命的荣光

美好的志向是男儿的翅膀

都说外面的世界很精彩

精彩中也有许多无奈

转眼一年又一年
我不知道是否混出了模样
……

有钱没钱回家过年
我知道你想衣锦把家还
家里总有年夜饭……"

想到年迈的父母不易,每逢秋收季,王宝强只要有时间,他都会回家帮父母收玉米、锄地,干一些似乎与明星身份不大相"匹配"却亲情秾稔的农活;每逢春节,他又带带包拖箱地陪父母去国内外一些景点旅游。之所以如此,除了尽孝之外,王宝强还认为,人生最美的事,就是向父母证明,他这个儿子没有白养!

王宝强是幸运的,无论他身在何处,父爱都从未远离过他,一直默默地呵护和关照着他,春风化雨润物无声的父爱,是他走向成功的关键!

从王宝强的成功可以看出,对于一个孩子来说,他的成长、成功,绝不能离开父爱!因为一个好的父亲的影响力,胜过100个老师的教导!

第7章

濮存昕：道不尽严父如山情

"孩子，你脚疼，爸的心更疼啊，但怕你疼不让你做手术，就会留下终身残疾，那爸爸一辈子都会恨自己啊……"

——苏民

童年罹患小儿麻痹症，拳拳父爱扶着他站起来；呕心沥血栽培儿子，将青涩演员锤炼成大明星；功能名就时众星捧月，老父再度锻造名人儿子……

这其中有着怎样的付出？这其中有着怎样的感受？

濮存昕是国家一级演员、北京人民艺术剧院院长。他成功塑造过《雷雨》中的周萍、《茶馆》中的常四爷、《英雄无悔》中的高天等许多深受观众喜爱的艺术形象。同时，他还为公益事业代言奔走，为艾滋病人付出爱心，他没有绯闻，德艺双馨，是公众眼里的"完美男人"。

然而，有谁知道，他曾是一个小儿麻痹症患者，曾饱受痛苦，消沉自卑；长大后，演艺生涯更是几经波折……

在他的背后，严厉却用心良苦的父亲一路陪他风雨兼程，不仅培养了他战胜磨难的坚强性格，在他面对事业挑战时保驾护航，还给予了他温暖一生的如山父爱……

第7章 濮存昕：道不尽严父如山情

1

儿子别哭，爸扶你站起来

濮存昕1953年7月生于北京，祖籍江苏省溧水县。父亲濮思荀是北京人民艺术剧院（简称北京人艺）成立后的第一代演员，后改艺名为苏民，并担任北京人艺副院长。

苏民经历了北京人艺的成长过程，是中国话剧界的元老级人物，新一代的人艺演员几乎都是他的学生，苏民向他们传授表演艺术，也教授人艺的传统，他的学生中有不少人活跃在舞台和影视屏幕上，像修宗迪、韩善续、梁冠华、王姬、宋丹丹、徐帆、陈小艺、江珊等，都是著名演员。

同样，父亲也是濮存昕热爱艺术的启蒙老师。

濮存昕小时候虎头虎脑，活泼可爱。苏民无论多忙，只要看到儿子的笑脸就劳累顿消。

两岁时，濮存昕在幼儿园感染急性病毒，患上了小儿麻痹症，抢救及时保住了性命。当苏民去医院接病愈的儿子，小存昕欢呼着，本能地从病床上爬下来，准备扑向父亲，但他的右脚刚一落地，突然一崴，猛地失去重心摔倒在地。原来，由于右脚神经受到损伤，病脚脚弓很高，濮存昕已经无法像正常人一样行走了。

因行动不便，常被调皮的小孩取笑和歧视，濮存昕变得沉闷内向起来。

读小学二年级时，有一天，他课间去厕所，当时，他的小儿麻痹症状已经很严重，要用一个四条腿的板凳当拐杖。操场上正踢球的同学不小心把球踢过来，一下撞倒了他。年少顽皮的他们不仅不道歉，还用小孩无知

的残忍,嘲笑他是"濮瘸子"。濮存昕愤怒地把球扔到一边,同学们哄笑着跑回教室上课去了,只剩下他孤零零地扶着板凳爬起来,气得浑身发抖……

那天放学后,苏民背着一身泥土、不停哭泣的濮存昕回到家,想起医生说孩子的残疾比较严重,父亲的心痛得一寸一寸地碎了。

第二天,苏民要送濮存昕去上学,小家伙把书包扔到地上,坚决不去。望着脸色苍白、神情忧郁的儿子,苏民心里一阵酸痛。苏民弯腰执意背起了濮存昕,但是濮存昕赌气地捶打父亲的后背,想摘掉他的眼镜迫使他放下自己。结果一伸手,他摸到了父亲面颊上滚落的泪水。

苏民哽咽地说:"儿子,爸爸不觉得你的腿难看,只要你做个坚强的男子汉,爸爸就为你感到骄傲……"

7岁的濮存昕第一次听到"坚强"这个词,他停止了哭泣,似懂非懂地点了点头。

从此,苏民一边鼓励儿子,一边积极为他寻医问药。听说北京一家大医院能对病脚做矫正手术,他马上领儿子去求诊。当医生说因为年纪小,骨骼尚未完全长成,坚持治疗有可能恢复正常行走时,苏民激动万分,连连给医生鞠躬道谢。

但对年幼的濮存昕来说,他痛恨疾病带给他的难堪,更惧怕治疗带来的剧痛——手术时,医生为保证不伤到他腿上的神经,只打少量的麻药。脚部的剧痛使年幼的濮存昕难以忍受。

隔了一个月,医生要求的再次手术的时间到了,濮存昕死活不想再经历上次五脏俱裂的疼痛,苏民只好死死地抱着儿子,让医生动手术。濮存昕竭力想挣脱父亲,而苏民抱住疼得不停惨叫的儿子就是不松手,濮存昕痛得把父亲的胳膊咬出了一个个血印……疼昏过去的濮存昕醒来后,恨恨地盯着父亲——他还不能理解,父亲为什么这么狠心,他一连好几天都不和父亲说话。

第7章
濮存昕：道不尽严父如山情

这天夜里，苏民给睡在小床上的濮存昕掖好被角，轻声叹道："孩子，你脚疼，爸的心更疼啊，但怕你疼不让你做手术，就会留下终身残疾，那爸爸一辈子都会恨自己啊……"

面向墙壁装睡的濮存昕闭着眼睛，眼泪扑簌簌地落了下来。

他猛然间懂得了父亲的心，忽然有了面对病魔的勇气。在此后的两年时间里，在父亲的精心呵护下，濮存昕又经历了多次手术，经历了远远超出他的年龄所能承受的痛苦，但他再也不叫一句、不哭一声，变得越来越勇敢。

10岁那年，濮存昕在北京积水潭医院又进行了脚弓平复及趾筋延长手术，这次手术很成功，但濮存昕拆掉石膏后看到病腿比好腿细一圈，走路仍然一瘸一拐时，绝望得哭了。

这时，心里同样难受的苏民，掩藏起自己的情绪，激励儿子说："8年的痛苦你都挺过来了，现在就看能否再坚持康复训练了，这是最后的考验，爸爸相信你能行！"

那段时间，除了怕儿子的病腿不能康复之外，苏民还担心儿子的心理不能健康，身体残疾已经很折磨人了，要是儿子再心理残疾的话，那他这辈子可就完了。但是在此之后的有一天，苏民无意间看到濮存昕内心的坚强时，他的担心才渐渐淡去：那天早晨，苏民吃了早点准备去上班时，走到窗台口的他刚好看到正往学校赶的儿子濮存昕出大门，那时濮存昕正将自己挎在胸前的书包努力地往后背一撩，之后空着两手，将拐拿在手里不拄地，把身体的重心故意放在病脚上，吃力地用坏腿跳着走，每跳一步都非常吃力，跳了几步，因为痛得不行，他又停下来；跌倒后，他又吃力地爬起来，然后继续用病腿跳，以增强自己病脚肌肉的活力……

看到这一幕，苏民的眼睛潮湿了：遭遇灾难的儿子性格虽然变得内向了，可是他在疾病面前却并没有屈服，而且在用自己的方式努力地与病腿进行着抗争。这么小的孩子，却有如此坚强的意志，真不容易！也就从这一刻起，他对儿子的未来又充满了信心。于是在此后，他多次当着濮存昕姐姐和弟弟的面表扬濮存昕——只要坚持，就一定能够战胜病魔。

有了父亲的精神鼓励，濮存昕对自己的病腿康复也变得更有信心了，那之后，能够蹦跳着走路的濮存昕又坚持每日在腿上绑沙袋进行锻炼；同时，原来害怕同学们嘲笑自己而最恨上体育课的他也重新回到了运动场上，跌跌撞撞地在别人的嘲笑声独自坚强着；就这样，他与命运的不屈抗争渐渐地让同学们对他的嘲笑变成了对他的敬佩；之后，他又在经历了几次手术和坚持锻炼后，原先还挂着双拐打篮球的他也渐渐丢掉双拐，并渐渐成为学校的篮球健将……在与病魔顽强的拉锯战中，他胜利了，病腿渐渐恢复了健康！

在濮存昕还小的时候，苏民听别人说，父母的血注入孩子体内，就可以预防孩子得上传染病。苏民就带着三个孩子，拿着血型证明，上了医院。苏民的血型是O型，万能输血者，因而为了孩子们的健康，他便让大夫抽他的血给孩子们注射。很粗的针管，一抽就抽多半管子，然后分别给濮存昕姐弟三注射。那个时候，濮存昕的姐姐嘴上虽说"不疼，不疼，真不疼，真不疼。"可脸上却很紧张。然后就是濮存昕，饱经磨难的濮存昕看到父亲的血输进他的体内时，他的眼睛眨也没有眨一下；而濮存昕的弟弟却在输血的时候眼角上挂起了泪珠子……这件事，再次让苏民从心里觉得，濮存昕长大后，一定会成为一个有出息的人！

那之后的有一天，当苏民接过医生证明濮存昕完全康复的诊断书，看着步履矫健的儿子时，他像个孩子一样喜极而泣。

濮存昕也兴奋地抱住父亲："爸爸，我终于好啦，我的腿好啦！"

第7章 濮存昕：道不尽严父如山情

2 呕心栽培青涩儿子成明星

中学毕业后，濮存昕被"文化大革命"的洪流席卷到黑龙江北大荒宝泉岭农场做起了"知青"。在那个荒凉的地方，他又经历了异常艰苦的磨砺。

刚到北大荒的时候，正赶上水灾，他就和战友们一起整天泡在水里捞麦子。当年冬天，边境局势紧张，他又被抽调出来在沼泽地里架国防电话线。因为天寒地冻，温度低至摄氏零下三十多度，每次出工时，他们都得喝下半瓶烈性酒抗寒；架完电话线后，他又成了"弼马温"，黑龙江的马又高又大，非常漂亮，当它们昂着头时，濮存昕能感觉到一股向前奔跑的力量……

就这样，转眼就过去了几年，因为北大荒的自然条件与北京城里根本不能比，所以当濮存昕当上"弼马温"的时候，渐渐长大的他心里变得有些失落了，看到一个个比自己年长的知青们要不找关系回城了，要不找到名额考上大学回城了，他也对自己的前途感到迷茫起来。就在这时，是父亲苏民让他对自己的工作重新燃起了热情。

有一次，他照了一张自己当"弼马温"的照片给父母寄了回去，希望父亲能够想办法找找关系，尽早将自己调回北京。但是他没想到，就在他将照片寄出后的一个多月后，他又收到了父亲给他退回来的照片。

父亲为什么要将自己的照片给退回来呢？当他看了照片背面后，才明白了。原来，苏民在收到他的照片后，在照片上特意给他题了一首诗：

目穷碧野尽，

胸横白云轻。

挽辔思远志,

昂首寄豪情。

秣马壮秋草,

厉兵逆朔风。

龙骏腾血汗,

战士炼心红。

除了题写了这首很豪壮的诗以外,父亲还在信中告诉他说,干工作要干一行爱一行,要不怕吃苦受累;生活磨砺未必不是好事,虽然苦其心志,劳其筋骨,却能增加他所不能的一些生活体验,磨炼坚强的意志。父亲说,他希望回城也不是不行,但是一切都要靠自己的努力才行!这就好比他当年得了小儿麻痹症一样,从残疾走向健康,最终还得靠自己!

看了父亲为他写的诗和信后,濮存昕很羞愧,但却觉得父亲所说的话很正确,于是,他彻底斩断了再请父亲为自己托关系帮忙的想法,也坚定了要靠自己的奋斗来改变命运的信念!

后来,他又加入了兵团的业余宣传队,并在京剧《沙家浜》中饰演了县委书记程谦明,这是濮存昕生平主演的第一个戏剧角色,当时连妆都是自己化的。就从那时起,濮存昕决定走文艺这条路。之后,他利用每次回北京休假的时间,先后考过济南军区文工团、战友话剧团和总政话剧团,虽然都没考上,但他却一直没有放弃。

1977年,24岁的濮存昕根据国家政策返城,到街道办事处和一帮老头儿老太太一起共事,知道他有从艺的理想后,苏民便请人给他做辅导,后来在父亲的支持下,他凭自己的能力终于考进了空政话剧团,当上了每月有6块钱津贴的一名文艺兵。

濮存昕进入空政话剧团后,勤奋上进、谦逊待人,不仅赢得了领导和同事们的好评,也让他收获了爱情。空政文工团的舞蹈演员、当时已是营

第7章 濮存昕：道不尽严父如山情

级干部的美丽女孩宛萍，毫不犹豫地爱上了他这个普通士兵，1980年两人步入了婚姻殿堂，1982年生下了爱女濮方。

然而，濮存昕在空政文工团待了整整9年，角色最多的就是群众演员，比如匪兵"甲"、路人"乙"，他的台词也常常只有两个字"报告"，有时干脆没有台词。

为此，濮存昕非常苦恼，也非常焦虑。心绪烦乱之时，他时常忍不住向父亲诉苦。

听了濮存昕的怨言之后，苏民却并未安慰他，而是严肃地告诫他：与其抱怨，不如在默默无闻时积累扎实的表演功底，甘于量的积累，才能等来质的飞跃。

父亲的忠告，让濮存昕浮躁的心渐渐沉了下来，也更加踏实和谦虚。他潜心揣摩，把每个只有一句台词的配角都表演得栩栩如生。

33岁这一年濮存昕时来运转，他因在空政文工团主演了一部名叫《周郎拜帅》的戏，他以深厚的表演功力，打动了正在寻找演员的北京人艺的导演蓝天野，之后，蓝天野执意把他调到了北京人艺，饰演《秦皇父子》中的扶苏。

苏民很高兴儿子能调到自己身边工作，但他心中高兴表面上却不露声色，相反还敲起了边鼓："儿子，你要知道，北京人艺可是人才济济，你要有真本事才行啊，别给你老爸丢人哦！"

调进北京人艺是濮存昕人生命运的大转变，但促进濮存昕日后成为大明星的最重要的"贵人"，还是他的父亲苏民。

作为著名表演艺术家，苏民在北京人艺的舞台上，曾主演过话剧《蔡文姬》中的周近、《雷雨》里的周萍等多个角色，是极受人民欢迎的表演艺术家。因而，对父亲的提醒，濮存昕非但没有觉得反感，相反还请父亲观看自己的演出，多提意见。

在观看濮存昕演出的过程中，苏民欣喜地发现，濮存昕具备优秀演员的爆发力和潜力，如引导有方，日后必成大器。但濮存昕的表演现在仍很青涩，如果不尽快找到适合他的角色锤炼，恐怕他会在自我怀疑中磨掉天分。为了儿子的前途，苏民不惜辞去行政职务，当了儿子的专职"导演"，为他量身定制了话剧《李白》，由濮存昕饰演主人公李白。

李白是中国几千年文明史中最具有代表性的文人，他性格豪放不羁，才艺光芒四射，"乐天地之极乐，悲宇宙之极悲，万象为宾我为主，乘长风而来，载明月而归。"

话剧选取的是公元8世纪，安史之乱摧毁了唐王朝的大半江山时，大诗人李白生命的最后几年：从他误入永王幕府，请缨从军，继而又因官司入冤狱，到流放夜郎，客死异乡……

话剧《李白》是濮存昕父子俩的首度合作，因而排练中既有父子间的默契也有相互排斥。对其中不少细节，父子俩会各执己见。

这天排练中，苏民毫不留情地批评濮存昕的表演流于表面，濮存昕小声地说："爸，你给我留点面子啊，我是您儿子啊。"

苏民气呼呼地说："在舞台上，只有导演和演员，观众只在乎你演得好不好，不会管你是谁的儿子！"

濮存昕羞愧得满脸通红，他赌气地甩手走开，躲到后台一个角落，当天没有回家。

天色晚了，空旷的剧场里只有顶棚上一盏昏黄的小灯，墙上映着他孤单的影子，沉思中的濮存昕开始怀疑起自己的表演实力来，他感到既悲观又迷茫。正在这时，一个人拖着沉重的步子走上楼梯，濮存昕回头一看，竟然是父亲。

苏民拎着个饭壶，走到濮存昕面前，颤巍巍地抖着手递过来，父亲的衬衫袖口洗得发白，都磨破了。父子俩对望一眼，苏民微笑着说："我已经老了，最好的表演，永远是需要用心去体会角色，不是完全靠技巧，你对自己严格，才能真正成长……"

第7章
濮存昕：道不尽严父如山情

濮存昕接过了筷子，惭愧地低下了头。苏民打趣地问："小子，还怪老爸不？"

濮存昕不好意思地说："爸，我肚子都唱'空城计'了，儿子谢谢您来送饭，怎么能怪您呢……"

父子俩都笑了。

在身为导演的苏民近乎苛刻的要求下，话剧《李白》公演后引起了极大轰动。该剧不仅使濮存昕一举成名，获得了戏剧梅花奖，还成为中国第一个走进中南海的话剧作品，更成为北京人艺的王牌剧目之一。有意思的是，当年在这部话剧中扮演群众的演员徐帆、陈小艺、胡军等人现在都已成为影视圈里有所作为的人物。

为了让儿子的演技变得更醇熟，不久后，苏民又导演了新剧《蔡文姬》。濮存昕踌躇满志地期待着父亲派给他重要角色。很多媒体的记者都纷纷前来采访，场面十分热闹。濮存昕很高兴，他刚想对记者说，他猜测自己将在《蔡文姬》中扮演主角的时候，没想到，苏民走过来，很严肃地告诉记者，濮存昕在该剧中只出演一个并不重要的配角。

父亲的话让濮存昕有些下不来台。继而，他拉着父亲到舞台一角，委屈地悄声说："爸，我都演了这么些年小配角了，好不容易刚刚有点名气，您怎么不支持我，还安排我演配角？"

苏民严肃地告诉儿子："作为演员，你要尊重任何一个角色，哪怕是没有一句台词的一个镜头。你要宠辱不惊地面对沉浮，艺术无止境，天外永远有天……"

濮存昕有点窝火，但还是认真地参与到演出中，因为仍然有情绪，他走台时稍微反应慢了一点，结果被苏民斥责道："你走台晚，你前面的演员要等你，你后面的人要拖延，你饰演的是一个配角，别把自己当成大明星，对于角色，你就是那个人，要忘记你自己……"

濮存昕经过反思，深感父亲批评得切中要害。在濮存昕的眼中，父亲

是一个很谦逊的人，如果他最后拿出的东西真的好，父亲就会开心地表扬他，而不吝鼓励之词。反思之后，濮存昕的心态变得平和了许多。之后，父亲无论要求他做什么，他都尽心尽责地做好。

濮存昕是幸运的，他在父亲的关照和栽培下，一步步奠定了自己在话剧舞台上实力派演员的地位，他的出色演技还引起了国内众多影视剧导演的青睐。

那段时间，濮存昕相继出演了谢晋导演的电影《清凉寺的钟声》以及其他导演的电影《云南故事》《与往事干杯》《伴你到黎明》《爱情麻辣烫》《洗澡》《说好不分手》和电影剧《英雄无悔》《尊严》《来来往往》《光荣之旅》等。

濮存昕小时候的一天，他看见父亲将一个道具胡子修成鲁迅的胡子，并剃了个寸头，然后穿上濮存昕爷爷留下的马褂，让濮存昕拍照，并对濮存昕说："我这辈子最大的心愿就是能演鲁迅了，儿子，你看我像鲁迅吗？"

后来，苏民虽然在一部四集电视剧中扮演过鲁迅，只可惜该剧播出后影响不大，因而老爷子对自己未能真正以主角的身份扮演鲁迅而一直感到遗憾。

受父亲的影响，自打当上演员，演过不少影视剧之后，濮存昕也对鲁迅这个角色充满了期待。因为对不少演员来说，"鲁迅"都是想演却不敢轻易演的角色，能演鲁迅不仅是他父亲的心愿，也是其他老一辈艺术家的心愿：赵丹先生为这个角色殚精竭虑，直到生命终点仍在念叨；焦晃为了这个戏也付出很多，甚至有一段时间几乎每天上午都去鲁迅公园，对着鲁迅塑像与之交流……

濮存昕没想到，父亲未能实现、子承父业的他会摊上这等好事：2005年1月的一天，电影《鲁迅》剧组的导演给濮存昕打来了电话，邀请他扮演鲁迅。

第7章
濮存昕：道不尽严父如山情

真是天上掉馅饼啊！得到这个消息后，濮存昕欣喜异常。但是，他在欣喜的同时，也感到了很大的压力——从接到通知到出演的时间只有20多天，依自己的思想品质、个人修养以及悟性，能够在20天之内进入创作鲁迅的状态吗？

濮存昕除了内心的压力外，外界的压力也很大：在世人眼中，他跟人们印象中的鲁迅距离挺大，比如个头就差得很远——他有一米八的个头，而鲁迅身高只有一米六多；他的性格温文尔雅，鲁迅和性格却桀骜不驯……他是否能够演得好，这确实是个未知数。

就在这关键的时候，父亲给了濮存昕精神支持和艺术指导。老爷子听说濮存昕被《鲁迅》剧组邀请出演鲁迅一角后，高兴不已，不仅对濮存昕的造型提了中肯的意见，还谈了自己心中对鲁迅一角的看法和观点：鲁迅眼睛看似冷漠，但那种冷漠是冷峻、犀利和成熟，是一种有别于传统冷漠的内在气质；鲁迅的灵魂深处是丰富多彩的，他不仅是孤独的旗手和战士，更是一个有血有肉、有骨气、有情感的鲜活的人。

在具体演技上，老爷子在研读了《鲁迅》剧本之后，对其中不少情节给濮存昕进行了指导，比如在与他探讨鲁迅和许广平吵架的这一出戏时，老爷子就谈了自己的看法：鲁迅拒绝了去国外养病，拒绝了高尔基的邀请，许广平不理解，因而两口子吵得很凶，吵架后两人一天都不说话。见心爱的人真的生气了，最终鲁迅还是向许广平赔了不是；后见许广平仍不理他，鲁迅又念了段《腊夜》给许广平听。

《腊夜》这篇散文是鲁迅写给许广平的，是为保护他所爱的人而作的。

听着鲁迅深情的朗诵，许广平感动地哭了……

老爷子建议濮存昕既要演出鲁迅的外表冷漠桀骜不驯，又要演出他内心的柔情，在表演冷峻之时，可以用鲁迅在妻子生气后无所适从地一根接一根抽烟来体现；而表现柔情则用读他曾经给妻子写的一篇深情的散文来体现……

那些天里，苏民和濮存昕一起钻研剧本，在父亲的悉心指导下，濮存昕把外表冷漠、灵魂深处却有血有肉的鲁迅，从一个凭万众想象神化了的偶像，具体到一个情感丰富鲜活的凡人……

当然，在表演的过程中，濮存昕也一点一点地体悟着父亲那颗呵护他的心。

2005年9月5日，《鲁迅》在北京青年宫电影院举行了首映式。观看的过程中，全场观众反响热烈，影片获得了圆满成功。

鲁迅的儿子周海婴观看影片之后，握着濮存昕的手激动地说："我父亲走后，几乎没有留下任何影像甚至照片，大家对他的印象都是模糊的。而你的造型让我惊讶，你把我父亲的形象气质完全表现出来了，我很满意，也很感谢你……"

当天，当濮存昕参加完首映式回到剧院时，一个老演员"啪"地拍了他的后脑勺一下："你小子逮着了，鲁迅这个戏赵丹没演成，你爸也没演成，你小子演成了，而且演得很不错！"

虽然老演员那一巴掌把濮存昕吓了一大跳，但是听了老演员的那一席话之后，濮存昕心里那个甜啊，真是没法说了。

苏民看了濮存昕扮演的鲁迅后，也夸他演得不错。

听了挑剔的父亲难得的表扬，濮存昕心里真像吃了蜜般甜！是啊，自己能够演鲁迅，那是生命赋予自己的一次难得的机会啊！

后来，濮存昕凭这部电影获得了第11届中国电影华表奖优秀男演员奖，一举轰动影坛。

当配角28年，濮存昕终于火了。

第7章 濮存昕：道不尽严父如山情

3 众星捧月，不忘公益事业

在濮存昕家里有一本线装书，这是濮存昕的爷爷在 73 岁高龄时留下的手抄本，这本书上清秀的小楷字记下了濮存昕父亲的高曾祖、曾祖父及祖父的诗句，在这本诗集上还有一枚章印：上面刻的 5 个字是"清白吏子孙"。这枚章印的图章是濮存昕的祖父刻的，还是曾祖父刻的，抑或高曾祖刻的？包括濮存昕的父亲苏民在内，没有人知道。但是一家人都清楚这枚图章的意思，那就是濮家祖先曾是"清白吏"，作为濮氏子孙，无论怎样，都要做堂堂正正的清白之人。

当濮存昕从一个名不见经传的青涩演员，成长为一个演技娴熟、大名鼎鼎的璀璨明星之后，苏民又不忘对儿子进行低调教育，让濮存昕牢记家训，认认真真演戏，清清白白做人。

2000 年 8 月的一天，濮存昕正在北京大兴度假，他的手机忽然响了，电话是卫生部的官员托他一个朋友打来的，问他是否愿意出任卫生部预防艾滋病宣传的形象大使，为预防艾滋病的蔓延，拍摄公益广告和平面海报，向全社会宣传预防艾滋病的知识。

原来，自 1985 年中国报告第一个艾滋病病例以后，这个令人谈虎色变的疾病，在国内就迅猛地蔓延开来，到 2000 年时，中国版图上已经没有被艾滋病遗漏的省份。但当时的预防艾滋病宣传工作依然停留在一些传统的宣传方式上，卫生部希望聘用名人担任形象大使，以此推动预防艾滋病宣传工作的开展，他们首先想到了德艺双馨的濮存昕。

接到这个电话后，濮存昕心里不由地"咯噔"了一下——艾滋病的大名

他可谓"久仰",要是自己在与艾滋病人接触的过程中不慎感染了艾滋病毒怎么办?因而,他对朋友说,请给他10分钟时间想一想这些问题,然后再回答。

在这10分钟里,濮存昕想了很多关于艾滋病可怕的地方,但同时,他也想到了自己曾经艰难的人生经历,想到了父亲的教导:父亲经常要求他做一个对社会有益的人,要朴实无华,言行一致,正直善良……10分钟后,濮存昕在朋友的电话再次打来时答应了这个存在一定风险、与自己的演艺事业无关,且没有一分报酬的苦差事。

得知濮存昕将出任防艾宣传形象大使这个消息后,苏民积极支持,同时他还对濮存昕说:"既然你已是卫生部预防艾滋病宣传的形象大使,那除了拍摄公益广告外,还应该深入到艾滋病人群中去关心他们,了解他们的痛苦,并为他们解决实际困难,而不要叶公好龙,只是口头上宣传。"

濮存昕很认同父亲的观点:艾滋病是很可怕,可是艾滋病就好比一把锋利的刀,如果不往人身上扎,它就是安全的。因为艾滋病只有血液传播、性传播和母婴传播三种途径,只要避免在这三个方面出问题,就能避免感染艾滋病。

因而,自从第一次参加预防艾滋病的公益广告的拍摄时起,濮存昕就主动提出要求深入到艾滋病人群中去,于是,在北京地坛医院的一间病房里,他第一次见到了艾滋病人——那是一个头发稀疏、手背上脓疮结着痂的男子,因为在过去的8个月时一直处于40度高烧的状态,让人看不出身体已经极度虚弱的他才只有22岁。

见了濮存昕后,那个年轻人很感动,眼睛变得有些潮湿。他说,能跟自己的偶像一起拍这个公益广告,他很开心。为了告诫其他人,他不怕别人的鄙视,也不怕在社会上身败名裂。

当年轻人按照导演要求准备坐到床上时,濮存昕下意识地上前搀扶,就在那一刻,濮存昕看到年轻人的眼神里混杂交织着的恐惧、担心和感激等多种情绪。但是,这样直接的接触却一下子冲淡了原本存在于两人之间

第7章 濮存昕：道不尽严父如山情

的拘谨气氛，于是他们开始聊起天来。

看着年轻人衰弱的身躯、苍白的脸色，濮存昕忍不住帮他拿拖鞋，搀扶他，帮他整理枕头。在两人随意而自然的接触中，广告的拍摄顺利完成了。临走时，濮存昕对这位年轻的患者说："等到你出院，我请你看话剧。"

濮存昕说着给小伙子留了名片。但小伙子一直没有给他打电话，后来他得知，这个小伙子四个月后便离开了人世。

这次经历，让濮存昕真正地感受到了艾滋病人的无助和绝望，之后，他一次又一次地深入到艾滋病人群中去：有一次到山西闻喜县去看一位以制作"布老虎"来养活自己的姓纪的感染者时，他被他们不屈服于疾病的精神深深感动了，临别时，他索性拿出1500元，买下了他们已经制作好的两百多只小老虎。

又一次，也是在山西，当濮存昕和中央电视台的记者到一位艾滋病患者的家里拍摄一部与艾滋病有关的专题片时发现，这个快乐的四口之家自从男主人不幸染上艾滋病后，一家人的天空便笼罩上了阴影。

在那个阴暗的窑洞里，濮存昕跟他们生活了一天，和他们一起包饺子、吃饭、聊天，并把爱人买的一书包生活用品和学习用具作为礼物送给他们，把自己身上仅有的1700元钱也掏给了他们，最后还给他们留下了自己的手机号码。

还有一次，他去医院探望艾滋病人，那位艾滋病患者感动地拉着他的手，认真地说："濮老师，您对我这么好，我就是死了我也开心！我向您保证，我的艾滋病到我为止，不会感染给任何人。"

这句善良而负责任的话，是寒冷命运中挤出来的温暖，是人性中最质朴的情怀。听了这个人的话，濮存昕的心久久难以平静。

……

通过这些经历，濮存昕也深刻地认识到了人类真正的敌人是艾滋病，而非艾滋病人这一道理，他不仅将这一观点通过走南闯北的方式来告诉给

所有健康的人群,身为全国政协委员的他还在政协会上,提交了一份与艾滋病有关的提案。

此后,濮存昕先后参加了联合国儿童基金会、中国青基会、全国关心下一代工作委员会以及卫生部健康教育研究所(CTC 系统)等多个机构组织的关于艾滋病知识及预防方面的活动项目,足迹遍及吉林、山东、甘肃、四川、贵州、江西、山西、北京等大半个中国,深入城镇和农村,甚至走进艾滋病患者中间,无数次不辞辛劳、不厌其烦地义务宣讲有关艾滋病及艾滋病预防方面的知识,同时呼吁人们打消对艾滋病感染者的恐惧和歧视,给他们以社会大家庭的关怀和温暖。

那段时间,在父亲的支持之下,濮存昕又以个人名义设立了"爱心基金",这个爱心基金是我国第一个由捐助人设立、以信托方式建立的公益基金,定时充值。他在"爱心基金"设立时,第一次便充值了 10 万元,用其支付的第一项公益活动就是为西藏的小学生订阅 1000 份中国少年报。

濮存昕在拍完《假如有明天》这部戏以后,又把所有的片酬都捐给了专门治疗艾滋病的北京佑安医院。

濮存昕之所以要这样做,要回报社会,是因为他忘不了自己曾经残疾而受人歧视的那段经历,这也是父亲时时对他的鞭策。

挑战极限,父子幸福相依

岁月如河,不管是谁,迟早都会被大浪淘尽,这是必然规律。

为了让已经成为明星的濮存昕时时知道一己之微,2005 年 3 月的一天,苏民在与濮存昕聊天时说,作为演员,荣誉、收入、地位等都是一种

第7章
濮存昕：道不尽严父如山情

表象，不足以为此而沾沾自喜或者怨天尤人，演员只是一个传播文化的使者，200年以后，人们一定不会记得什么丑星、歌星、笑星，也不会记得苏民和濮存昕是谁。不要说几百年，也许几十年以后就没人记得了。但几百年后，人们一定还记得李白、苏东坡、鲁迅等文化名人。因而，作为演艺人员，一定要戒骄戒躁。

自此以后，濮存昕便在自己的化妆镜上贴了一个红色的"零"，他要让这个"零"时时提醒自己：一个演员应时时虚心学习，在艺术长河中要永远以零的姿势存在，要牢记每一次成绩的取得，都是取得下一次成绩的起点，提醒自己只有时时从零的状态开始，才可能有1、2、3、4、5……以至成千上万。

"话剧舞台是培养演员的地方，而电影、电视则是使用演员的地方。演员只能通过演话剧长本事、见功底。"这是苏民常对濮存昕说的话。

每当濮存昕在影视剧的演出方面收获鲜花和掌声之时，他心里涌现出来的最感激的人就是父亲，当年是父亲放弃演员职业改为专业导演，并为他导演了话剧《李白》，锤炼了他的演技，使他从一个心高气傲、华而不实的青涩演员变成了一个脚踏实地、演技精良的演员的。

为了让濮存昕在人生阅历积累的基本上演技能更上层楼，也为了满足众多观众的愿望，苏民又于2007年末岁初之际，再次为濮存昕导演他的成名作、经典大剧《李白》。

当时已是81岁高龄的苏民，身体状况已大不如前了，一些指标甚至接近"病危"：劳累过度就气紧，上厕所走得快了就要扶墙喘上半天……但他仍然热情高涨地表示，戏比天大，李白82岁还要从军，这样的人是要受到尊敬的，因而他也要勇于挑战生命极限。

然而刚刚排练一天，老人的嘴唇就开始发黑，坚持到散场之后，他扶着墙呼吸开始艰难，继而突然跌倒在地，昏迷不醒。

苏民被火速送到北京市人民医院，参与急救的医生立即下达了病危通知书。濮存昕急得泪水溢满眼眶,六神无主地惶然踱步,极度的担心使他不停地自言自语:"不能让父亲离开,一定留住他的生命!"望着闭目垂危、苍老瘦弱的父亲,脑海瞬间闪过父亲陪他成长的一幕幕画面,濮存昕的心阵阵酸痛。

经过及时治疗和精心照料,苏民终于脱离了生命危险。醒来后,苏民慈爱地笑着说:"我一把老骨头了,被阎罗收走也不可惜了……"

濮存昕急急打断道:"爸,您这是什么话?!小时候,你陪我一起度过了最艰难的岁月,现在我要等您康复,爸,一定要康复,答应我一起回家去……"

苏民混浊失神的眼里,闪动着一抹振奋的光亮,他感受到了,儿子紧紧握住他的手,仿佛要把自己生命的能量传递给他……

此后的几天里,濮存昕请假天天陪在父亲身边,直到病情好转,再次投入到话剧《李白》的导演工作之中。

1991年《李白》一剧首演时,濮存昕须发飘飘的形象让人领略了诗仙李白身上的仙逸。而2008年1月9日,当濮存昕在父亲导演下的《李白》再次在北京人艺公演时,观众们眼中的"李白"却更加飘逸洒脱,诗仙那种徘徊不定的心态与些许幽默滑稽也更加入木三分……

欢呼声中,稳健俊朗的濮存昕登台谢幕,他请出了精神矍铄的老父亲。已是82岁高龄的老人,却还在出任导演,这在中国演艺界也不多见。想到此,在经久不息的掌声中,濮存昕眼里闪动着泪花。

濮存昕饱含深情地说,他的每一个进步都得益于父亲的教诲和平时对他的耳濡目染:"如果没有环境,没有机会,一个人的悟性以及对常识的敏感可能会非常迟钝,很多潜能甚至你自己都不知道。一个人要成功,恰当的鼓励很重要,但直指要害的批评也同样重要……我是幸运的,我有一位严厉睿智,却又不忘时时鼓励我的父亲。他对我锲而不舍的爱,使我从一个残疾小孩变成了健康人,又从一个普通人变成了一个受人尊重的演员,我非常感谢我的父亲!"

第8章

陈宝国：明星『父子兵』

　　成就天才必须具备两个要素：敏锐激情，不辍进取。一个是先天要素，一个是后天要素。

　　因而，即使有天才之质，也不能不食人间烟火！

——题记

俗话说，近水楼台先得月。但身为"星二代"的他非但没有得到明星父亲的关照，在他通往演艺殿堂的过程中，还被明星父亲设置了一道又一道障碍。

然而，终有一天，他读懂了深沉的父爱，才明白了父亲所做的一切都是在为了他有人间烟火可食而帮他进行的后天积累。

雕鹰故事感悟另类父爱

虽然时光如水，淘走了多少泡沫，但闪耀且厚重的东西，依然会留存于心。

艺术，尤其如此。

陈宝国是我国著名的影视明星，他主演的《汉武大帝》《大宅门》等影视剧几乎成为经典，每每被人提及，都津津乐道。

而在一部名叫《正者无敌》的抗日题材电视连续剧中，陈宝国又与妻子赵奎娥、儿子陈月末同台飙戏：陈宝国与陈月末扮演一对欲说还休、曾有生死之仇的父子，父子俩精湛的演技令观众大呼过瘾。

第8章
陈宝国：明星"父子兵"

入戏太深，仿佛真实生活。

俗话说，打虎亲兄弟，上阵父子兵。

陈宝国与陈月末父子有着怎样的父子亲情故事？

他们在电视剧中同台飙戏又有着怎样"正者无敌"的效果？

陈宝国是北京人，在他星光熠熠的演员生涯背后，其实没有点石成金的手指。

往事，如一杯茶叶，越来越淡。情怀，却如陈酒，愈发醇香。

陈宝国是一个没有花边新闻的德艺双馨的演员，论及自己的成功，他时常提及妻子赵奎娥，提及赵奎娥对自己的付出。

与青春相拥的年龄，明媚而鲜亮，陈宝国也一样，有着举杯畅饮的美好。1974年9月，刚刚进入中央戏剧学院表演系读书的陈宝国，发现班上一个女同学长得貌美如花，不由怦然心动。

这个女同学名叫赵奎娥，来自山东烟台，跟陈宝国同一年出生，当时都是18岁。

没有猜疑与愁眉，只有执着与虔诚，两颗如蒲公英花絮般自由的心，渐渐泊在了共振的频道上：同样很优秀，兴趣爱好又几近相同，他们很快便建立了恋爱关系。

大学毕业以后，陈宝国被分配到了中国儿童艺术剧院当演员，赵奎娥留在中央戏剧学院任教。1982年，两人在结束了长达8年的爱情长跑之后，携手步入了婚姻的殿堂。

婚后第二年，两人的爱情结晶陈月末便出生了。无言的恬美，是最幸福的景致。自此，贤惠且已有相当名气的赵奎娥淡出了演艺圈，做起了陈宝国的贤内助。

耳濡目染，饱受艺术熏陶，在阳光雨露呵护下的陈月末，从小就想进入演艺圈。

理想，是隔着雾霾的阳光，虽然看不见，却能照亮童年充满想象的天

空。在陈月末上小学时,有一次老师问班上小朋友,长大了想干什么,同学们有的说想当警察,有的说想当飞行员,有的说想当科学家,陈月末却说自己想当演员。

老师问他:"你的梦想跟别的孩子不一样,为何想当演员呢?"

陈月末说他当然也想当警察、想当飞行员、想当科学家,可是最想当的还是演员,因为当演员后,便可以演警察、演飞行员、演科学家,就相当于自己什么角色都能体会到了。陈月末的回答让老师沉默了,但却让同学们掌声雷动。

陈月末这个理想的产生,一定程度上是受到父母的影响。虽然他与父亲在一起的时间并不多,原因是父亲陈宝国总在拍戏,往往一走就是半年一年。但陈月末的母亲赵奎娥是中戏老师,陈月末在中戏的大院里出生、成长,一块儿玩的都是中戏教职工的子女,大人们聊的东西也都跟演艺内容有关,日复一日,他便对这一行充满了向往。

子承父业是多少父亲的愿望,也是儿子孝顺的表现,但陈宝国却不希望儿子长大后也从事表演职业,因为他知道自己所干的这一行相当不容易,表面上是鲜花与掌声,实际上却有诉不尽的辛酸与苦寒,因为要扮演各种不同的角色,且要尽最大的能力融入角色之中,这些角色性格即使在表演结束后也时常如影随形,差不多能让人变得人格分裂。

距离能产生美,距离也能毁掉美。为了掐断儿子的表演欲望,给儿子换一个新的生活和学习环境,陈宝国强制性地送陈月末去了英国读书,以使其能够断了长大后当演员的念想。

机场送行时,离情如刀,腰斩着不舍的愁绪。内心跌宕起伏的陈宝国强装笑靥,对同样满脸写满无助与无奈的陈月末笑了笑,说:"去英国后好好学习吧,别给父母丢人,别给中国丢脸!"

听了这话,陈月末也朝着父亲勉强笑了笑,想说什么,却无语凝噎。

一种分别,两处闲愁。其实父子俩那时的笑里,都写满了繁复:

第8章
陈宝国：明星"父子兵"

对陈月末来说，自己有演戏的理想，却被父亲强势阻拦，他心有怨气却又不敢发泄。

对陈宝国来说，为了让儿子不再重蹈演艺这行吃苦头，他不得不将之与演艺环境相隔离，为此心中装满了不舍；儿子这么小便送到国外，他又有一万个不放心；可是为了儿子将来的幸福，他只能将那份难受和不舍装在心里，脸上一点也不能流露出来。

在离开中国去往英国的旅程里，陈月末心绪杂乱，痛苦，气愤，绝望，孤独，被抛弃……

英国的阳光是属于别人的，陈月末的内心充满了阴霾。虽然距离拉近了乡愁，但他好长一段时间都不想搭理父亲。

父爱如山，山却在很远的地方。那种亲情秾稔的身影，不过是影视剧或小说中的诱惑，陈月末觉得有这样一位演员父亲真可笑。

开始留学生涯后，还有一件事让陈月末很恼火，那就是别的留学生都有钱花，差不多是想买什么就能买什么，可他不一样，父亲给他的钱很少，仅够生活费而已。

甚至，如果不掐指计算计划着花的话，还可能饿肚子。

羞涩不只是干瘪的口袋，还有一颗攀比的心。父亲对自己这么抠门，就像自己不是父亲亲生的一样。忍无可忍，陈月末甚至在同学面前如此评价父母："父亲只有我一个孩子，他挣钱不给我花，给谁花去？真不知道我父亲是怎么想的！"

然而，在潺潺的时光里，块垒终究会无声地斑驳，怨恨也会在风雨中飘落。渐渐地，陈月末发现父亲其实并非那么"可恨"，因而，他亲情的弦上也不再晦涩，而是渐次波光粼粼。

甚至，他还为父亲感到自豪，让他在同学们面前很有面子。

究其原因，缘于一次偶然。

有一天，陈月末看到几个泰国同学正在看泰语版的《笑傲江湖》，他也跟着看时，无意间看到剧中饰演林震南一角者是父亲陈宝国。

当同学们夸奖林震南很有个性、演得很出彩时，他骄傲地告诉同学们，这个演员是自己的父亲。他的话让同学们既惊讶不已，又半信半疑！

看到同学们眼中布满了疑惑，陈月末拿出自己与父亲合影的照片让同学们看。

雾散云开，同学们纷纷对陈月末竖起了大拇指，为他有一个明星父亲而羡慕不已。

自此，那几位同学逢人便夸陈月末很幸运，羡慕他能出生于一个艺术之家。同学由衷的夸赞，让陈月末百感交集的同时，心里也渐生自豪。

从此之后，陈月末开始改变了对父亲的看法：父亲，其实并非那么抠门，那么无情，而是有着超强人格魅力的大明星！

父亲的戏真的演得那么好吗？陈月末又找出父亲所主演的《汉武大帝》《大宅门》等电视剧来看。通过观看，他猛然发现，生活中的父亲也同父亲在剧中所扮演的角色一样，表面冷漠，内心却热情、善良，充满大智慧，是一个很有爷们气节的中国男人！

甚至，对父亲的崇拜情愫，也在他心中茁壮起来。

心情旷阔，自然沉郁消散。

后来，陈月末在看一部关于鹰的纪录片时，又顿悟了父亲为什么不给他太多的钱，而让他的留学生活过得捉襟见肘的良苦用心：

这部纪录片说，辽阔的亚马孙平原上，生活着一种雕鹰，因其飞行时间之长、速度之快而被誉为"飞行之王"，被它发现的小动物，一般都难逃脱它的捕捉。

但谁能想到那壮丽的飞翔后面却蕴含着滴血的悲壮？

当一只幼鹰出生后，没享受几天舒服的日子，就要经受母亲残酷的训练。

在母鹰的帮助下，幼鹰没多久就能独自飞翔。但这只是第一步，因为这种飞翔只比爬行好一点。幼鹰需要成百上千次的训练，否则，就不能获得母亲口中的食物。

第二步，母鹰把幼鹰带到树顶或悬崖上，然后把它们摔下去。有的幼鹰因为胆怯而被母亲活活摔死，但母鹰不会因此而停止对它们的训练。

第三步则充满着残酷和恐怖：那些被推下悬崖而能胜利飞翔的幼鹰，将被母亲残忍地折断翅膀上大部分骨骼，然后再次从高处推下。有很多幼鹰就是在这时成了飞翔蓝天的祭品……

有的猎人动了恻隐之心，偷偷地把一些还没来得及被母鹰折断翅膀的幼鹰带回家里喂养。但后来发现，那些被喂养长大的雕鹰至多飞到房屋那么高，便会坠落下去，那两米多长的翅膀已成为累赘。

原来，母鹰"残忍"地折断幼鹰的翅膀中的大部分骨骼，正是决定幼鹰未来能在广袤的天空中自由翱翔的关键之所在。

雕鹰翅膀骨骼的再生能力极强，只要在被折断后仍能忍着剧痛不停地振翅飞翔，使翅膀不断地充血，不久便能痊愈。而痊愈后的翅膀则似神话中的凤凰一样会死后重生，将会长得更加强健有力。

如果不这样，雕鹰也就失去了这仅有的一个机会，它就会永远与蓝天无缘。

我们每个人都拥有自己辽阔而美丽的蓝天，也都拥有一双为蓝天而准备的翅膀，但一个人不经过挫折，不经受磨炼，便难以在辽阔的天空下展翅翱翔！

看过这部纪录片后，陈月末对父亲有了重新的认识，他充分理解了父亲对他的拳拳父爱，他觉得父亲如同雕鹰，在用训练幼鹰的方法训练他的生存技能。

父亲虽然对他要求经济上固守清淡，但在情感世界里却对他挥金如土。

从那之后，心态改变的陈月末如果想有更多的花销，便半工半读去挣

钱。好在他从小就是一个不怕吃苦的人，所以他在留学生涯里一直都是半工半读。

不仅如此，他还不时从打工所挣的钱中拿出一部分来，买上一些礼物寄给父母，以证明自己已经懂事，也以此来聊表孝心。

虽然陈月末渐渐理解了父亲对自己的吝啬与严酷，但却一直不明白父亲为什么不支持他接触艺术行业：留学时，陈月末对音乐、表演依然很感兴趣，还在学校里组建过乐队，当过主唱，且拥有大批"粉丝"。

当自己取得成绩时，陈月末还将自己的表演照片寄给父亲，以无声的形式证明自己是从事表演的料。

然而，落花有意，流水无情。陈宝国要么依然不动声色，要么坚决不让儿子走表演这条路。

陈月末在英国读高中时，由于实在忍不住想演戏，还偷偷选修了一门戏剧课程。在考试的那场剧中，他努力地演一只老鼠，渴望能得个高分，好到时给父亲证明自己有当演员的潜力。谁曾想，考试成绩下来时，他的成绩却是 ABCD 中的 D，可谓最差。

陈宝国听说儿子选修了戏剧，本来还比较紧张，以为自己的一腔心血就要前功尽弃，但当他得知陈月末的戏剧考试成绩仅为"D"后，便松了一口气，还不无讥讽地对陈月末说：

"你说演戏是你最喜欢的事，可看你现在的成绩，你是演戏的料吗？事实胜于雄辩，这下，你该死了这条心了吧？"

高中毕业那年，陈宝国又很正式地跟陈月末谈过一次，说他今后读大学选什么学校都可以，但就是不能报皇家戏剧学院、皇家音乐学院这些表演类的大学，原因还是父母不想他从事这个行业，全家人不能全都干这一行，得有人尝试其他行业。

从小到大，父母对陈月末都是散养，唯独在这件事上父母要求陈月末必须听他们的，让陈月末觉得不可理喻。

有了父亲的这个要求，陈月末在选专业时便犯了难，自己喜欢演戏，也喜欢枪炮、汽车类，不让学演戏，要学枪炮又没这样的专业，于是他便选了机械制造工程，这个专业好歹跟汽车沾点儿边。

2

弃工从艺，独闯影视圈

光阴似箭，十一年眨眼便溜走了。不知不觉间，时间一晃到了2009年。学工科的陈月末以全A的成绩硕士毕业，这在全校都是非常难得的。为此，陈宝国和妻子赵奎娥特地飞到英国参加了儿子的毕业典礼。

"咱演艺人家的孩子，也能成为工科硕士，太值得骄傲了！"

看着儿子穿着硕士服，帅气地站在主席台上，阳光地代表优秀毕业生发言，陈宝国再也控制不住自己的感情，热泪长流。

不被儿子理解的父爱，一路凌霜傲雪，终于迎来了梅花芬芳的绽放，陈宝国觉得自己这些年来的默默付出没有白费。

然而，那天晚上，当一家三口在一家中国餐厅坐在了一起时，一个令人惊诧却如郁积已久的火山一样的消息，正在等待着他。

席间，个头早已高过父亲的陈月末毕恭毕敬地给陈宝国倒了一杯酒，然后举起杯来嗫嚅着说："爸爸，您让我出国念书，我现在给你交上了一份优秀的答卷，总算没有辜负您和妈妈对我的付出。但如果说留学十一年我一直是为父母而活的话，那么从现在开始，我该为自己而活了。我要实现自己的梦想，进演艺圈做导演！但在做导演前，我想当演员，再难我也想试试……"

陈月末一口气把话说完，然后有些胆怯地看着父亲。

真是始料不及啊！陈宝国愣住了。没想到这么多年过去，儿子心中那份对表演的热情始终没有退去。他不解地问陈月末："为什么想做演艺这一行？"

"我从小就想当导演，但当导演前，必须得有当演员这个实践。"

橘黄色的灯光，懒洋洋地洒下来，让陈宝国有些迷离。眼前的一幕，真是比剧情还跌宕啊！前人强不如后人强，自己这十一年的父爱锻造，竟然是如此自作多情？

他是在赌气，还是矢志不渝？

细细分析儿子的话，看得出来却又已经准备了很久，根本不像随便说的。

"即便父母是明星，别人捧场一次也就够了，做得不好谁也帮不了。况且我这辈子从来没为接戏求过人，现在更不可能为你去求人。所以，关于这条路的艰难，你要有足够的心理准备。"

虽然儿子最终违背自己的初衷，希望进入演艺圈，但此时陈宝国已不为之纠结了。他觉得自己当初只是力所能及地给儿子提供了教育机会，希望儿子将来有一手挣饭钱的本事。现在儿子有这个本事了，又想实现夙愿进入演艺圈，这未必是坏事。

对于自己给儿子强制性设定的人生路，陈宝国也做出了解释："我以前反对你学表演，就是想让你多一种人生体验，多一种生存本事。因为即便你是表演方面的天才，也不能不食人间烟火，不能不了解社会的各个层面！何况这对于从事演艺事业来说，更是有百益而无一害！"

陈宝国不再反对陈月末进入娱乐圈，还因为他目光所及，陈月末在戏剧学院的发小们，虽然曾经有着各种各样的理想，但长大后差不多都从事了演艺这一行。这个事实说明，一个人生命中耳濡目染的东西，会或多或少改变其人生，即便逃，也逃不了。

再者，陈宝国觉得，儿子既已成人，有自己的择业观，他身为父亲，

第8章
陈宝国：明星"父子兵"

还是应该支持的。明智的父母，理当给儿女们正确的人生选择以尊重——实际上，这也是对儿女的爱的重要组成部分。既然儿子身体里也许有着来自父母身上喜欢艺术娱的遗传基因，顺势发展，又有什么不好呢？

"如果你真要从事演艺这一行，未来的路也只能靠你自己走，我不可能帮你什么，我也帮不上你啥忙！"

在演艺圈，"星二代"并不鲜见。"星二代"们从事演艺职业都在一定程度上得到父辈的帮助，但陈宝国却拒绝帮助儿子实现演艺梦。他认为，无论干哪行，最终都得靠自己：你要真是当演员的料，通过你自己的努力，早晚会进入演艺这一行，甚至可能出人头地；你要不是当演员的料，就算找了天王老子帮忙，又有何用？

父亲没有明确反对，这让陈月末开心不已。因为他从来没有请父亲出面帮助自己、请他为自己介绍角色的想法，他只希望父亲不再像以前那样反对他进入演艺这一行。

有一句俗话说："不听老人言，吃亏在眼前"，有时候还真是这样。

回国后，陈月末过得并不容易，他曾尝试过很多职业，去电视台当过助理，去朋友公司做过销售，还去汽车厂实习过。在这个过程中，他一直在努力寻找当演员的机会，可机会却好似总在跟他捉迷藏，一直躲着他。

对多少人来说，理想就如人生路上的明灯，是那么光彩照人；可通往理想的路，却又那么坎坷，那么冰寒暗淡：陈月末充分感受到了丰满的理想与骨感的现实之间的距离：一没学过表演，二没演戏经验，要跨出当演员这第一步，其实是很难的——

没有演过戏，别人便不知道你是否会演戏，怎么敢轻易找你去演戏？

没人找你演戏，你会不会演戏这一点又怎么证明给别人看？你是否能够演好戏这一点又怎么表现得出来？

这实际上是一个矛盾，是一个到底是鸡生蛋还是蛋生鸡的问题。

凡事的开头，大约都有一个注定无法回避的艰难时期。在经过了那段

时间努力的无果和落寞以后,陈月末终于肯承认自己仅有当演员的理想还不行,还得学习些专业知识。

为了提高当演员的业务素质,他特地去北京电影学院进修了一年。事实上,就是这次进修,才让他机缘巧合地跨进了演员这一行。

在进修的那一年里,陈月末跟着一些剧组打打杂,跑跑腿,以期混个脸熟。但真正跟演员搭上边是在拍摄《智者无敌》的时候:有一次,他看到《智者无敌》通告栏里要招一个叫"猫爪"的龙套角色,他对"猫爪"这个人物的塑造有些自己的想法,便找到导演,让导演给他三天时间,不行他就走人,结果被导演选中。

在《智者无敌》中,陈宝国是主演,但陈宝国与陈月末并无对手戏,陈宝国也没教陈月末如何演戏。相反,却是陈宝国的好友丁志诚在带陈月末。

陈月末特别崇拜丁志诚,因而这对师徒相处极为融洽,一个用心教,一个专心学,陈月末进步很大。

虽然没有亲自指导儿子表演,但陈宝国在拍《智者无敌》时也没闲着,他常常在一旁观察陈月末的表演,观察其用心程度,观察其是否适合干演员这一行,是否是三天热乎劲……陈宝国最怕的是陈月末因一时兴趣一时激动而选择演戏。

心事七上八下,轮番地撞击着紧张的神经,心情与首次试飞的儿子的身影紧紧相随,这就是一个父亲若无其事表情下的牵挂。

令陈宝国欣慰的是,陈月末演戏时很投入,也很刻苦,这才让他放下心来。

陈月末在《智者无敌》中的表演虽然还有些青涩,但给人的印象却是颇有灵性,观众对其评价也很高。

良好的开端,是成功的一半。那之后,有一家影视公司觉得陈月末颇有潜力,便跟他签了约。

第8章
陈宝国：明星"父子兵"

有影视公司助力，陈月末蹒跚着开始了演员生涯。

演了《智者无敌》之后，他接拍了电视剧《养母》。《养母》以20世纪30年代抗日战争为时代背景，以一个名叫杜彩霞的"单身母亲"在寻夫途中收养的五名孤儿为主线，讲述了一个关于母爱的感人故事。陈月末饰演在剧中一位在中国出生成长的日本遗孤"中生"。

《养母》是陈月末接拍的第二部戏，这也是陈月末首次担任主演。能在第二部戏就担任主演，陈月末既感到高兴，又感觉"压力山大"。因为剧中"中生"这个角色跟他自己反差很大：他自己是那种比较直、有点刚烈的性格，但"中生"性格却比较柔弱，因而在演的时候，他心里特别没底。

但拍摄时，陈月末却很能吃苦，也肯琢磨，赢得了导演的赞扬。

比如在拍一场湖上的戏时，北方冬天的夜晚寒风瑟瑟，连拍6个小时，把他的脸都冻坏了，可他一句怨言也没有。

导演很感动，直夸他很投入、很执着，今后必成大器。

自己第一次出演主角，陈月末很想父亲提点批评意见，以利进步。陈宝国却笑着对他说："批评意见不好提，但可以送给两个字给你。"

如同猜谜，陈月末急切地想知道谜底："您要送我两个什么样的字啊？"

陈宝国满脸微笑："真诚！"

听了这话，陈月末不知道父亲是在说自己学戏的态度真诚呢，还是说自己演戏的态度真诚；想要继续探听，陈宝国却让他自己去体味，之后便不再解释了。

后来，陈月末请母亲赵奎娥帮忙分析父亲送给他这两字的含义。赵奎娥告诉陈月末说，他父亲在认真地看完《养母》后，曾感叹祖师爷真赏了一口饭给他吃！因而，赵奎娥分析陈宝国送给陈月末的"真诚"两字，两层含义均有，但主要含义还是对陈月末在戏中的表演给予的肯定。

听了母亲的分析，陈月末非常开心，感觉真是喜出望外！

实际上，在看过《养母》之后，赵奎娥也对陈月末的表演提出了建议，指出他在剧中哪些地方表演不到位；哪些地方又因生活经历欠缺，表演牵强；同时强调说，陈月末平时老爱舔嘴唇，在戏中也常常不自觉地就舔一下，这个是做演员的大忌，必须得改！不然，表演所有角色都会有一个共同的特征，这样便会让观众反感！

虽然陈宝国没有在演技方面具体对陈月末提出什么建议，认为表演只可意会不可言传，得靠先天的悟性，没有悟性，怎么教都不成！但有一天，他却就人生方面对儿子谈了一次话。强调说，一个男人一生必须要做到三件事：

第一，要学会孤独，越成功的人越孤独；

第二，要学会选择，只有舍才能得；

第三，为自己的选择负责，选了就别后悔，世上没有后悔药吃。

陈月末当时并未完全理解父亲所说的这三句话的真正含义。

但当他演过一两部戏之后，他才明白，一直以为风光无限的演艺圈，其实真如父母所说的那样，并非想象中那么光鲜，那么春意盎然，更多的却是光鲜背后别人不知道的孤独，而且这种孤独只能装在心里而不能表现丝毫，否则，便可能有流言蜚语如洪水般袭来。

夜深人静，仰望星空，月亮写着满脸的孤寂，虽然陈月末明白了这个道理，但他对自己当初选择进入演员这一行，还是无怨无悔。

纵然阡陌纵横，曲曲弯弯，既然选择了，哪怕吃再多的苦，也一定要坚持走下去！

3

凭实力，父子同台飙戏

纵然如蜗牛跋涉，只要起步了，也会有风景扑面而来。

演完《养母》之后，很多剧组找到陈月末，希望他加盟。经过精细遴选，陈月末选择了与父亲陈宝国、母亲赵奎娥同台飙戏，在《正者无敌》中扮演一家三口。

亲情浓烈，生活中与剧组中心心相印，相生相息；演艺上还可以偷师父母，活学活用，没有比这更好的了。

在《正者无敌》中，陈月末扮演川军66师政训处主任郑冲，是陈宝国所扮演的66师师长冯天魁的原配妻子、由赵奎娥所扮演的郑竹梅的侄子。由于冯天魁为了保护郑竹梅而迫使郑竹梅出家为尼，郑冲一直对冯天魁怀恨在心，原本，郑冲与剧中另一个女角封萍本有一段故事，谁知冯天魁贪图美色，将封萍留在身边，于是新仇旧恨令郑冲要报复冯天魁，要将冯天魁的势力连根拔起，斩草除根。

但实际上，郑冲却是冯天魁和郑竹梅的亲生儿子。

能与父母亲同台飙戏，陈月末既开心，又紧张。当然他也更投入，更认真，几乎倾注了全部情感。在剧中，有一场父子生死诀别戏，分开后便不知道是否还能活着重逢。演的时候，陈宝国冲着陈月末笑了笑，结果，陈月末一下子便哭得稀里哗啦。

其实，陈月末眼泪流出来的情形并非表演，而是真情实感：往事如一场剪不断的秋雨，他想起了自己14岁出国时的情形，父母到机场送行，上摆渡车之前对父亲说再见的时候，陈月末还一点儿感觉也没有，但他走着

走着,突然觉得很长时间都不会见到父母了,心里便产生了刻骨铭心的离别之痛。一回头,他看到母亲已经哭得不行了,但此时父亲却没有流泪,当然,心里装满怨尤的他也没有流泪。

然而,当陈月末上了摆渡车,不经意回头时,他却发现在视线中渐行渐远的父亲也在那儿抹眼泪,于是心里原本平沙浩浩的他,眼泪竟然也在那一瞬间不自觉地流了下来。

飞机腾空,云遮断归途,他一路心情复杂,泪眼蒙眬……

那之后,虽然是拍戏,按剧情要求,陈月末扮演的儿子郑冲与陈宝国扮演的父亲冯天魁必须对着干,但每当"郑冲"为难"冯天魁"时,陈月末心里都会不好受——这是当儿子的他对父亲的不敬呀!尽管是在剧中。

在那段时间里,陈月末既开心,又幸福。因为如果不是在一起拍戏的话,他们一家三口很难天天在一起:都是演员,通常在不同的剧组,很长时间见不到面是再正常不过的了。

拍过《正者无敌》后,陈月末的名气再次大增。在演艺路上亦步亦趋、艰难跋涉的过程中,陈月末在寻找风景的同时,他自己也渐渐成为别人眼中的风景。

著名导演尚敬请他出演电影《饭局也疯狂》中一个无钱无房无车的80后"三无青年",与刘桦、范伟、黄渤、韩童生等众多影帝级喜剧明星一起飙戏。

《饭局也疯狂》是一部喜剧,但喜剧中却又有悬疑、嬉闹和爱情。陈月末第一次尝试喜剧角色,同样获得了成功。

明媚也好,青涩也好,岁月,总会忠实地记录下每个人人生和事业上的印迹,不折不扣,公平公正。如今,陈月末已经陆续演了《智者无敌》《正者无敌》《饭局也疯狂》《王者风范》等影视剧,从一个影坛新人逐步彰显实力,脱颖而出。

高过千尺、直入云霄的参天大树,不也起始于一个柔弱的嫩芽吗?

事实上，茁壮成长的新绿更引人注目。《正者无敌》和《王者风帆》的导演都是张国庆，张国庆曾私底下欣喜地对陈月末说："我导了你两部戏了，发现你每天都在进步，真是一个可塑之材啊！"

如果你正在登山，那么，没有比高山的肯定更令人欣慰的了；如果你正在游泳，那么，没有比海洋的肯定更令人信服的了。听到导演对自己这样肯定的话语，陈月末特别开心，脸上也流露出欣喜的表情。尤其是《正者无敌》在全国播放以来，观众对他的演技评价很高，他心中更是得意，也相信了导演的话。

观察到儿子的心情音韵婉转，陈宝国又冷静地对陈月末说，虽然他演戏表现得较有悟性，但有悟性也不能骄傲，毕竟悟性只是做演员的基本门槛。要当一个好演员，光靠悟性还远远不够，还得努力、刻苦，更要脚踏实地！

自从长大以后，陈月末从未把父亲的话拒之门外。岁月静好，他深深地理解父爱的营养，因而，他果断地让心中的飘飘然戛然而止。

虽然也被贴上了"星二代"的标签，但陈月末却与其他"星二代"不同，他多才多艺，对音乐很有研究，在演奏、编曲、演唱等方面都有一定造诣，甚至还玩过乐队；又有中西两种教育背景，英语超好，中文顺溜；外加工科机械制造硕士毕业，又兼修艺术……

这种多方面的文化积累和横跨东西的成长经历，将来一定会在他的演艺道路上提供充足的能量，助其大放异彩！

第 9 章

罗京：催泪的拳拳孝心

> 事，孰为大？事亲为大；守，孰为大？守身为大。不失其身而能事其亲者，吾闻之矣；失其身而能事其亲者，吾未闻也。孰不为事？事亲，事之本也；孰不为守？守身，守之本也。
>
> ——孟子

> 他的童年写满善良故事,播音才华与孝心同时萌芽;他在电视镜头前是不苟言笑、严肃谨慎的"国嘴",但在镜头外,却是幽默风趣、爱心盈盈的大孝子;突发的癌症无情地夺走了他年轻的生命,面对英年早逝的儿子,可怜八旬老父悲伤恸断肠……

2009年6月5日上午,人们刚刚上班,便从网上得到一条惊人的消息:中央电视台著名播音员罗京,因病医治无效,于当天清晨7时05分,在北京307医院与世长辞,享年48岁。这条消息令广大电视观众扼腕痛心,更令一个人肝肠寸断,他就是罗京年近八旬的父亲罗亭贵!

罗京是一个孝顺的儿子,在去世之前,他一直对父母隐瞒着自己的病情,默默地忍受着病魔的折磨,以免父母为他担心,却谁知他的噩耗骤然而至,给了老人致命的打击……

… 第9章
罗京：催泪的拳拳孝心

1

播音才能与孝心同时萌芽

罗京 1961 年 5 月 29 日生于北京，罗京为家中老二，有一个哥哥、一个弟弟。

罗京祖籍贵州遵义市，罗京的父亲罗亭贵与罗京的母亲、家住重庆的王朝忠是四川财经学院（现在的西南财经大学）的同学，在校读书时两人产生了爱情。大学毕业后，双双被分配到北京工作，并很快结婚生子。

罗亭贵是独子，王朝忠家却人丁兴旺：王朝忠共有 9 兄妹（其中老五夭折），她是家中老幺。王朝忠幼时家里生活异常清贫，俗话说"长兄当父，长嫂当母"，父母去世后，王朝忠的大哥王咸璋和大嫂詹恒冰便挑起了养活弟妹的重担，并砸锅卖铁地将喜欢读书的王朝忠培养成了大学生。

罗京的父母是文艺积极分子，受父母的影响，罗京也喜欢文艺，并从小便表现了出来：读幼儿园时，有一次母亲王朝忠给他买了一本名叫《半夜鸡叫》的连环画，他在听过母亲给他读过几遍连环画的内容后，竟然能将连环画的内容背下来，还能惟妙惟肖地用几种声音、多种表情表演周扒皮、高玉宝等人物。不满 5 岁的小孩居然这么聪明，罗亭贵夫妇喜出望外。

之后有一天放学时分，当母亲王朝忠去幼儿园接罗京时，罗京高兴地对她说："妈妈，我今天有好吃的东西给你！"

王朝忠蹲下身子来，好奇地问："小京，有啥好吃的东西呀？快告诉妈妈！"

这时，罗京从衣服兜里掏出两块黑白不分的东西来："就是这个东西！这是糖糖！可甜了！"

原来，幼儿园老师给每个小朋友发了两颗饴糖，其他小朋友都美美地把糖吃了，只有罗京舍不得吃，他用舌头舔了舔，就把糖揣在兜里了。他觉得，这么好吃的东西应该与父母一起分享！可他毕竟是个孩子，因为馋，他不时地用手去兜里摸摸这两颗糖，舔一舔手上沾的糖。等到他放学时，那两块饴糖都开始化了，手上的灰尘也将原来白色的糖变得黑白不分了。

"小京，这是老师发给你的，你想吃就吃，干吗要揣回家呢？"

"我可不能一个人吃了，我不能当周扒皮！"

"这跟周扒皮有什么关系呀？"

"周扒皮是坏人呀！他舍不得让高玉宝吃饭，还总是让高玉宝干活，他坏得很！"

罗京的话让王朝忠既感动，又好笑，她没想到这么小的孩子竟然这么懂事、这么孝顺！

小学三年级，在父亲罗亭贵的生日到来时，罗京送了父亲一份生日礼物——他参加学校作文竞赛获奖后获得的一支钢笔！罗亭贵收到这份礼物后感到很欣慰："小京，你太懂事了！爸爸有你这样的儿子，真开心！"

之后，罗京学习更加努力了，母亲王朝忠很奇怪，问他为啥这么刻苦？罗京回答说："爸爸过生日时，我把我得的奖品送给爸爸作生日礼物了。我也同样爱妈妈，妈妈的生日也快来了，我也得送妈妈一份生日礼物呀！我现在还小，还不能挣工资，只有努力学习，从老师那儿挣奖品拿来给妈妈作生日礼物呀！"罗京的话将王朝忠感动得半天说不出话来。

罗京是块学理工科的料，高考前从未想过改学文科。1979年，还是北京酒仙桥二中高二理科班学生的他陪一个同学去考广播学院，没想到一生的命运却由此改变了，他阴差阳错地被北京广播学院播音系录取了。

但是从小就喜欢理科，并想长大后当工程师的罗京却不想读北京广播学院，因为他对广播学院一点都不了解。当有人告诉他毕业后能当播音员

第9章
罗京：催泪的拳拳孝心

时，罗京也没有多兴奋——就算当一个播音员，自己的声音通过"话匣子"传出去，又有什么意思呢？

得知儿子无心插柳地被北京广播学院录取以后，罗亭贵和王朝忠夫妇却很高兴，因为他们当年读大学时都是学生会干部，都当过学生广播站的播音员，深知宣传的重要性。在父母的鼓励之下，罗京才对北京广播学院动了心，并对父母保证，学成以后，争取当一个好的播音员。

罗京所在的新闻系播音专业班30个学生中绝大多数是在新闻战线工作过的，身为小弟弟的罗京却是白纸一张。入学考试时，罗京的专业分数刚刚60分，但到毕业考试时，他的专业分数已名列前茅。

1983年，22岁的罗京从北京广播学院毕业，被分配到中央电视台当播音员，这让罗亭贵夫妇很高兴。罗京拿到派遣证那天，母亲王朝忠特地做了一桌好吃的饭菜，为他庆贺。

在饭桌上，看到全家人喜气洋洋，罗亭贵便给大家说了一个笑话：有一天，电视里播放的乒乓球赛吸引了老奶奶。但老奶奶看完球赛后却遗憾地说："球打得好看！可惜偏偏找了个不识数的播音员在那里解说！"

小孙子听了不解地问："人家咋不识数？"

老奶奶说："明明是两个人在打球，他偏说是单打。明明是四个人在打球，他却硬说是双打。这不是不识数，是啥？"

这个笑话让大家笑得喷饭。但罗京笑过后却说："老奶奶真逗，她错怪了播音员了！"

听了罗京的话后，罗亭贵又讲了一个笑话：有一次，收音机里播音员在播送社会新闻："本台最新消息：XX地发生一起恶性伤人事件，两名歹徒打伤我119名警察，最后夺路而逃……"

讲到这里，罗亭贵说，他当时听这条新闻时，很纳闷：两个歹徒居然打伤了119名警察，还夺路而逃？这歹徒也太嚣张了！这帮警察也太没用了！

看到罗京哥仨也很困惑的样子后,罗亭贵便问:"你们谁知道这是为什么吗?是谁给了这两名歹徒这么大的本事?"

见孩子们冥思苦想后都摇起了头,罗亭贵才说:"其实这两名歹徒根本没这么厉害!他们打伤119名警察的'本事'是播音员给的!因为原稿应该是'两名歹徒打伤我119警察……'播音员把火警电话119理解成119名警察了!119警察其实就是消防警察,哪里是119名警察嘛……"

罗亭贵的话音刚落,一家人再次哄堂大笑。笑过之后,罗亭贵说:"我国1982年便统一规定火警电话号码为119。播音员按理说不该出错,可事实上却又出错了,出错的原因就是播音员播音时不专心,对稿子的内容一知半解,先入为主。"

父亲的话让罗京收住了笑容,说:"爸爸,我知道了,原来您讲这后两个笑话的用意是希望我既要时时严格要求自己,又要不断地提高自己。您放心,我会时时警示自己的!"

罗亭贵抚摸着罗京的头说:"人非圣贤,孰能无错?老奶奶只是一个普通的观众,她错了,只会让他的家人笑话,但如果是播音员错了,那就会被天下人笑话?!"

正式上班以后,罗京才深深地感受到了父亲敲打自己的先见之明:《新闻联播》是中央电视台的一个重要节目,不敢有半点差错和不严肃,因而,他在工作时都高度紧张,如履薄冰。

为了不辜负父母对自己的期望,罗京工作很努力,对自己也要求很严格,因而他给中国电视观众留下了极好的印象:不仅功底极佳,口齿清楚、播音流畅,而且为人低调、爱岗敬业,他的名字同《新闻联播》一起走进了千家万户。2004年以后,罗京的事业更上新台阶:先是当上了播音组副组长,后又被提拔为央视新闻编辑部副科长,被评为中央电视台十佳播音员、主持人,享受国务院特殊津贴……

2

"国嘴"是家里的大孝子

在罗京 26 年的播音生涯中,有观众说从未看见他笑过,认为他性格冷漠。其实,这是对罗京的误解,认识罗京的人都知道,他是一个喜欢笑的人!他不笑的原因是摄像机不许他笑!八小时以外的罗京随和幽默、乐于助人,对家庭负责,更孝顺父母。

罗京的孝顺有口皆碑。罗京的哥哥罗平是一名商人,弟弟的工作也不是很好,罗京便自觉地承担起了赡养父母的主要责任。不仅如此,他还将自己的房子给父母住:想到父母年龄越来越大,同时又不愿与三个儿子住在一起,罗京便在金融街买了一套新房,准备给辛苦了一辈子的父母居住。因为金融街那套房子离央视分给罗京的职工宿舍近,都在梅地亚中心附近,他可以经常利用下班后的时间去父母那儿看看,照顾父母,帮父母做些家务。

但是,当新房装修好以后,罗亭贵夫妇却不愿搬到新房去住了,理由是年轻人住新房比较好,因为新房气派豪华,设计合理:"你看,你的同事不少人住的房子都很漂亮啊!如果你还住职工宿舍,那不是很丢份吗?"

罗京是铁了心要让父母享福,他装修的房子也是老人喜欢的风格,却没想到父母却不去住,因而他急了:"爸妈,您二老生活得好,住得舒心,那就是最让我有面子的事儿了,您二老不要推辞了!"

这时,母亲王朝忠说:"小京,你真是个孝顺孩子!可我和你爸住惯了矮房子,住不惯高层电梯房,我们年纪大了,又有高血压,坐电梯头晕呢!"

母亲的话让罗京一下子怔住了：是啊！父母年纪越来越大，母亲又有高血压、心血管病，怎么坐电梯房呢？万一在电梯运行时父母的血压升高了怎么办？自己之前怎么就没有想到这个问题呢？他又想到新装修的房子难免有甲醛以及放射性物质，会对抵抗能力很弱的老人身体不利。于是，只得让父母住央视分给他的职工宿舍。

跟父母住得近了，罗京便经常去看父母，知道父母喜欢吃剁椒鱼头、鱼香肉丝、酸菜鱼等，他总是隔三岔五便去给父母烧这几道菜；如果在外面吃到好吃又清淡的菜，他便会重新买一份打包带回，让父母尝尝鲜；或者问厨师那道菜是怎么做的，然后抽时间给父母做。

看到年迈的父母平时出门坐公交车或者打车很不方便，特别是有高血压、冠心病的母亲上医院检查时很不方便时，罗京又东挪西借筹了一笔钱买了一辆车，用来送父母上医院买药或者检查身体，或利用自己轮休时带父母到北京郊外风景美丽、空气清新的地方游玩。

当然，罗京也跟父母之间有过矛盾，甚至与母亲还曾有过冲突。

罗京工作压力大，烟瘾也大，父母便叫他少抽一些烟，说抽烟有害健康。父母总是唠叨这事，久而久之，罗京便听烦了。有一次，当罗京在书房一边吸烟，一边焦头烂额地琢磨事情时，母亲王朝忠又走过来劝他尽量戒烟。于是罗京便对母亲顶撞起来："妈，您有完没完？我现在的个人爱好只剩下吸两口烟了，您怎么连我这仅存的爱好也想给我掐掉？您能不唠叨我吗？"

"我唠叨还不是为你的身体着想，你这孩子咋这么不懂事呢？"

"妈，您唠叨多了，我心里就烦！人一旦心里烦，身体就会产生毒素，我想，此时我身体里因为您的唠叨所产生的毒素早比吸几颗烟更伤害我了！"

罗京的话让王朝忠沉默了。罗京又继续投入地琢磨起工作中的事来，很快忘了与母亲斗嘴的不快。可是，当他将工作中的烦心事理出一个头绪

第9章
罗京：催泪的拳拳孝心

轻松地走出书房时，却蓦然发现母亲在抹眼泪，他很奇怪："妈，您怎么了？"

王朝忠幽幽地说："没怎么，我不明白你现在脾气咋这么大！当妈的叫你少抽点烟，有啥错？"得知母亲抹泪是自己顶撞母亲所致时，罗京顿时备感愧疚和自责：母亲都这一把年纪了，自己怎么还像个小孩似地与她顶嘴呢？于是他当即向母亲道歉："妈，我错了，我一定听您的话，今后少抽烟！您快别生气了呀！"

这件事后，罗京又多次对自己的行为进行了反思，自责不已。继而，他抄录了一段文字放在写字台的玻璃板下，用来时时警醒自己：

"不要对父母不耐烦，要好好说话。能够耐心对待陌生人以及和你关系不密切的人，为何不能耐心面对挚爱你、把你的生命和幸福看得比他们的生命还重要的父母？

不要对父母大吼大叫，要和颜悦色。对陌生人和颜悦色是素质，对父母和颜悦色，才表明你是真的爱他们。

不要嫌父母唠叨，要耐心倾听他们说过一百遍的叮嘱。宽容了你一辈子，他们也有权任性一下。而且，他们的叮嘱不是全无道理！"

当罗京的妻子刘继红得知罗京因为烟瘾大而与母亲顶嘴后，也批评了他，说："你要真觉得自己错了，真不想让妈操心，你最好的办法就是彻底戒烟！"

妻子的话让罗京再次反思了自己，这次，他便真的把烟戒了。

罗京不仅对父母好，对其他长辈也同样好。罗京经常从母亲口中得知，大舅舅和大舅妈与外公外婆一起抚养自己全家，为他们兄弟三人付出很多心血后，心中便对大舅舅和大舅妈充满了感恩之心。

由于大舅去世得早，工作后的罗京就把对大舅和大舅妈的感恩回报在

大舅妈身上：不仅逢年过节总给大舅妈寄钱，多次将大舅妈请到北京做客，忙得无法抽身时，还曾先后两次到乐山市去看望住在二表姐王莉文家的大舅妈，并给大舅妈买了不少礼物。

2004年农历5月21日是罗京大舅妈詹恒冰老人的85岁生日，罗京特地组织了母亲家近80名亲戚相聚乐山市。在生日宴上，罗京用四川话主持节目，并为大舅妈唱了一段京剧，让老人很开心。之后，罗京对大舅妈承诺说，等她90岁时，会再到乐山为她主持生日宴会。

罗京对大舅妈很好，对生活在重庆的其他舅舅、姨妈也很好：逢年过节，他同样会给长辈们寄钱寄物，并时常利用调休去看望这些老人。

然而，就是这样一个好人，罗京的生命却遭到了病魔的无情侵蚀。

2008年9月7日，平常总是隔一两天就要去看望父母的罗京却有近十天没有踏进父母的家门，这让罗亭贵和王朝忠感到很奇怪。当他打电话给罗京时，罗京却总说自己在外出差。奥运会期间儿子和央视的同事们忙坏了，这可以理解，可现在奥运会都结束了，他还在忙什么呢？

不久后的一天，有个老朋友打电话问罗亭贵："网上说罗京因患重症住进了北京肿瘤医院化疗病房，这事是不是真的？"接到这个电话后，两位老人吃惊不已：小京怎么可能去化疗呢？8月6日他不是还在当奥运火炬手吗？8月31日不是还在主持奥运会报道吗？……但联想到罗京在奥运期间瘦了许多，精力看上去也不好时，两位老人又害怕了。

罗亭贵马上打电话给罗京核实此事。罗京只好承认了，说自己并无大碍，并且已经出院了。

虽然罗京轻描淡写，罗亭贵夫妇却很不放心，又打电话问儿媳刘继红。刘继红也说罗京的病不严重。这时，罗亭贵说："我不管严重不严重，你告诉我罗京现在哪里吧，我们现在就要见到他！或者让他到我们这里来！"听公公这样说，一直装得若无其事的刘继红一下子哭了，只好说了实话：罗京所患的病并非小病，而是"弥漫大B细胞淋巴瘤"，并已扩散

第9章
罗京：催泪的拳拳孝心

至全身。

原来，2008年奥运前，感觉身体状况大不如前的罗京去医院检查时就已查出罹患淋巴癌，这个诊断结果让他很痛苦，但他却决定隐瞒病情：高龄父母身体欠佳，怎经受得住这么沉重的打击？儿子罗疏桐即将中考，妻子视他为精神支柱，又如何能够承受这个打击？他也没将病情告诉单位领导，以免影响奥运会报道——他想等北京奥运会结束后再去医院治疗。

但是，单位领导看他日渐消瘦似有疾病在身时，多次关切地追问，最终得知了他的病情。可是，罗京谢绝了领导为他安排的休假，并坚持要做完奥运报道后再去医院治疗。就这样，直到2008年8月31日做完最后一期《新闻联播》，罗京才去北京肿瘤医院接受化疗。但刚刚化疗完，为了给单位节约开支，他坚持出院住回自己家里。

当两位老人赶到罗京家，看到化疗后的罗京头发掉光、走路也要人搀扶时，父亲罗亭贵的眼泪一下子落了下来："小京呀，你为啥这么严重的病也不对我们说呀！"母亲王朝忠看到儿子病入膏肓的样子，更是哭得肝肠寸断，她抱着罗京不停地说："我的儿呀，我的儿呀，你这么好的人怎么会得这个重病呀！"

"哎呀妈！真的不严重！您看我不是已经出院了吗？"罗京说，他并非是央视第一个患肿瘤病的主持人，《欢聚一堂》《快乐中国》栏目的主持人朱迅，就曾被确诊为甲状腺瘤。2007年5月，朱迅做过手术后，便很快康复了，"所以，我这个病治疗后是可以康复的，你们就放心吧！"

尽管罗京将自己的病说得轻松，但母子连心，何况化疗后的罗京简直完全变了一个人，因而原本有高血压和心血管病的王朝忠病情突然加重，瘫倒在地，后来送到301医院检查后得知，她因急火攻心，引发了脑血栓。虽然半个月后老人出了院，但却从此成了老年痴呆。

3

英年早逝，令老父悲恸断肠

随着病情的不断加重，罗京痛苦万分。虽然医生说化疗对大多数弥漫大 B 淋巴瘤病人效果都不错，但仍有约 20% 的病人不在此列。因而，明白自己生死未卜的罗京想得最多的就是父母和妻儿，他总是尽可能多地与家人待在一起。特别是当他得知母亲因担心自己的病而引发脑血栓成为老年痴呆时，内心愧疚万分的他更想多找一些机会跟父母待在一起。

2009 年春节，罗京特地出院回家陪父母过了一个欢乐年。

春节联欢晚会开始了，罗京与哥哥、弟弟各自带着小家的成员聚在父母的家里，其乐融融地看春晚，这个时候，大家都在心里告诫自己：不能去触碰已憔悴不堪的罗京的病情，因而，大家讨论的也都是春节联系晚会的节目内容。

一家子在看黄宏和巩汉林表演的《黄豆黄》时，笑得前仰后合。之后是成龙、陈奕迅、容祖儿三人为四川地震灾区而演唱的《站起来》：

"……站起来

我的爱拥抱大海

超越不只是现在

跑过的精彩依然在

泪水是胜利感慨

多少风雨的等待

穿越心灵彩虹

第9章
罗京：催泪的拳拳孝心

告诉我的存在

生命真实的喝彩

我和你的崇拜

希望看见英雄奇迹般的色彩……"

当大家一边听歌，一边讨论着地震灾区的情况时，哥哥罗平却猛然发现罗京的脸上落下了泪，全家人的谈话戛然而止。

罗亭贵小心地问罗京道："小京，怎么了？"

"没什么，想到地震中死去那么多人，我心里难受！"罗京擦了一把泪说："为啥上天对人这么不公平？这些逝去的人是多么无辜呀……"罗京说到这里时，似乎发现自己的话另有感慨，便没再继续。见罗京的话戛然而止，大家也都明白他想表达的另一层意思，谁也没接他的话，但每个人都心碎而压抑地沉默着。接下来的小品《水下除夕夜》和《北京欢迎你》都很吸引人，也引人发笑，却没一个人发出笑声。相反，全家人眼里都湿漉漉的，含满了泪花……

春节过后，罗京便从北京肿瘤医院转院到了307医院，在治疗的过程中，罗京接受了哥哥罗平为他捐献的骨髓，术后一度恢复较好，但后来病情又出现了反复。

病魔折磨得罗京非常痛苦，他的口腔溃疡很严重，哪怕喝一口水，都会疼得眉毛纠结在一起。于是医生只得给他用配了麻药的水漱完口后再吃药、吃饭。很多病人在这种情况下都会因为无法忍受这巨大的痛苦而变得脾气暴躁，异常敏感，但罗京却始终谦和。也许预感到了什么，那些日子里，罗京在能说话的情况下对哥哥和弟弟以及妻子交流自己病好后要如何孝敬父母，如何让小家更温馨，如何对哥哥和弟弟更好，如何让工作尽善尽美……他看似轻描淡写的话总让人联想到不祥的念头，家人每听到这些都会心酸地转过背去抹泪。

为了多带些欢乐、多留些美好的记忆给妻儿,端午节晚上,罗京回家与妻儿一起过了节。但由于他已病入膏肓,怕父母亲见他的样子后承受不住,他没有去见父母亲,而只在电话中给父母送去了问候,且告诉父亲说自己恢复得很好。然而,真实的情况却在朝着相反的方向发展——就在端午节的第二天,罗京便感觉病情很不好,便又回到医院,之后再也没有回过家,包括5月29号他的生日,也是在医院度过的。

这天,当医生护士和妻儿在病房给罗京过生日时,罗京感慨地说:"其实自我懂事时起,我每年的生日都过得惴惴不安,我心中更多的是感激和恐慌!因为我的诞生日就是我母亲的受难日!我的诞生日也是我父母亲养育我的苦难日子的开始!所以,在我的生日里,我不敢开心,我的快乐怎敢建立在父母的痛苦和磨难之上?所以,在我的生日这一天,更应该感谢我的父母亲,更该警示自己一定要在新的一年里努力报答父母的生养之恩……可我现在的生命正岌岌可危,父母的大恩无以为报,我真对不住父母……"罗京说着说着便哽咽起来。罗京对生日的理解如此深刻,这是多么孝顺的一个人啊!在场的人备感心灵震撼,也都顿时泪流满面。

在罗京住院的日子里,医生护士都说他是他们见过的最坚强的病人。但这位最坚强的战士最终还是被死神带走了:2009年6月1日,罗京的病情突然恶化,6月4日下午4点出现心脏衰竭,经抢救无效,最终于2009年6月5日清晨7时零5分离开了人世,终年48岁。

6月5日早晨,罗亭贵老人被中央电视台特派的工作人员从梦中叫醒,并被接往307医院,去见罗京的最后一面。

面对原来鲜活健康如今却阴阳两隔的儿子,原以为不久后儿子就会康复回家的罗亭贵怎么也接受不了这个现实,他冲过去抱着罗京的遗体号啕痛哭:"京儿,我和你妈的老骨头还在,你咋就走了啊!你明明知道我和你妈身体不好,承受不住失去你的痛苦,你咋还忍心让我们白发人送黑发人!你这不是等于要了我们的命吗?……"老人用自己的脸摩挲着罗京的脸，鼻涕眼泪一个劲儿地落在罗京的脸上……其情其景，令人潸然泪下。

之后，精神几近崩溃的老人被送回家里，一个人躺在床上，像个小孩子似地哭得蜷缩成一团。当大儿子罗平去安慰他时，他一下子发火了："你出去，你怎么可以对我隐瞒小京的病情？不然，我还可以见到他活着时的最后一面……"说着，罗亭贵把罗平轰出了门，把自己关在房间里，谁都不见，电话线拔了，手机也关了，谁敲门都不开。

几个小时后，当从乐山市匆匆赶到北京吊唁罗京的侄女王莉文到了罗京父母家时，老人仍在屋内呜咽，王莉文便敲响了姑父的门。罗亭贵听到是王莉文的敲门声时，才打开门来："小文，你说我的儿子们这是怎么了？我这命是怎么了？我疼爱他们像个宝贝似的，可是呢，你看，小京却得了这么个绝症，罗平平常也孝顺得很，可他却对我隐瞒小京的病情……"

看到姑父这么伤心，王莉文安慰说，罗平跟罗京一样，其实很孝顺，对他隐瞒罗京的病情是怕他担心，罗京的病情本来康复得不错，突然逆转并出现噩耗是谁也没有预料到的。她还向姑父讲了罗平曾为罗京捐骨髓的事，又解释说，在罗京病入膏肓的最后那两个礼拜，因为住在高压氧舱里，谁也见不到他……

在晚辈中，王莉文的话最有分量了，当王莉文对罗亭贵解释之后，老人心中的气才消了，但他又对曾给罗京捐过骨髓的罗平的身体多了一分担心。

这之后，原本是一个被骗者的罗亭贵老人又被迫加入了"骗人者"大军，忍痛含悲地与晚辈们一起继续哄骗轮椅上的老伴。幸好王朝忠此时已老年痴呆，连亲人都认不清了，要不然早就会问罗京为何这么久都没回家看看……但是这种"欺骗"能维持到什么时候，谁心里也没底。

一大家子原本也想对远在四川的罗京的大舅妈詹恒冰老人隐瞒罗京去世的消息，但对罗京视如己出的老人最终还是知道了这个噩耗，她悲痛欲绝："小京啊，你还不到50岁，咋就走了呢？你不是说要来主持我90岁的

生日吗？你怎么这么不守信呀?!"

2009年6月13日（农历5月21日）这天是詹恒冰老人90大寿，老人一直盼望着罗京能来川给她主持生日宴，谁知从来都信守诺言的罗京这一次却食言了！

第10章

陆川：父子之间的『剪刀』之爱

面对叛逆期的孩子，有时候父子关系就像挨得很近而对立的两把刀子，时有碰撞，且相互伤害。但纵然是两把刀子，其实也可以找到一个契合点组合成一把剪刀，相互合作，变不可能为可能！这样，逆向刺激便可成就天才！

——题记

父亲对他很严格，很小的时候，就要求他在大冬天必须用冷水洗脸，熟背《论语》《诗经》；考大学时，又自作主张地给他填了军校，让渴望读电影学院的他恨透了父亲。

但最终，当他成了著名导演时，他却在心中感激父亲对他的挫折教育……

叛逆儿子想当导演

仲秋时节，一个好消息从西班牙传来：

电影《南京！南京！》夺得第57届西班牙圣塞巴斯蒂安电影节最佳电影金贝壳奖和最佳摄影奖，这是中国电影首度在该电影节获得大奖。

颁奖典礼结束以后，还未从激动情绪中恢复过来的该片年轻导演，马上拨通了远在中国北京的父亲的电话，喜极而泣："爸，《南京！南京！》得金奖了，您的儿子再次给您争气了！"

他，凭借《苍天在上》《大雪无痕》《省委书记》等作品被冠以著名反腐作家；

他，凭借震撼人心的电影《寻枪》《可可西里》，成为中国第六代著名

第10章
陆川：父子之间的"剪刀"之爱

导演。

他们，就是陆天明和陆川父子！

这对曾似冤家的父子俩，关系曾如同相向拼杀、水火难容的两把刀。但是随着岁月流逝，儿子对父爱渐渐有了全新的认识，父子俩"针尖对麦芒"的两把刀的关系也变成了有同一个连接点、相互保护、共同出击的剪刀关系！

也是《南京！南京！》。

荣获金奖的几个月前，陆川从国家广电总局电影局得知该片被审查通过的消息时，便急迫地拨通了父亲陆天明的手机，向父亲通报了这个好消息。

但是，陆天明却不冷不热地说："电影局的审查好通过，你觉得观众的审查能通得吗？"

父亲的话让陆川苦笑起来：真是个刻薄的父亲啊！但他只是这样一想，嘴上依然谦恭地说："有爸爸的鞭策，我会进步的……"

陆川，中国第六代导演的代表人物，曾先后在国际上荣获40多项电影大奖，可是他在自己父亲面前，依然谦恭低调、俯首帖耳。

虚荣的难堪，他已经不再有了，因为他心中装得更多的，是对父亲的感激。

这一切，不仅仅因为陆川孝顺，更因为成长的岁月，让他充分地感知到了曾经严厉的父亲对他付出的深沉的父爱。

但曾经的陆川，对父亲却没有这么乖顺。

陆川，可谓出生于名人之家。他的父亲陆天明，是国家一级编剧、中国作家协会主席团成员；他的姑姑，也是作家，那就是同样出名的陆星儿。

从小到大，陆川很惧怕父亲，尤其是在他的出生地新疆奎屯的日子里。

陆川心中的父亲是一个冷漠的人，生活沉闷又无情趣，几乎将所有时间都花在了写作上，他对自己很严格，并将这种严格用在了儿子的身上：要求他洗冷水脸，又要求他背诵《论语》《诗经》《大学》《中庸》。

陆川觉得，父亲对他教条的要求近乎残酷。要知道，在冬天的新疆奎屯，那是相当寒冷的。因而，父亲铁面的要求让年幼的陆川有了强烈的抵触情绪，他时不时会"密谋造反"，但最终因"力量悬殊"，不得不偃旗息鼓。

陆川就这样熬到了18岁高中毕业，他以为这下子终于可以自由翱翔了，谁知父亲对他的铁腕教育刚刚结束，却又将他送进了另外一所更加铁腕的大学继续深造。

陆川自小很喜欢看电影。其中给他留下最深记忆的是《红高粱》《黄土地》《一个和八个》等电影。电影看得多了，陆川就有了一个理想，想当电影导演拍电影。于是，高中毕业时便决定报考北京电影学院。

由于当时考电影学院要文艺团体推荐，陆川想，要是已从新疆奎屯调到北京并在中央电视台电视剧制作中心当编剧的父亲愿意推荐他的话，他成为北京电影学院的学生准有戏。

谁知，陆天明想都没想就无情地拒绝了陆川的请求："电影学院导演系毕业的人就能当导演？你现在没有一点社会阅历，就算你考上了导演系，又能怎么样啊？再说了，你能考上吗？"

令陆川更没想到的是，之后的一天，父亲还自作主张地在他的高考志愿表上填了军校——解放军国际关系学院外语专业，并解释说，年轻人就是要多吃苦才好。

父亲这样独断专行，陆川真是恨死了！为此，他跟父亲大吵了一架。

而在陆天明看来，他之所以对儿子这样严格要求，是因为他觉得只有吃过苦的人才能有所成就。

这是陆天明的人生感悟：1958年，父亲早逝的陆天明14岁便响应祖

第10章 陆川：父子之间的"剪刀"之爱

国号召，放弃上海市户口去到安徽黄山当了农民。3年后，因肺结核咯血被送回上海养病。1964年，国家号召知识青年支援新疆建设，他又咬破手指写血书自愿到新疆垦荒。1973年，因卓越的写作才能被调到中央广播文工团后，先后发表了《泥日》《桑那高地的太阳》《大雪无痕》《省委书记》《苍天在上》等作品，在文学界和影视界奠定了重要地位……

1995年，陆川从解放军国际关系学院外语专业毕业后，被分到了国防科工委当翻译。这时，心中的导演梦一直不灭的他觉得自己羽翼渐丰，便想挑战一下父亲这个"权威"。当他得知北京电影学院导演系招收研究生的消息后，便悄悄地报了名，并破釜沉舟地准备起来。

转眼到了1996年，虽然熬更守夜地为报考北京电影学院导演系研究生而苦学了一年，但陆川心里依然七上八下。更糟糕的是，在考试前夕，他还将自己报考北京电影学院的情况跟父亲说了。要是自己真没考上，那不是再次让父亲瞧不上？

不想父亲还好，一想到父亲陆川心里就生气：别的考生家长总是千方百计托人情走后门，可他父亲倒好，当父亲的老朋友、北京电影学院导演系主任郑洞天主动打电话"找上门来"问："你儿子报考电影学院，怎么也不给我打个电话？"他父亲还给人吃了个闭门羹："我儿子如果不行，你能照顾吗？我儿子如果行，还用你照顾吗？"

因为"冷酷"的父亲拒不援手，陆川在复习之时更用功了，他憋着一口气，一定要证明给父亲看。幸运的是，他最终以第一名的成绩成为当年被导演系录取的三名研究生之一。

令陆川诧异的是，当他考上电影学院后，却发现父亲很高兴。这时，他有些不明白了："父亲不是不支持我考电影学院吗？我考上了，他高兴什么呀？"

从电影学院毕业的那段日子，陆川很忧郁，也很艰难：在两年多时间里，他把一个名叫《寻枪》的剧本反反复复修改了十几遍，然后骑着车四

处自荐。但看到他一天比一天瘦，父亲却一句也没有鼓励他，更没有帮助他。

后来，陆川将剧本送给不少导演和制片人，却如泥牛入海，这时，他想到了自己的偶像、著名演员姜文，于是冒昧地将剧本送了姜文一份。

惊喜往往孕育于失望之中。姜文看了《寻枪》的剧本后很兴奋，他第一时间给陆川打来电话，约他面谈筹拍之事。

陆川没想到，才华横溢的姜文不仅如此赏识他，还愿意出演他的电影。

令陆川更没想到的是，自己会因《寻枪》而浮出水面，该片先后荣获台湾2001年度优良剧本大奖、2002年度大学生电影节最佳处女作奖、2002年度最受欢迎的电影等多项荣誉。

陆天明看过《寻枪》电影成片后，对电影本身未作评论，却对陆川说，他所理解的导演不仅是一个专业的故事讲述者，还要有对社会的关注和思考。

虽然父亲的话句句在理，但陆川却对父亲颇生怨尤。他觉得自己为《寻枪》剧本苦苦奔波的那两年，如果父亲能帮他说句话，他就不会走那么多弯路了。

从小时候起，陆川就特别渴望得到父亲的肯定，但陆天明对陆川最大的一次表扬还是在他请父亲看了自己的第二部电影《可可西里》之后。

2004年10月《可可西里》公映时，陆川特地买票邀请父母亲和弟弟到电影院去看。他自己则到街上闲逛，等待电影结束，他急切地期待着父亲的评价。

结果，在电影结束时，当陆川看到面无表情的父亲走出电影院时，他的心里忐忑了。他的母亲倒表现得很激动，竟然还走过来跟他拥抱了一下。

那天中午，陆川请父母吃海鲜，潜意识里是想对父母特别是对父亲贿

第10章 陆川：父子之间的"剪刀"之爱

赂一下。但直至走进海鲜酒楼坐下来后，陆天明依然一言不发。

长久的等待让陆川再也憋不住了，他忍不住问父亲："爸，您在构思您的小说吗？"

陆天明听了陆川的话后却答非所问："有这部片子，你就站住脚了！"

要得到父亲的这个评价，多不容易啊！在陆川的记忆中，父亲从来都是打击他的！他的眼泪一下子流了出来！

当年拍完《寻枪》后，圈内圈外很多人都说，《寻枪》是姜文导演、陆川署名的一部影片。这种说法曾让陆川心里很不是滋味。可面对这样的流言蜚语，纵有百口又能做何辩解？他只能暂时憋屈地背负着这个莫名其妙的罪名。现在好了，《可可西里》是自己创意、编剧并导演的，里面也没有一个有名的演员，如果这部电影真的好，那不什么问题都能证明了吗？因此，从不轻易表扬人的父亲能如此肯定，对陆川来说显得尤为重要！

知子莫若父。陆天明当初看了《寻枪》后，就相信儿子真有能力，但他却不能为儿子评说什么，只能静静地期待儿子的新作。

如今，儿子的又一部力作诞生了，他由衷地为他摇旗呐喊。一般人会觉得藏羚羊被掠杀与我无关；对下岗工人、失去土地的农民，更是毫不关心。陆川明白，之所以这样，是因为对于不少没有经历过生活磨砺的人来说，他们的眼睛已经大面积"沙漠化"，眼窝里早就没了泪水。但是，陆川却捧出了带着自己心跳和体温、没有蓄意煽情、没有刻意的友情和爱情，演员既不知名也不光鲜的《可可西里》，那简洁、大气、惊心动魄的镜头，如利剑般戳向观众那长满了茧子的心灵，这比给木乃伊吹口"仙气"令其复活，让现代美女穿上古代服饰打来斗去等无节制地泛滥着杯水风波的苍白情节要有意义得多。

后来，每当回忆起第一次得到父亲的这个肯定时，陆川都会激动不已。也正是从这部片子开始，陆川逐渐理解了父亲对他一贯严厉背后那深

沉的用意。

2004年10月31日,《可可西里》在第17届东京国际电影节上获得评委会特别奖。当陆川在第一时间将这个好消息告诉父亲时,陆天明给他讲了一个故事:

1853年,法国作家小仲马的话剧《茶花女》在巴黎初演引起轰动,小仲马打电报给流亡在布鲁塞尔的父亲大仲马说:"爸爸,我取得了巨大的成功!就像我看到您的最好作品初次上演时所获得的成功一样。"大仲马风趣地回答:"我最好的作品就是你,我亲爱的孩子!"

虽然这个故事陆川早就耳熟能详,可是父亲在电话中再一次讲给他听时,他仍禁不住泪流满面。就是这部电影,后来又在国内国际先后获得了40多项大奖。

2

克己复礼,频招漫骂

然而,木秀于林,风必摧之。就在《可可西里》上映后赢得一片喝彩又频频获奖之时,一个不和谐的音符也随之跳了出来:

一个名叫刘宇军的人说,《可可西里》里有不少情节、创意、场景等与他拍摄的《我和藏羚羊》非常相似……一时间,在报纸和网络上,这个消息也被炒得铺天盖地……

这件事令陆川焦头烂额。

陆川承认,自己筹备《可可西里》时,除采访了守护可可西里的所有队员和带领剧组进行实地巡山外,还曾参考过中央电视台一部跟可可西里有关的纪录片——四川电视台彭辉导演的《平衡》。但是,他从未看过刘

第10章
陆川：父子之间的"剪刀"之爱

宇军的这部名叫《我和藏羚羊》的纪录片，又怎会如刘宇军所说，与他的纪录片有这么多内容和情节的相似呢？

这时，绝不相信儿子有抄袭行为的陆天明，心里也暗暗替陆川着急。得知这个消息那天，他特地打电话对陆川说，当一个年轻人即将木秀于林时，通常会遭到质疑，或者面临重重障碍，但这一切终究会水落石出："此时，你处理此事的最好办法就是沉默，并集中精力创作新电影，只要能拿出更多更好的作品，你所遭遇的所有羁绊和困扰便会成为笑话！"

想到父亲说得很对，心里有底的陆川决定静下心来筹备他的新电影《南京！南京！》。

2006年3月26日，北京朝阳法院受理了"纪录片《我和藏羚羊——冰河在这里流过》的导演刘宇军诉陆川《可可西里》抄袭"一案。刘宇军没有提出经济索赔，只要求法院确认侵犯著作权成立。

得知自己被诉上法庭后，陆川一下子轻松了。唾沫横飞的争辩只会让人们更加不明真相，甚至会成为人们茶前饭后的笑料和谈资，一切迷雾都让法律去澄清，那是再好不过的事了！

陆天明是一个谦虚好学的人，他的生活阅历影响着他的导演儿子陆川和北大哲学博士儿子陆丁，陆川和陆丁的现代知识又反过来影响着父亲陆天明。比如陆天明"触网"，就是被陆川与陆丁"诱惑"和鼓动的结果，他后来还在新浪网上建了一个博客。

但没想到，陆川和陆丁哥俩在给爸爸带来一个崭新的世界的同时，也给爸爸带来了烦恼，甚至是无辜的诅咒和谩骂：

2006年3月中旬的某一天，上海一位报纸记者请陆天明谈一谈对韩寒与白烨关于80后所写的文章是否属于文学之争的看法，陆天明爽快地发表了自己对此事件的看法：

第一，白烨有说话的权利；

第二，韩寒应该倾听别人的批评；

第三，韩寒不应该骂人。

陆天明把这篇访谈也贴到自己的博客上，希望网友能公正地加以评论。

谁知事与愿违。此后几天，大约五六百人在陆天明的博客里对他进行恶毒的人身攻击和谩骂：有人骂他"你这个老不死的"，有人连写几十遍"我×你妈"……

在这场网络围殴中，任何一点试图理性讨论的言论，都被高过几十倍的反对声淹没。

这些谩骂让陆天明一下子傻了眼，活了这么大年纪，他还从未遭受过如此多、如此猛烈的无理由谩骂。他自忖自己并没有做错什么，却招来了如此谩骂和攻击，这是为什么呀？看到这些失去理性甚至是失去人性的谩骂，他禁不住老泪纵横，茶饭不香，惶惶不可终日。

看到父亲被一帮"韩粉"骂得如此可怜，陆川再也坐不住了，于是，2006年3月18日，他在自己的博客上发表了支持父亲的文章：《关于那场争论》：

"我厌恶暴力，厌恶围殴，尤其是对一个已经年逾六十的老人，我的父亲。

谩骂，不是智慧和勇气的象征。我们都是愤怒者，但是我们的棍棒不能抡到我们父辈的头上。在这样的一个社会，我经常痛苦地思考我们的立场。但是在这个事件上，我的立场很简单。我只能无条件地去保护我的家人，我的父亲。他给了我生命，我要维护他的尊严。我的父亲，他用一生为这个国家做出了贡献。对于这样的老人，我很想问一句那些满嘴喷粪的人，你们没有父母吗？

……

我决不会让红卫兵的铜头皮带，再一次抽到我父亲的脸上。试图这么

第10章
陆川：父子之间的"剪刀"之爱

做的人，我一定会让他们付出血的代价！"

之后，韩寒在接受记者采访时说，"其实这就是个游戏，许多参与的人根本就是把它当作获得快乐的渠道，所以别太当真。"他说，参与这件事情的人也不一定就是80后，他也没那么多粉丝，要不然他的书早卖出1000万本了。在韩寒的一首 MV 里，最后一个镜头他用了一张《可可西里》的海报，寓意是爱情也要遵守规则，"一开始我是想找《青春无悔》的海报，后来没找着，就用了《可可西里》，也算是对陆老师他们的一种致敬吧"。

"韩陆之战"平息之后，陆川对父子情有了更深层次的理解，他蓦然明白，父子之间纵然有再深的矛盾，这种矛盾只会存在于家庭内部，而一旦有外来"侵犯"，父子便会是一个坚不可摧的整体！这就是所谓的"上阵父子兵"！因而，作为儿子的他，在关键的时候决不允许别人去谩骂自己的父亲！

以前他觉得，自己跟父亲的关系就像两把刀子，时有碰撞，相互伤害。但是这件事却让他发现，其实这两把刀子是可以插在同一个鞘里的，甚至可以找到一个契合点，组合成一把锋利的剪刀，相互合作，共同出击，发挥更大的威力。

事实上，当孩子处于叛逆期之时，每对父子都可能成为水火不容的冤家！但父子间这种融汇着大爱却又矛盾重生的关系，却能激发孩子的潜能，使孩子的人生在父辈的基础上走得更远，使生存技能更强于父辈，把父辈未能实现的梦想变为可能！其实，逆向刺激更可能成就天才！

这件事的发生，让陆川与父亲之间的感情更加深厚了。人的一生什么都可选择，只有一样不能选择，那就是父母。为了这个不能选择的选择，陆川告诫自己，今后一定要努力地做一个好儿子！

此后，陆川成了一个更加孝顺的人，无论他多忙，都会尽量抽时间回

家，抽时间陪父母聊天，甚至陪父母一起看一些袜子剧和晚会。虽然那些袜子剧、那些晚会是那么难看，可是只要父母喜欢，他也努力学着去喜欢：这几十年，父母仿佛是一个喝惯了假酒的人，对这些袜子剧和乏味老套的晚会产生了心理依赖，如果不时常整两口，还真不习惯！岁月的积累让陆川认识到，跟父母在一起享受天伦，那才是真正的快乐！

3

父子连心，惺惺相惜

在陆川决定要对父母好、努力孝顺父母时，他又因为一些常识性的错误而体会到了什么是对父母真正的好。

有一次，他回上海看奶奶时发现奶奶特别喜欢打麻将，便劝奶奶不要玩麻将了。为此，他还专门打电话给父亲陆天明，希望父亲劝劝奶奶，说老年人总是坐着不好，要多走动才好；还说打麻将毕竟会有输赢，会让人情绪产生波动，老年人情绪波动对身体不好。

没想到，父亲不仅不跟他站在一条"战壕"去劝说奶奶，还批评他不懂得如何孝顺老人。

就是那次，陆川理解了爸爸支持奶奶打麻将的原因：奶奶打麻将不在乎输赢，在乎的是那份快乐！有一次，他见奶奶与老邻居们打麻将，临近中午，一个邻居从家里端来两碗菜，另一个邻居拿了些饭和鸡汤过来……一顿简单的中午饭，奶奶和大家一起吃得很开心。就在那天，他明白了一个道理：老人为儿女付出了一切，儿女们能为老人做的最孝顺的事就是让老人快乐！

想到自己曾经跟父亲的"水火不相容"，陆川心里很自责：他还记得

第10章
陆川：父子之间的"剪刀"之爱

姑姑陆星儿去世时，他匆匆飞到上海，一进屋，父亲就紧紧抓住他的手，痛哭着说："川川，我没有看到她最后一眼呀……"父亲像个孩子似地抱着他失声痛哭……

第二天，在姑姑入殓的那个瞬间，爸爸胸膛中迸发出那声绝望得近乎嘶吼的悲鸣，让陆川泪如雨下，他们几个人合力，才把爸爸搀扶了起来。那个瞬间，他第一次看到爸爸如此心碎……

"爸爸，我以前是那么不懂事，那么不理解您，我真对不起您，相信我，我会做好的。"

他心里一遍一遍地说着。陆川反思后觉得，如果要真正对父亲好，就该多站在父亲的角度考虑问题，多思考父亲对自己的教诲。

然而，随着时间的推移，陆川又发现，就算自己跟父亲相处时什么事都顺着父亲，还是经常让父亲不快乐——深深爱着他的父亲原来是那么在乎他的一举一动，在乎他的快乐与忧愁。在他拍摄《南京！南京！》时，这种感受就更加深了，他不仅让父亲担惊受怕，还让父亲因此老了几岁。

2007年3月22日，电影《南京！南京！》获得了广电总局的正式立项。走出电影局之后，他第一时间给制片主任打了个电话，却得知他们的车半个小时前在去看景的路上被人追尾侧翻，所幸车上人员无一受伤。得到这个消息后，陆川心里一惊：看来这部电影的拍摄之路要格外漫长艰辛啊！但父亲却安慰他说："大难不死，必有后福！"

电影开机后，果然一波三折：首先是陆川三度得了急性阑尾炎，虽然每次都最终扛了过去，没做手术，可那个痛却把他折磨得够呛。

电影主演范伟、秦岚、江一燕去医院看他时，范伟幽默地对他说，也许他选的演员组合造成了他该有这么多波折：范伟、秦岚、江一燕，三个演员的名字"排列组合"一下，不就成"秦范岚伟燕（勤犯阑尾炎）"了吗？所以，一拍他们的戏，导演就要犯阑尾炎。

陆川每次犯阑尾炎时，父亲陆天明都会在第一时间焦急地打来电话询

间,有时还会在第一时间赶到医院看他,就像安排了间谍在他身边似的。父亲这一次又一次的"焦急",让陆川鼻子酸酸地感觉到,这个外表冷漠、日渐苍老的父亲,原来那么慈祥,那么爱他!

因为陆川拍摄电影追求精益求精,所以《南京!南京!》拍摄的时间拖得很长,投资方说,他快破了中国电影拍摄周期的纪录了。

然而,就在电影即将杀青时,却又发生了现实版的"越狱"事件:2008年6月10日,剧组在拍摄一场日军轰炸光华大门的戏时,对搭建的"南京城"景区的城门无意之间造成了一些毁坏。没料到,承建景区的施工方以剧组毁坏了他们的金属脚手架为由,向剧组索赔8万元。

继而,在剧组与其多次交涉未果的情况下,对方采取了极端的方式,扣押了剧组的五辆坦克、一辆集装箱车、一辆越野车等价值600多万元的拍摄器材;最危急时,陆川等五个剧组人员被几十个手持棍棒砖头的人包围着:"就像一部劣质纪实风格的警匪电视剧:手电筒晃动的光束,奔跑的打手,手持砖块的面目不清的人们,雨中沉默的警察们,车灯光束中细细的雨丝,阴影里的交易……每个人扮演一个角色,还有的人同时扮演几个……"事后,心有余悸的陆川回忆说。

"从6月13日到21日,被外景地施工方围困了整整6天。"最后在当地警方的帮助下,经过周密的计划和部署,他们才成功地突出重围。

脱离危险以后,陆川第一时间将自己平安归来的消息打电话告诉了父亲。令陆川吃惊的是,当陆天明接到他电话后,竟然表现出从未有过的激动和欣喜,声音也哽咽了。

父亲的哽咽让陆川的眼泪落了下来。

陆川有所不知,就在他被扣押的日子里,得知他所处"险情"的父亲坐卧不安,生怕性格刚烈的他有个三长两短。于是想尽一切办法与警界的朋友联系,请他们帮忙"解救"儿子。

老人曾经多么希望儿子能够经历一些磨砺,可是儿子真的遭遇磨砺

第10章
陆川：父子之间的"剪刀"之爱

了，他的心又是那么紧张。现在听到了儿子平安的信息，老人能不高兴吗？

自己以前总将父亲误读成一个冷漠的人，经过了这些事他才发现：原来，父爱的阳光时时都在普照着自己，从未远离啊！

后来得知这一切后，陆川又感动了好多回，一想起来就感动得要流泪。

一波刚平，一波又起，2008年11月的一天，陆川胃痛得不行，在父亲的多次催促之下，他特地抽出时间去医院看胃病。

虽然花去了近5000元钱，却什么病也没有查出来，但他却对父亲心存感激：自从姑姑陆星儿因为胃癌去世以后，父亲对陆川的叮嘱更多了，有时候打来提醒他吃饭的电话让他颇为恼火：自己在工作，怎么可以随意打扰呢？但父亲依然会不时地打电话提醒他按时吃一日三餐。

古人说，"儿行千里母担忧"，他觉得有时候，这个表面冷漠的父亲对他默默的关心，一点也不比慈母差。

2009年2月20日，《南京！南京！》通过审查，拿到了制作电影拷贝的许可证，而且该片所有精彩部分都被保留了下来。得到这个喜讯后，他在第一时间通过电话告诉了父亲，与父亲分享，并将该片的公映时间定为了2009年4月22日。

而在此之前的2009年1月上旬，曾将他及《可可西里》制片方告上法庭的刘宇军也在法院即将宣判审判结果的前一天突然撤诉，使得这场拖了三年之久的《可可西里》抄袭案终于尘埃落定。

至于撤诉的原因，用他的代理律师马晓刚的话说，是"所有事实和法律根据都证明，《可可西里》不存在任何侵权嫌疑"。

悉闻儿子赢回清白，陆天明兴奋地对陆川说："我心里一直认为你是清白的，可是，不经历风雨怎么见彩虹？虽然现在你背了这么长时间的黑锅自己碎了，但我想你的收获远远不止于此！我想未来的风雨还有很多，

但我相信你能够永远屹立不倒!"

父亲耐人寻味的话让陆川又顿悟了不少。

2009年9月27日,《南京!南京!》再次传来好消息,一举夺得第57届西班牙圣塞巴斯蒂安电影节最佳电影金贝壳奖和最佳摄影大奖,这是中国电影首度在该电影节获得大奖。

想到自己成长过程中父亲对自己的鞭策与鼓励,陆川百感交集,在这一刻,他甚至在内心感激起父亲对他从小到大进行的挫折教育:如果没有读军校,怎么能够拍第一部战争片便能得奖?

因而,一结束晚会颁奖礼,他便拨通了父亲的电话,向远在中国北京的父亲报告这一好消息,高兴地与父亲分享这一喜讯!

陆川父子的故事说明了这样一个道理:面对叛逆期的孩子,有时候父子关系就像挨得很近而对立的两把刀子,时有碰撞,相互伤害。但纵然是两把刀子,其实也可以找到一个契合点组合成一把剪刀,相互合作,变不可能为可能!这样,逆向刺激便可成就天才!

第11章

「江姐」丁柳元：父爱让我泪潸然

有一种爱，时常违迕我们的行止，让我们痛之恨之；
有一种爱，在我们孤独无靠之时，却如大山般挺立。

——题记

> 辞去空姐追梦艺术，不解的父爱让她切齿痛恨；艺术之路蹒跚走来，拳拳父爱总是默默相伴；不当空姐当"江姐"，拿什么奉献给亲爱的父亲？

一部在央视播放的电视连续剧《江姐》，以还原历史真实和深刻挖掘人物个性的优势带给观众一场视觉饕餮，第三代"江姐"的扮演者丁柳元凭借成功的演绎获得如潮好评。

鲜为人知的是，丁柳元经历复杂，14岁考上大学，当过空姐，做过空管，也曾有过叛逆的时期，甚至一度与父亲形同陌路。而在经历了许多风雨之后，她才渐渐懂得了严父那颗柔软的心，懂得了她从空姐到"江姐"这曲折的追梦过程中让她泪流满面的拳拳父爱……

1

不解的父爱让她切齿痛恨

丁柳元，原名柳渊，1977年4月生于北京某部研究所一个高级工程师之家。丁柳元的父母自小把她当男孩子养，实行"军事化"管理，这使得年幼的她产生了强烈的抵触情绪，常常逆反。

第11章
"江姐"丁柳元：父爱让我泪潸然

丁柳元4岁上小学，成绩很好。当时她想，考上大学就可以不受父母管束了，因而，她总是跳级，14岁那年就参加高考了。丁柳元以为，高考后就可以自由翱翔了，谁知父亲对她的铁腕教育并未结束——父亲自作主张地在她的高考志愿表上填了中国民航大学，并解释说，到航空公司工作是很多人都渴望的，一辈子不愁生活。因为父亲的独断专行，她跟父亲大吵了一架。

18岁那年，大学毕业的丁柳元被分配到中国国际航空公司控制中心，负责航班的调配，成了收入不菲、令人羡慕的白领。每当旅游旺季航班增多时，漂亮的她还总会被抽调去当空姐，国内国外飞来飞去，飞遍精彩的世界……

但没过多久，丁柳元开始对轻易就拥有了的这一切失去了兴趣：日复一日地面对电脑上的一堆数字，多枯燥啊！她觉得自己喜欢的职业不应该是空管，也不是空姐。

丁柳元喜欢音乐和文学。在北京新源里中学读书时，她演唱的《我爱你，塞北的雪》获得过北京市青少年歌咏比赛优秀奖；她曾经写过一首名叫《我愿意》的小诗也被《青年文摘》转载。

在国航上班的日子里，单位时常利用周末组织员工去唱卡拉OK，从小就喜欢唱歌的丁柳元的音乐细胞被激发出来了，她觉得当一个既能享受唱歌乐趣还能挣钱的歌手很好。为了当一个可以去营业场唱歌挣钱的歌手，她还特意去北京市劳动局考了歌手证，经常下班后去娱乐场所唱歌。后来，她甚至想辞职去当一个职业歌手。

听说丁柳元想辞职当歌手的想法时，她的父亲目瞪口呆，在他看来，女儿这种不务正业的想法真是令家族蒙羞："你有好好的工作不愿意干，为啥要去干这种被人轻视的工作？"

面对"大惊小怪"的父亲，丁柳元平静地说："就因为我喜欢唱歌！我不喜欢在航空公司工作！"

"真是疯话！你受了什么刺激吗？"见她固执己见，父亲狠狠地说："如果你真要辞职去歌厅唱歌的话，我就跟你断绝父女关系！"

父亲的话让丁柳元沉默了，她不能跟父亲吵！她选择沉默，不是对自己辞职的想法有怀疑，而是怕父亲真的与自己断绝父女关系。但最终她辞职的初衷未改：她坚信自己的选择是正确的，也坚信父亲早晚会理解自己。

丁柳元知道，父亲有一个小学同学是北京一个著名艺术团的领导，便去求父亲帮忙推荐。她想，如果父亲愿意推荐，自己进入这家艺术团准有戏。

谁知，父亲无情地拒绝了她的请求。"真是个不尽人情的父亲！"丁柳元心里嘀咕着，但她仍继续游说父亲帮忙。后来，父亲没好气地说："好吧，那我试试吧！"父亲就是父亲啊，终于还是答应帮女儿，丁柳元很开心。不久后，父亲果然将一位很有名的女歌星请到了家里来。

歌星对丁柳元说："想当歌手吗？那你给我识一段谱子吧？"看到歌星手中那爬满"蝌蚪"的五线谱，丁柳元一下子头大了："我哪儿识五线谱呀？简谱跟我也不熟呢！""乐谱都识不了，怎么做歌手呢？要做歌手，你不能永远鹦鹉学舌地学唱别人唱过的歌吧？"歌星貌似玩笑的话将丁柳元说得满脸通红。

这时她才明白：父亲原来是这样"帮"自己的啊！她真是恨死父亲了！

虽然那个歌星的话让丁柳元很郁闷，但她却一直坚持去娱乐场所唱歌，她想当职业歌手的想法也丝毫未变。直到有一天，她接到王朔打来的电话。

王朔是丁柳元一个"忘年交"作家姐姐的朋友，这个姐姐得知她有狂热的"唱歌"激情后，便将她的情况给王朔讲了，于是王朔便给她打来电话，想劝劝她，让她安心本职工作。但在与她聊天之后，王朔非但没有劝

第11章
"江姐"丁柳元：父爱让我泪潸然

她放弃"唱歌"之梦安心本职工作，相反，还语出惊人地说，她的性格更适合做演员："你很有性格，要是干表演，肯定会很出色！"

王朔的话给了丁柳元极大的信心，也激发了喜欢看影视剧的她对演员职业的向往。那时她才明白，自己爱的是表演艺术，自己喜欢唱歌，那只是表演艺术中的一种形式而已！

之后，丁柳元便去北京电影学院、解放军艺术学院、中央戏剧学院、上海戏剧学院和北京广播学院五所艺术大学报了名，利用业余时间重拾高中课本，梦想着能够考上艺术院校。

因为要上班，刚开始时丁柳元还总是与别人调班，以便能在下午四点钟下班，然后赶两个小时的车到高考复习班上课。但值班是轮换制，也不能老调班啊，于是她便再次想到了辞职。

这次，丁柳元不再装作有意无意地将自己要辞职的想法告诉父母了，她决定先斩后奏。在她看来，人生最大的痛苦莫过于错过了自己想要经历的事，为什么明知道会错过，却又不抗争，而要错过呢？她决定为自己活一回！

1997年11月，当丁柳元费尽周折辞职后，故意装成自己尚未辞职、抱着与父母商量的架势，说自己想辞去工作报考艺术大学，想看看父母有什么反应。

果然，父亲听了丁柳元一定要辞职的想法后，真生气了："你真要辞职？你辞职后要是没考上艺术大学，怎么办？"

"没考上艺术大学，我就去讨饭！这样总没给你们添麻烦了吧？"

"你说什么话呢？你要这个态度那我还真告诉你，你要敢辞职，我就不认你这个不听话的女儿！"

"不认就不认！我就猜到您会阻止我辞职，所以我来了个先斩后奏！告诉您吧，我已经辞职了！"

听到这话后，母亲顿时捶胸顿足地哭了起来，父亲的脸则马上黑了下来，他直接给了丁柳元一个耳光："你咋这么叛逆?! 这么不懂事啊?!"这一耳光打得她脸上火辣辣的。

挨过重重的一耳光后，丁柳元非但没哭，反而很轻松。虽然她也隐约觉得，母亲的眼泪和父亲的暴怒让自己心痛，但她就是要装出无所谓的样子，因为这是她为自己的理想与传统抗争啊！

2

拳拳父爱，艺术之路默默相伴

这件事之后，一家三口都过得很不快乐，心情都不好，时常一见面就吵，家里终日战火不断。吵累了，便开始冷战，谁看谁都不顺眼。

有一天，见丁柳元为了学习累得像风都能吹倒的样子，父亲便问丁柳元："要考试了，胜算几何？"

一直害怕父亲的她却没好气地对父亲说："我自己也不知道，我尽力吧！"

"要是没考上，这个脸就真丢大了！"父亲的话让丁柳元很寒心："在这个节骨眼上，给我鼓鼓劲不好吗？你怎么就知道我考不上？"听到这话，她生气地反问："您这样说话，您觉得您像我父亲吗？"

"不像你的父亲，你就滚！我没你这样的女儿！"

"滚就滚！我早想离开这个地狱般的家了！"丁柳元立即搬到了一个女同学家里住了一段时间。想到这个冷酷的父亲，她复习得更用功了，她憋着一口气，一定要证明自己给父亲看。

后来，在母亲的调和下，在父女关系有所缓和后丁柳元再次回到家里复习时，父亲对她的态度似乎转变了一些，但父女关系仍处于冷战阶段，

第11章
"江姐"丁柳元：父爱让我泪潸然

父亲对她没个好脸色。

那段时间，丁柳元几乎是在孤独中度过的。因为她总是白天睡觉晚上复习，父亲又生气了："你鬼迷心窍了吧？这样复习怎么行？你黑白颠倒，考试时睡着了怎么办？"

可丁柳元就是不听父亲的，她觉得晚上复习起来能够全神贯注。当时天热，由于怕感冒后影响复习效果，她在复习时再热也不开空调。为了降温，她在自己脚边放一盆凉水，再在凉水旁边放一电风扇，开着电风扇吹那盆水给自己降温……她就这样时常通宵达旦地专心复习。

就如同父亲对她的失望一直存在一样，丁柳元心中对父亲的怨气也一直未消。但丁柳元有时候又觉得父亲的某些举动令人费解：每天晚上，父亲都会给她煮上一杯咖啡，默默地放在她的身边后才去睡觉，不管她喝还是不喝。

这老头真是既怪异又可笑！但丁柳元没闲工夫去理会父亲，虽然她不后悔自己为考艺术大学而辞职，却也渐感压力很大：万一没考上艺术大学，真成了待业青年，如何是好？她必须破釜沉舟！

由于户口和档案全都退回到了家所在街道，丁柳元还得忍受一些人投来的异样的目光——邻居以为她在国航犯了错，被航空公司"辞退"才不得不重新复习参加高考！丁柳元本想解释些什么，但最终忍住了：自己光明磊落，只是为了追求理想而走了些不被人理解的弯路，别人爱咋说咋说吧！

之后，丁柳元相继拿到了北京广播学院、中央戏剧学院、北京电影学院、解放军艺术学院和上海戏剧学院等五所艺术院校的艺考通知书。各艺术院校的文考时间是统一的高考时间，但艺考时间却不统一，这样便于考生先后参加几所学校的艺考。

首先是3月4日解放军艺术学院的艺考。在考过唱歌和舞蹈项目后，表演的题目是《女生宿舍来了个疯男人》。考生们一个接一个上场表演：

"哥,你是找我的吗?""哥,你找谁啊?""先生,我们这是女生宿舍,严禁男士入内!请你离开!"看到别的考生表演得很投入的样子,丁柳元吓坏了:自己以前是个白领,没学过表演啊,这可怎么办呢?

很快就轮到丁柳元表演了,老师和考生们都看着她,她脑海中一片空白,"天啊,这可咋办啊?"她暗暗地说。突然之间,她的灵感来了,她将自己置身"女生宿舍",将其中一个监考老师当成"疯男人",只见她惊慌失措地跑到窗口,对着窗外大声喊:"宿管员阿姨,快来啊,我们宿舍出事了,来了一个男人!"

喊到这里时,监考老师被她的表演逗得笑了起来,连连鼓掌。之后,监考老师在给她的评语中写道:"反应能力迥异常人,非常出众!"如此好的评语,把丁柳元高兴坏了。

虽然监考老师对她的表演评价很高,但为了稳操胜券,丁柳元在参加完军艺的考试后,又马不停蹄地准备了其他几所艺术院校的考试。

然而,就在丁柳元参加了军艺的艺考以后,却由于发烧错过了中央戏剧学院的艺考,上海戏剧学院与北京电影学院在同一天考试,她便选择了北京电影学院的考试。在参加完军艺和北影的艺考之后,她不想参加北京广播学院的考试了,她觉得自己考得不错,军艺和北影肯定会有一所大学录取她的。

得知丁柳元这个决定后,父亲再一次生气了,争执之时,又一次打了她耳光:"你为了考上艺术院校,将那么好的工作都辞掉了,现在却不抓住每一个机会,是不是真疯了?"

丁柳元这一次哭了,因为直觉告诉她自己一定能考上,她委屈!但哭过后,深深体谅父亲是为自己好的她,最终听从了父亲的建议,去参加了北京广播学院的考试。

果然不出所料,当考试结果出来后,丁柳元相继被这三所大学录取了。比较之后,她选择了学费全免的解放军艺术学院表演系就读。

第11章
"江姐"丁柳元：父爱让我泪潸然

进入军艺以后，丁柳元学习很努力，成绩很好，也很幸运。在校园里，她先后演出过《雷雨》《北京人》《编队掠过海峡》《窒息》等话剧，因为她演戏特别投入，同学们都戏称丁柳元是"戏疯子""戏痴"。学习之余，她还做过一些报纸杂志的平面模特。

大三时，就在丁柳元琢磨该到哪儿去找实习机会时，她突然接到了一个电话——她做平面模特时结识的一个小姐妹告诉她说，有一部正在浙江千岛湖拍摄的名叫《太阳不落山》的电视剧有一个角色比较适合她演，问她是否愿意出演。

太愿意了！丁柳元恨不得插上翅膀马上就能飞过去。导演之前没见过她本人，只是看过她的照片，去了以后，导演对她的表演特别满意。

这个导演不是别人，正是曾经拍摄过电影《一个和八个》等影视剧的著名导演肖风。肖风曾经看过丁柳元演出的话剧，对她的表演印象深刻，因而，当丁柳元的小姐妹拿着丁柳元的照片向肖风推荐她时，肖风便一口答应将其中一个角色让她演。

这部由丁柳元和孙红雷、江珊合演的电视连续剧不仅得了"五个一"工程奖，还给丁柳元带来了好运。那之后，她又相继出演了《沉浮》《爱情宝典》《皇帝的新装》《绿萝花》《走向共和》《国家命脉》等影视剧，都在其中出演主角。

3

拿什么奉献给亲爱的父亲

虽然丁柳元忙个不停，演了不少影视剧，拥有了很多观众和粉丝，但她最希望拥有的观众却是父亲。她经常有意无意地将自己演出的影视剧播

放时间告诉父母,但父亲却总是反应平淡,似乎毫无兴趣。

2005年的一天,电视连续剧《八路军》在电视台播出之后,稍微有些空闲的丁柳元特地回家,在客厅里一集不漏地看。因为她霸占了电视机,父母也只好陪着她看。那时,丁柳元很担心父亲对她的表演不满意而要求换台,但幸运的是,父亲一直津津有味地看着,跟着剧情的发展而喜怒哀乐。

父亲本是一个性格内向的人,再加上丁柳元报考艺术院校的那些日子里父女俩积怨颇深,父女之间平常更少交流了。所以,当丁柳元与父母一起看《八路军》的时候,父亲只是专注地看,却没发表半句关于该剧的评论,直到全剧播完。

就在播完该剧的第二天,丁柳元发现父亲和母亲一大早便出去买菜,蹒跚着回家后又在厨房里忙开了。到中午时,饭桌上摆满了丰盛的菜肴,馋得她口水直流。

吃饭时,丁柳元好奇地问母亲:"今天是什么节日啊?弄这么多菜吃?"

"不是节日就不能弄这么多菜吗?"母亲笑着说:"你爸想吃一顿丰盛的家宴,所以就做了。"

看着爸爸胃口好,也许心情也很好吧,丁柳元便将自己一直憋在心中的一个问题说了出来:"爸爸,你看《八路军》时一直没说话,是不是我演得很差啊?"

"还行!"父亲的回答让丁柳元悬着的心陡然落下了一半。要得到父亲的这个评价,多不容易啊!

看她有些激动,父亲沉吟良久后又说:"今天虽不是什么节日,但我跟你妈心里却比过节还高兴!我们做这桌菜,就是特地为你庆贺的!"

"为我?为我庆贺什么呀?"丁柳元很吃惊。

原来,丁柳元一直以为父亲不屑于看她演的影视剧,其实父亲的不屑

第11章
"江姐"丁柳元：父爱让我泪潸然

是装出来的！父亲从来就没有落下过她演的任何一集影视剧！不仅如此，老人家还收集了不少报道她的报纸杂志，好面子的父亲只是没让她知道而已。

当母亲说出这个"秘密"后，父亲不好意思地拉着丁柳元的手，真诚地说："女儿，这些年来看到你的成长，我和你妈越来越明白，你的选择是正确的！请原谅我和你妈当初对你的横加干涉！"说着，父亲流下了眼泪。

在丁柳元的记忆中，父亲从来都是打击自己的！所以她一直憎恨父亲。但是此时，当她看到父亲老泪纵横时，她的鼻子也发酸了！这些年来吃了这么多苦，看了这么多白眼，却总能忍住眼泪故装坚强，可这一刻那不争气的泪水却再也忍不住，哗哗地往外流。这时她才明白，自己吃这么多苦头却咬牙坚持下来的原因，就是想向爸爸证明自己！

在演过《八路军》后，丁柳元又演了《敌后武工队》《深度较量》等影视剧。随着丁柳元出演的影视剧越来越多，她的名气也越来越大，她心中的成就感也越来越强烈。

有一天，丁柳元很高兴地将自己"粉丝"越来越多和自己受欢迎的程度洋洋得意地告诉了父亲，希望得到父亲的表扬。没想到，父亲却平静地对她说："虽然你进步很大，可你却不能骄傲自满啊！你演的一些电视剧收视率高，也许并不是你演得好，有可能是与你一起合作的其他演员演得好，更有可能是剧本好！"父亲提醒她不要把自己当成名人看，要夹起尾巴做人。

父亲如此扫兴，丁柳元不高兴了："爸，我明明取得了成绩，可你为啥非但不承认，还总踩我呢？"

"我是实事求是，有些剧你演得一点也不深入，比如《亲兄热弟》，观众对你的喝彩声远胜于前，可平心而论，你的表演却比张国立的表演差远了……"

父亲还想说什么，可丁柳元实在听不下去了，气得自顾自地离开了。

自此之后，虽然父女俩又开始了鲜有交流的生活，但已经长大的丁柳元却再不像以前那么"记仇"了——在冷战的日子里，她在反思父亲口中那些"不中听"的话，自省演技方面的不足。渐渐认识到自己的粉丝很多，收到的溢美之词也不少，可真要与张国立比，自己还是嫩了些啊，但自尊心很强的她却没有就此主动向父亲认错。

一个人的成熟往往是随着年龄和阅历的递增而递增的，丁柳元也一样。当她饰演了电视连续剧《继母后妈》中那个利欲熏心、心肠狠毒的后妈薛礼燕后，她猛然体会到了父母对自己是多么宠爱，她开始后悔自己与父母争吵。为了提醒自己不再惹父母生气，喜欢写日记的她特地在自己随身所带的日记本上写上了下面几句《警告》，提醒自己：要对父亲好。

那段时间，为了感恩父亲对自己的爱，丁柳元还将自己以前没有跟父姓的"柳渊"改成了现在的名字"丁柳元"——名字前面加上了父亲的"丁"姓。

有一天，当丁柳元在家打开笔记本刚准备写点什么的时候，却临时有急事，接个电话便出去了。不一会，母亲到她房间打扫卫生时，无意间看到她写在日记本扉页上的"警告"，很感动。她马上叫丁柳元的父亲也过来看，丁柳元的父亲也被感动了。不过老人当时不明白，为什么女儿的日记本叫"丁柳元的日记本"。直到后来，当他无意间看到女儿新身份证上的名字也改成了冠上他的"丁"姓的新名字时，老人才明白过来，顿时百感交集。

2009年春的一天，丁柳元接到《江姐》剧组的邀请出演江姐一角之后，父亲比丁柳元还高兴。父亲对她说，江姐这个角色很重要，要求她不仅要演得神似，更要演出江姐心中崇高的信仰。

为了让丁柳元演好江姐，在该剧开机前的40多天时间里，父亲陪着她一起跑书店、图书馆，搜来一大堆关于江姐和重庆地下党的历史资料研

第11章
"江姐"丁柳元:父爱让我泪潸然

读、摘抄,跟丁柳元一起编了一张《江姐年表》,以能准确再现江姐在这些历史事件中的心情和细微变化。

有了父亲的嘱托,拍戏时丁柳元对自己要求更加严格,即使在拍"酷刑"时也不用替身:拍江姐被吊打那天,她感冒高烧得满脸通红,却坚持将自己长时间地吊在半空中;在拍摄烙铁烙脸的戏时,烧红的烙铁离她的脸只有两厘米,将她的皮肤都烤痛了,但她却一直坚持着……结果拍摄一天下来,她不仅被绳索勒得脸庞肿胀、眼珠凸出,手腕上也留下了深深的印记。

那几天,听说丁柳元感冒更严重了,父母亲匆匆地从北京赶到剧组来照顾她。有天晚上,父亲正在照顾刚拍完又一组"酷刑"戏的丁柳元时,胃部不适的丁柳元"哇"地吐了父亲一身。看父亲的衣服被自己吐得那么脏,丁柳元很尴尬:"爸爸,对不起,我把您衣服弄脏了!"

这时,一向威严的父亲不但没有责备她,还笑着安慰说:"这有什么脏?你小时候将屎尿拉在爸爸身上的次数也不少啊!当父母的哪能嫌弃儿女呢?"

父亲这一句话让丁柳元顿时泪眼蒙眬。那一刻,往事一幕幕出现在她眼前,她忽然之间明白:每当她处于人生低潮,父亲总是最关心她的人;而当她小有成就,父亲虽暗自开心,却又不忘对她及时提醒;自己有个小病小痛,父亲更是牵肠挂肚……这样的父亲还是一个冷酷无情的人吗?

2010年7月29日,在江姐90诞辰之际,30集电视连续剧《江姐》在央视一套黄金档首播。作为继于蓝、宋春丽之后新一代江姐的扮演者,丁柳元备受关注,广受好评。

丁柳元无意间发现,那段时间,为她高兴的父亲整天都哼哼唱唱,开心程度跟她比毫不逊色。此时,她再次在心里默默地感慨:父亲啊,您真是天下最慈祥的父亲!

第12章

束焕：我与父亲是同行

有一种爱，润物无声，虽然我们熟视无睹；
有一种爱，默默无闻，却让我们耳濡目染。

——题记

> 从小就有幽默细胞，作文时常被当作范文；耳濡目染报考中戏，近水楼台学会编剧；《泰囧》创下票房天价，编剧被誉为编剧界"卓别林"……

在2013年的央视春节联欢晚会上，有一个名叫《想跳就跳》的小品，观众被蔡明和潘长江的表演逗得笑声连连，两人都被网友们冠以"小品王"的称号。

2012年岁末，在众多贺岁电影中，《泰囧》如一匹黑马，一路刷新票房，破10亿元，直追12亿，成了国产影片的票房冠军。

而在荧屏上，有一部电视连续剧也成了收视冠军，它土得掉渣，却能让人笑破肚皮，这部电视连续剧便是《民兵葛二蛋》。

也许没人想到，《想跳就跳》这部小品作品以及《泰囧》《民兵葛二蛋》这两部分别雄霸银幕和荧屏的影视剧的编剧都是同一人，他便是束焕。

束焕所编喜剧作品远非《泰囧》和《民兵葛二蛋》两部，还有很多人们耳熟能详的影视剧：《爱情呼叫转移》《命运呼叫转移》《闲人马大姐》……在影视圈内，束焕被誉为当代中国编剧界的"卓别林"。

更没人能想到，束焕的喜剧细胞遗传自父亲——《傻儿师长》《山城棒棒军》等川味喜剧电视连续剧的导演束一德老先生。每念及此，孝顺的他都感恩不已。

第12章
束焕：父亲与我的父子情深

1 幽默细胞有遗传

束焕生于1973年1月20日，父亲束一德是国家一级导演，曾任重庆电视台电视剧部副主任，他执导的《傻儿师长》《山城棒棒军》等川味喜剧电视连续剧影响甚广，并多次获奖，因此享受政府特殊津贴；母亲薛兰君是重庆人民广播电台编导。

受到这样一个书香之家的艺术熏陶，束焕从小就表现得很善谈，说话风趣幽默。

在束焕刚两岁时，一首流行的歌里有一句歌词叫"毛主席，像太阳，照到哪里哪里亮。"经常专心地看大人们动情地唱着，他不仅学会了跟着调子哼哼，还记住了歌词。有一天吃饭时，他问父母："爸爸，大人们经常唱，毛主席像太阳，照到哪里哪里亮，那哪个像月亮呢？"

束焕的问题把束一德夫妇问住了，也让他们笑坏了。他们没想到，刚刚两岁的孩子却会思考这样的问题，所问的话还这么滑稽。

刚上二年级时，班主任好几次发现成绩很好的束焕喜欢上课时偷偷在课桌下搞小动作，便批评他，要他改正缺点。之后的一天，束一德看到束焕在语文课本上用红笔写上了这样一句话："我要上课再搞小动作，就剁你的手！"他问束焕："儿子，你上课搞小动作，怎么要剁别人的手呢？"

束焕一本正经地大声说："老师告诉我说，人生如大海航行，每个人从小就要有理想，有了理想才有方向。他经常说'大海航行靠剁手'，我也想有人生理想，靠剁手才有方向。但是剁自己的手好痛哦，不如剁别人的手。"

束一德听了束焕的解释后，明明知道束焕在装怪，有意逗乐子，却还

是忍不住笑了起来,夸他幽默。当然,他也不忘提醒束焕将这句话给涂掉,免得班主任看到会生气得真会"剁手"。

束焕小时不仅说话幽默风趣,作文还写得很好,作文时常被语文老师当成范文在班上读。

束焕还记得他在重庆人民小学读书时,曾写过一篇有名的作文,名叫《蜘蛛与蚕》,虽然老师出此题前便已主题先行:蜘蛛与蚕都是吐丝的小动物,那么作文就该写出蜘蛛的不好,写出蚕的好。

束焕的作文交上去了,老师批改时惊喜得直拍桌子。因为老师发现,束焕所写作文不仅文字优美,而且构思奇特、妙趣横生:蜘蛛想称霸武林,弱肉强食众多小生灵,很多昆虫都吓得鬼哭哀号,因为有勇敢者曾与之挑战,无不死于其密不可破的蛛网阵中。就在众多小生灵特别是众多昆虫们以为自己的末日将至时,一条肥嘟嘟的蚕爬了过来,向蜘蛛挑战。蜘蛛见状,嘲笑说:"你又肥又丑、又蠢又慢,能打败我吗?"蚕慢吞吞地说:"能不能打败,试试再说!"蜘蛛不屑一顾地对蚕说:"你要能穿得过我布下的天罗地网,且成功逃脱,我就甘拜下风。如果蚕逃不过它的天罗地网,便是我的美味大餐!"对于蜘蛛的稳操胜券,蚕不以为然。它在树上挂了一缕丝后,很快在丝的下端织了一个茧,自己坐在茧中发力,驾着这个茧朝着结实的蛛网撞去,几乎是一瞬间,带着树叶上滴落的露水的沉重的茧冰将蛛网撞破了……

这篇作文不仅被自己的语文老师当成范文在本班课堂上朗读,还被其他班的老师拿去当成范文读。

在重庆六中读初中时,束焕写过一篇名叫《春游》的作文,也得到了很多老师的夸赞。别的同学写的春游无非是春游过程中的所见所闻,但束焕写的却是同学们抢食的内容:春游时,每个同学都必须从家里带吃的,于是野炊时,好吃的东西很快便被抢食了,自己的美食被抢、被夸,这当然很开心。在这个过程中,有一个同学却很落寞,因为他家境不好,从家里带来的食品只有泡菜。全班同学都是四川人，家家都有泡菜坛，谁稀罕泡菜呢？束焕见状，怕伤了这个同学的自尊心，便偷偷告诉几个好友，让大家一起去抢吃这泡菜，而且要边吃边夸这个同学的泡菜好吃。榜样的力量是无穷的，果然，别的同学见状，也都争先恐后地抢食起来。由于泡菜很咸，吃了泡菜后，大家为解渴便喝了大量水，这下可好，在回校的途中，同学们便被尿憋得不一会便要求司机停车，以下车"方便"……

束焕这篇《春游》自然又成了范文，因为他所写内容不仅独辟蹊径，还充满了同学间朴素的关爱，这比空洞的抒情要更加震撼人。

这两篇作文同样也得到了束焕的父亲束一德的夸奖："写东西就是要有特点，要写自己所观察到的有独特视角的事情，不然无法打动人。"

束一德还夸束焕的作文文字很幽默，"讲述相同的故事，幽默的文字总是更打动人，也更能给人留下印象。"

父亲的话让束焕觉得很有道理。本来四川人就很幽默，为什么不尽量在写东西时将幽默的话写进去呢？

从此之后，如果班上或者学校有文娱活动，有学生表演节目，老师便会首先想到束焕，让他写两个小品出来。于是束焕来者不拒，像模像样地写了不少小品，被喜欢表演的同学们表演出来，往往会把观看演出的全校师生笑得前仰后合。

2

耳濡目染报考中戏

束焕小时候，父亲束一德是话剧编剧，家里时常有话剧剧本，他也总能看到父亲所写剧本里沉默的文字经过演员的表演后变得鲜活起来的过程，他觉得很神奇，因而对剧本充满着极大的好奇，时间久了便跃跃欲试。

在束焕读小学二年级的时候，他也尝试着写起了剧本，他原以为剧本就是几个人你一句我一句地说话。时间过去了三十多年，他至今还记得这样的开头：

小明：现在几点了？

小红：现在 11 点了。

小明：你猜我问你现在几点了是啥意思？

小红：我咋晓得你问我现在几点了是啥意思？我又不是你。

小明：你为啥不想想我为啥要这样问呢？

小红：我为啥要想你为啥要这样问我呢？

写呀写呀，写了两页纸了，"小明"和"小红"还在你一句我一句地"说"着话。可是，再多的话也有说完的时候呀，尽管束焕挖空心思地琢磨着两个小朋友接下来该说点啥，但终究还是把他心中觉得该说的话都说完了，不知道接下来该说什么了。

写了这么两页纸的"剧本"后，虽然还未写完，但束焕却有一种成就感。由于他苦恼于接下来该写什么，便拿着自己的"剧本"去请教父亲束一德。

父亲一看之后，笑得直不起腰来："儿啊，你这哪是剧本啊，你这是无话找话说啊……"

束一德对束焕说，剧本表面上看是几个人在那里你一句、我一句地说话，但却是有故事主线的，而非穷唠叨。束焕写了小明与小红那么多对话，却不知道接下来小明和小红该继续"说"点儿什么，就因为小明与小红之间的对话缺乏一个故事框架来支撑。

父亲的话对束焕犹如醍醐灌顶，从那一刻起，他便将自己长大后要当科学家的理想，改成了当一名成功的编剧。就这样，在高中毕业后，束焕

第12章　束焕：父亲与我的父子情深

报考了中央戏剧学院戏剧文学系。

1994年，束一德刚好在拍后来影响很大的电视连续剧《傻儿师长》，假期里，束焕特意认真看了《傻儿师长》的剧本，不懂之处便向父亲请教。于是，束一德给他讲了好剧本必须具备几个最基本的条件：一、故事要合理，合逻辑；二、每场戏都要有看点，有意思；三、人物要有特别鲜明的个性特点。

父亲还给束焕举例说，傻儿师长的个性特点便是好赌、义气，表面傻、内心明白。该剧有一集讲樊傻儿在当团长之时，与一位杨师长的部队打仗，有一天，杨师长却派人送来30万大洋，想让樊傻儿"反水"。可樊傻儿既要吃这笔钱，又不"反水"。这一集本来很平淡的，但束一德安排了这样一个情节：当杨师长所派追问此钱下落的人到了后，樊傻儿便假装牙痛，叫副官给他拔牙，并借拔牙之机来恶狠狠地骂副官，让副官滚，于是追问钱下落的人便被吓走了……束一德说，有了这个情节后，傻儿师长的个性特点一下子就出来了：傻儿师长哪里傻，他是在装傻，他心中既有忠义，又有无赖。

束焕大四那年，按学校的要求，学生们毕业前要找到剧组实习，当时束一德正巧在拍《川东游击军》，便让束焕当他的副导演。虽然束焕只在剧组待了一个多月，却学到了很多东西，尤其是知道了如何分镜、如何掌握剧情发展的节奏。

那段时间，家庭情景喜剧《我爱我家》拍摄正酣，到处寻找能写喜剧的编剧，束焕在学兄的推荐下，为《我爱我家》写了三集剧本。

1995年的一天，著名导演李少红看了束焕所编的《我爱我家》的戏之后，觉得束焕才华横溢、很有锐气，却又没有其他编剧那种固有的框框，便找上门来，请他和他的同学史航将她已买下版权的著名话剧《雷雨》改编成电视连续剧。

20集电视连续剧《雷雨》播出之后，反响很不错，观众压根没想到，

这部电视连续剧的编辑竟然当时还是在校学生,年龄仅22岁。

但束焕却在改编这部剧的过程中发现,且不论该剧的思想性,单在技术上,他就感觉有些力不从心,好在有导演李少红和李陀、郑万隆两位老师的大力扶持,才让该剧顺利出炉。

看过该剧后,束一德鼓励儿子说,一个编剧的成长过程肯定会有挫折,但挫折正是通往成功的必由之路。

父亲的话让束焕信心大增。

有一天,当束一德发现束焕又在欣赏他所拍的《傻儿师长》时,便建议他也尝试喜剧编剧:"幽默是人生之路上的阳光。优秀的编剧即便是在讲述一个悲情故事,也能融入喜剧特色,喜剧大师卓别林就是这样的天才。"

束焕觉得父亲所言极是,他从小就喜欢卓别林的喜剧艺术:"是啊,我心中一直有着喜剧情结。我看您的《傻儿师长》,就是在学习,我想将来也写一部川味喜剧电视剧呢。"

1995年,大学毕业的束焕被留在了中央戏剧学院戏剧文学系当老师。这一年,在父亲的鼓励下,束焕便尝试着写起喜剧来,不久后,与陆亮和刘淑捷合作编剧,写了一部36集的名叫《百姓三十六计》的电视连续剧。

之后,束焕又与李功达一起,给导演杨亚洲写了一部名叫《伴儿》的20集电视连续剧。

束一德是一个很严厉的人,他在导演《傻儿师长》之时,便以"慢工出细活,精益求精"而闻名。"傻儿师长"扮演者、著名巴蜀笑星刘德一曾感慨,如果没有束一德导演当年在拍戏时对他的严苛,他就不可能成为明星。

毕业前后,束焕陆陆续续与人合作写了好几部戏,名头已开始响亮,但他却怕与父亲束一德探讨他的戏,因为父亲几乎从来都是挑他所编剧本的毛病。"我的父亲是属于在家里特和气,但在片场却特'狰狞'那种

第12章
束焕：父亲与我的父子情深

人"，当然，也正是父亲这种不留情面，他才能不停进步。

有一天，当束焕又与父亲聊起剧本创作时，束一德便将自己即将开拍的电视剧《山城棒棒军》剧本拿给束焕看，并给他分析剧中各个人物的个性特色，以及让他们具有鲜明性格而安排了哪些细节，加入了哪些喜剧元素……

经过父亲手把手的教诲之后，束焕进步很大，但如饥似渴的他还嫌不够。有一天，他对父亲说："爸爸，我感觉自己编剧方面还有很多东西要学。要不这样吧，我给您写一部喜剧，写好后由您来导演，剧本的每个细节都有您的点拨，我的进步会快许多的。"

对儿子的这个提议，束一德觉得挺好，并取了有人生隐喻的词语"爬坡上坎"来作为这部剧的名字。

这部剧从1995年5月开始构思，父子俩经常在一起聊人物，聊故事。几个月后，束焕第一稿20集的剧本出来了，但束一德看后不满意，提出了修改意见。于是束焕便按修改意见重写，直到大年初六才写完。当束焕将第二稿又捧给父亲看时，父亲才满意。然后，父亲又忙于筹措资金，开机拍摄，该剧最终于1999年顺利播出。

在父亲的指导下编完《爬坡上坎》后，束焕才对编剧熟练起来，也逐渐找到了自信。

《爬坡上坎》这部剧，让不少导演知道了束焕的喜剧编剧天赋，于是纷纷找到他，请他打造剧本：1999年，凤凰卫视请束焕担任《老窦一家亲》情景喜剧的总编剧及文学统筹，该喜剧每周拍一期，滚动播出；2000年，凤凰卫视开办栏目剧《老窦酒吧》，又请他担任总编剧及现场导演；2000年，北京台与东方台在悉尼奥运会期间现场制作的20集情景喜剧《旅奥一家人》，请他担任总编剧，这个剧的制作挺考验水平的，常常是他上午写，下午电台拍摄，晚上就播出来，而且是每天播一集，主演是徐静蕾、文兴宇和郭东临；2002-2005年，北京电视台又请他担任160集的

《老威的 X 计划》总编剧；2005 年，著名笑星蔡明请他为其量身定做三集贺岁情景剧《蔡明音乐贺岁剧》。

这一年，中央戏剧学院影视中心还特地成立了"束焕剧本工作室"。

一部又一部署名束焕的喜剧亮相荧屏，束焕的才气又吸引了另一位主持节目幽默风趣的四川人，使他们成了好朋友，这个人便是刘仪伟。2005年的一天，两人在聊天时突然碰出了火花，决定做一部喜剧电影，并很写出了剧本，这就是著名电影《爱情呼叫转移》。

这部电影主演有徐峥、刘仪伟、范冰冰等。电影讲述了一个以手机为线索的离奇故事：没能经受住七年之痒的考验，徐朗和审美疲劳的老婆说了再见。某夜，原本打算修理手机的徐朗盲打误撞地遇见了自称天使的神秘人，得到了一部神奇手机，从拿到手机的那一刻起，陆续有 12 个不同类型的女人闯进了徐朗的生活，她们或性感美艳，或爽朗干练，或精打细算，或精灵古怪，或知性优雅，或天真无邪，或身价百万，或神秘冷艳……

这部喜剧电影上映以后取得了不俗的票房和如潮的好评。于是，导演张建亚又邀请束焕写了续集《爱情呼叫转移 2》，该片一反《爱情呼叫转移》中 1 男搭配 12 女的风格，改为 1 女对 12 男的剧情结构。该片讲述了情感节目主持人聂冰（林嘉欣饰演）寻爱的故事，她遇见一位天使，天使给她一辆汽车，并宣称在转弯时只要打左灯向右行，就会碰到一个不同类型的男人，共有十二次机会。最后，聂冰选择和学校时期暗恋的班长袁佳一起，并受到天使的祝福。该片演员阵容聚齐了邓超、范伟、古巨基、聂远、黄晓明、陆毅、佟大为、黄磊、苏有朋、林申、张峻宁、保阪尚希、黄渤等型男。

第12章 束焕：父亲与我的父子情深

3
被誉为编剧界"卓别林"

束焕除了写电影、电视剧、喜剧电影外，他还写小品。

在小品界，提到蔡明，可以说无人不知。

2009年，蔡明请束焕为她和搭档郭达写一个能上春晚的小品，于是束焕便写了小品《北京欢迎你》，该小品不仅成功冲上央视春晚舞台，还获得了当年春节联欢晚会"最受观众喜欢小品二等奖"。

初写小品就能冲上春晚，而且所写小品还能获奖，这让蔡明惊叹于束焕的喜剧才气。2011年，蔡明又请束焕为她写一个小品冲春晚，于是束焕便写了小品《新房》，该小品同样冲上春晚舞台，且获得最受观众喜欢的小品三等奖。

虽然连写两个小品都顺利登上了春晚舞台，但束焕却一直未将之告诉父亲。直到2012年春晚，一个朋友在欣赏蔡明表演的小品《天网恢恢》，无意间看到编剧是束焕，马上打电话告诉束一德时，束一德才知道儿子创作的小品上了春晚舞台。

蔡明认识的小品写手很多，多少小品作者都期盼着自己创作的小品能被蔡明相中，搬上舞台，可蔡明为何偏偏对之视而不见却独独请束焕为她量身定制小品呢？

其实，束焕与蔡明的朋友渊源由来已久：1994年，当时刚21岁的束焕为《我爱我家》写了三集剧本，蔡明演其中角色郑艳红；1998年，天津电视台拍摄61集电视连续剧《爱我好不好》，蔡明是该剧主演，而束焕是编剧之一；1999年，束焕担任凤凰卫视《老窦一家亲》总编剧，与窦文涛成为好友；2001年春，凤凰卫视准备创办一个新的聊天节目，由窦文涛与蔡明担任主持人，并邀请束焕担任总编剧和文学统筹，虽然该节目最终未能播出，但他们三人在筹办之初多次研究、探讨，也使友情弥深。

其实，在为蔡明写小品之前，束焕写喜剧小品已轻车熟路，因为在2000-2001年，束焕曾担任中央电视台《综艺大观》的小品编剧及节目撰稿；2003年，他又担任北京电视台春节晚会《北京喜洋洋》策划及小品作者……

2005年，蔡明请束焕为其创作了情景音乐系列剧《心灵俱乐部》，该剧在央视综艺频道播出后，很快便登上了收视率榜首；2008年，束焕又为蔡明创作了电视连续剧《闲人马大姐》……

有了这些合作，在面对央视春晚对喜剧小品越来越挑剔、喜剧小品越来越难过终审关的情况下，蔡明便想到了才华横溢的束焕。

2013年，束焕又为蔡明写了小品《越跳越好》，该小品的主要内容讲述的是老年跳坝坝舞的事。由于该小品笑料很足，寓意深刻，充满了人文关怀，它顺利通过春晚导演组终审，更名为《我的地盘》在春晚舞台上演。

被央视春晚毙过多次小品作品的潘长江，这次能够搭档蔡明，借力束焕的小品重登春晚舞台，自是对束焕感激不已，也对他的才气由衷叹服。

年末岁首，喜剧电影《泰囧》、喜剧电视剧《民兵葛二蛋》可谓人气爆棚。

《泰囧》以3000万元的制作成本，一路沿着4亿、7亿、10亿、12亿的票房之路飞奔。《民兵葛二蛋》，北京卫视、浙江卫视等五大卫视播出后，很快成为收视冠军。最巧的是，这两部戏均是2012年12月12日登场，一个上映一个上星，都令观众开怀捧腹。

其实，每部戏的成功，都绝非偶然，正如人的成功一样，非经历苦寒，难有蜡梅飘香。

第12章
束焕：父亲与我的父子情深

《泰囧》能开创国产电影票房之最，并非撞大运。该片仅剧本就改了五遍。在束焕自己手上改了三遍，剧本到导演徐峥手上，又改了两遍。如果没有这种反复打磨，就不可能有三分钟一大笑、一分钟一小笑的出色"笑果"。

在《爱情呼叫转移》中，徐峥扮演的角色名叫徐朗，在《泰囧》中，徐峥扮演的角色也叫徐朗，这其实也体现了束焕对自己所创作的喜剧剧本的一种连续而无法割舍的情怀。

束焕与徐峥不仅合作了《爱情呼叫转移》等影视剧，两人还是好朋友，又住在同一小区，没事便串门聊电影和电视。有一天，徐峥突然很兴奋地对束焕说："你说，我们拍个关于泰国的电影怎么样？"束焕觉得此创意不错，两人一拍即合，继而，便开始了剧本创作。

《泰囧》实际上是三位编剧共同完成的。徐峥提供故事，束焕初稿执笔，然后交回给徐峥和另一位编剧丁丁修改。

观众不知，对这部票房黑马电影的剧本，束焕的父亲束一德同样付出了心血。当初，当束焕写好《泰囧》剧本第一稿时，束一德便是第一个读者。老爷子觉得整体故事不错，但剧本前面内容太拖沓，比如徐朗给自己媳妇下跪前的交代便很啰唆。束焕觉得父亲的批评很正确，便将前面内容进行了精简，即便有必须要交代的内容也往后挪，穿插在后面的对白之中。

同样，束焕在完成《民兵葛二蛋》剧本后，也虚心地请父亲指正。认真看完剧本，老爷子没了批评，而是给出这样的评价："剧本情节处理得很大胆，意料之外，情理之中；剧中人物很有个性，对白风趣幽默；虽是抗战题材，但风格新颖，令人眼前一亮。这是一个好本子！"

果如老爷子所言，该剧播出之后，很快便成收视冠军，观众更是给予了如潮好评。

牢牢地占据贺岁档的银幕与荧屏，《泰囧》和《民兵葛二蛋》在受到广大观众追捧的同时,作为这两部喜剧大戏编剧的束焕,其横溢的才华也引发人气爆棚,他本人更是被圈内外誉为编剧界的"卓别林"。

虽然束焕现在已经成了著名编剧,更是被誉为编剧界的"卓别林",所写故事的背景也都天南海北,但束焕却一直对四川方言喜剧念念不忘,渴望跟父亲再度合作念念不忘。为了进一步弘扬四川方言喜剧,束焕打算与父亲一起翻拍《傻儿师长》,或是写一部山城特色极浓的电影,让川味喜剧在全国再刮旋风。

第13章

李彦宏：我与锅炉工父亲

> 天才出于爱好！因为兴趣和爱好是学习的动力，可以产生无穷的力量，使人集中精力去获取知识，全身心地投入到学习和工作中去。日本儿童教育鼻祖木村久一说，"如果孩子的兴趣和热情得以顺利发展，就会成为天才。"
>
> 而养护天才的最佳导师，便是父亲。
>
> ——题记

> 锅炉工父亲对他循循善诱，让他从小立志要上北京大学，当他产生厌学情绪时，父亲的"冰棍疗法"拯救了日后的网络天才……

1

锅炉工父亲循循善诱

2000年，他带着振兴中国互联网事业的梦想，用120万美金风险投资创建百度搜索引擎，15年风雨走来，他的公司从最初的7个人发展到如今的1万多人，市值更是飙升至500多亿美元；百度成为中国人最常使用的中文网站、全球最大的中文搜索引擎。他的个人财富更是呈几何级增长，并一跃成为2011年《福布斯》公布的中国首富。他，就是李彦宏！

没人能想到，这样一位了不起的网络天才和商界精英，却是一个锅炉工的儿子！

李彦宏于1968年11月17日出生于山西省阳泉市一个普通的工人家庭。父亲李贵富是晋东化工厂的锅炉工，母亲是一家制革厂的工人。李彦宏有三个姐姐、一个妹妹，从小到大，他在家里很受宠。

父亲李贵富虽没文凭，但却聪慧过人，读过私塾，背诵过《论语》《大学》《中庸》《孟子》……他时常利用下班时间将自己在私塾里学的知

第13章
李彦宏：我与锅炉工父亲

识传授给儿女们，李彦宏在姐姐和父亲的陪伴下学了不少古文、古诗和简单的数学运算。

1976年，李彦宏进入晋东化工厂子弟学校读书。由于比别的孩子学得早、学得多，一入学他就被老师看重，并担任班上纪律委员。之后，随着成绩的越来越好，他的职务也随着升至副班长、班长。

李贵富很喜欢晋剧，在李彦宏小时候，作为对他学习进步的奖励，父亲常常带他去看戏，为此他一度迷上了戏曲，常常拿一根棍子在家里像模像样地练。

看到儿子对戏剧越来越入迷，李贵富着急了：他带儿子看戏，原本只想让儿子多一种爱好，却并非希望他当戏剧演员。在那个时代，"万般皆下品，唯有读书高"，他决定循循善诱地帮儿子选择读书的路。

所幸不久后，全国恢复高考，李彦宏的大姐李秀华考上了晋中师专，这让邻居们羡慕不已——在那个时代，大学生很稀缺！看到邻居们对大姐投去敬佩的目光，李彦宏突然意识到：相对于演戏，能考上大学似乎更加荣耀一些。于是，他死心塌地选择了读书、考大学这条路。

中学时期，李彦宏仍在化工厂子弟学校就读，由于学校教学水平一般，不少学生对考上高中不抱奢望，只等着父辈退休之后去接班，学习也不努力。李彦宏的成绩不错，但自制力不强、贪玩，这让李贵富很着急，如此下去，怎么考得上高中？

初二下学期的有一天，实在无法忍受儿子贪玩的李贵富把儿子痛打了一顿，并训斥道："马上就要进入初三了，如果你再不努力学习，今后只能接我的班，当一个锅炉工！到那时，你不仅想玩玩不了，还要受人歧视！"父亲一反常态的暴怒和痛心疾首的话深深地刺激了李彦宏，他真不敢想象自己今后也当一名像父亲那样满脸煤灰、生活得很苦的锅炉工。不久，他收敛了许多，学习也开始用功了。

而就在这件事发生的两个月后，跟李彦宏感情最好的三姐以阳泉市第一名的成绩考入了北京大学化学系。看到阳泉的报纸和广播报道三姐的新闻后,李彦宏不"淡定"了。一天晚上,当家里人再次夸奖三姐有出息时,李彦宏突兀地来了一句:"我今后也要考北京大学!"他的话顿时让大家安静了下来,过了好一会,李贵富才一拍大腿说:"很好!但要实现理想不能只靠口号,得一步一个脚印地努力!"

父亲的话让李彦宏心里沉甸甸的,感觉分量很重。此后,他便再不敢贪玩,而是努力地学习起来,他下决心要考上阳泉一中、考上北京大学!因为老师说过,"进了阳泉一中,百分之八十能上大学!"

看到儿子紧张地学习的样子和担心自己考不上阳泉一中而流露出来的沮丧与焦虑,李贵富既开心,又心疼,更担心儿子在沮丧和焦虑中放弃自己。

李彦宏的三个姐姐都是阳泉一中毕业的,看到李彦宏沮丧的样子,李贵富便对李彦宏用了激将法:"考个阳泉一中也不用这么紧张吧?你的姐姐们谁不是从那里走出来的?!难道你不行?"

听到这种嘲笑,李彦宏更努力了。那时的他有着很强的逆反心理:越是大家不看好的事,我越是要做成!爸爸藐视我,我一定要拿出成绩让他看看,我就不是他想的那样!

此后,李彦宏给自己制定了严格的学习计划,认真完成老师布置的模拟试卷,并将做错了的题集中在一个本子上,注明出错原因,编成错题集……就这样,李彦宏在几乎没人会相信他能考上阳泉一中的情况下,如愿考上了阳泉一中,令师生们惊叹不已。

2

耳濡目染，渴望书海

考入阳泉一中，在人们的夸赞声中，李彦宏有些飘飘然。这时，李贵富又向他泼起了冷水："你的三个姐姐不都毕业于阳泉一中吗？这有什么可骄傲的?！所以，你应该明白，考上北京大学才是你的目标！"父亲的话让李彦宏冷静了许多，他从此开始了孜孜不倦的刻苦学习。

但是高二临近文理分科时，因为各科成绩都很好，李彦宏却被难坏了：他入学前便在父亲和姐姐的陪伴下开始读书，把家里的《三字经》《东周列国志》等书都熟读过一遍，正是这些书，开启了他对文科的偏好、对文学的偏好。不仅如此，他还喜欢写文章，他的作文常常被当成范文拿到班上读。

到底是读文科还是理科呢？李彦宏举棋不定。在这个问题上，同样喜欢文学的李贵富却态度坚决地要求他学理科，理由是"学好数理化，走遍天下都不怕"，今后好找工作。

比较来比较去，李彦宏心中渐渐有了谱儿：虽然自己历史地理的成绩也很不错，但似乎物理化学分数更高些，而且学起来更容易；继而他又发现，他所在年级每个班的第一名都去学理科了；再说了，三姐不也学的理科吗？于是，喜欢在竞争中证明自己的他，最终下了决心——学理科！

文理分科后，李彦宏学习更用功了，特别是到了高三，紧迫感更甚于前，因为这一年他的三姐又顺利地考取了北京大学化学系研究生。他觉得自己要是没有考上北京大学的话，那一定是很丢人的事情！

为了万无一失地被北京大学录取，李彦宏在选择专业时还走了一个弯

路,当然这个"弯路"对他后来所成就的一番事业,却是歪打正着。

李彦宏第一次见到计算机是在他读高中时,他当时觉得这个东西好神奇啊!之后,因为数学好,他被学校遴选进了计算机学习小组,从此他便喜欢上了计算机,并萌生了读大学时学习计算机的想法。

然而临近高考,李贵富却奇怪地发现,在填高考志愿时,李彦宏虽然把第一志愿填上了北京大学,可专业却并未填上他喜欢的计算机专业,而是填报了图书情报专业。为此,李贵富很恼火。

"人们都说计算机专业很有前景,而你又喜欢这个专业,为啥不填报计算机专业?"李贵富问儿子。李彦宏却对父亲的责问置之不理,被逼问急了还顶撞了父亲几句:"我还不是受你的影响,最喜欢看书吗?我读图书情报专业,天天与图书打交道,要看啥书都方便,我选这个专业有啥错呢?"李彦宏的话把李贵富噎得半天答不上话来。

其实,李彦宏何尝不想读计算机专业啊!但他内心也有苦衷:上高二时,山西省举办了一次计算机编程大赛,李彦宏在阳泉赛区排名第二,顺利进军太原参加决赛,结果却败得一塌糊涂。后来,颇为郁闷的他发现了自己落败的原因:在太原的书店里,与计算机有关的书很多,但这些书在阳泉却根本没有!他甚至觉得,自己的计算机知识在阳泉算是最好的,那只不过是矮子中拔高个的结果。

李贵富不知道,李彦宏当时心中既有理想,更有压力——读书时一直成绩很好的三姐是他的榜样,自从三姐以阳泉市"状元"的身份考上北京大学,他也夸下"要考上北京大学"这个海口后,他就时时感到压力,学习起来几乎是废寝忘食。

通过不懈努力,他对考上北京大学有了信心,但却在选专业时不自信了:计算机是他喜欢的专业,可北京大学计算机专业很热门,万一自己填报了后未被录取,岂不落榜北京大学了?而选择一个冷门的专业,被录取则十拿九稳,这样就不至于让自己曾经夸下一定要考上北京大学的海口变

第13章
李彦宏：我与锅炉工父亲

成笑话啊！填哪个冷门专业好呢？受父亲的影响，从小就喜欢看书的他为了有看不完的书，便填报了图书情报专业！

果然，李彦宏如愿被北京大学图书情报专业录取。虽然在专业选择方面有点小小的遗憾，但能成为北大学子，他依然很开心。毕竟，不是谁都能成天之骄子的！

3
"冰棍疗法"拯救网络天才

随着在北京大学读书新鲜劲的渐渐消失，李彦宏的自豪感也渐渐消失了。老想和别人比成绩的他发现，许多同学是分数不够高才上图书馆系的，不像他第一志愿就是图书馆系，他置身其中，感到很没面子。

更令李彦宏不能忍受的是，图书馆系的计算机课程很简单，这让十分喜欢计算机的他很失落，他开始后悔自己选择这个专业了：喜欢挑战的他不甘于在毕业后当一个普通的图书管理员，他的理想是做一个时时都在面临着挑战的计算机人才！于是，他厌学了。

得知儿子对所学的专业开始厌学之后，李贵富很着急。当儿子刚考上北京大学那阵子，他为儿子给自己争了光而高兴。可现在儿子刚刚进入北大就有了厌学情绪，该如何是好呢？

李贵富深知，天才出于爱好！因为兴趣和爱好是学习的动力，使人集中精力去获取知识，全心地投入到学习和工作中去。日本儿童教育鼻祖木村久一说，"如果孩子的兴趣和热情得以顺利发展，就会成为天才。"为了激发儿子对所学专业的兴趣，激发儿子的学习积极性，李贵富决定锻炼锻炼儿子。

1988年夏,当李彦宏暑假回到阳泉之后,李贵富便若无其事地激将起他来:"我们家有喜欢看书学习的传统,但却不见有人经商。"

李彦宏想了一阵没想透,便问父亲:"爸爸,您说这话的意思该不是会后悔我选择了图书情报专业,而没有选择商务专业吧?"

"我哪有这个意思?这段时间天气太热了,冰棍卖得很好,我突然就想,要是到火车站等人流量大的地方去卖冰棍,一定会发一笔小财的!可惜我要烧锅炉,走不开!"

父亲的话让李彦宏一下子明白了过来,但他却没有立马对父亲表态,而是在心里琢磨起来:自己是个大学生,怎么还去卖冰棍啊?但转念又一想,谁又规定大学生就不能卖冰棍呢?自己从小到大就没有做过生意,现在学习压力小了,为什么不去尝试一下?于是他告诉父亲说,他愿意去火车站卖冰棍。

就这样,在那个暑假,在火车站汗流浃背地卖冰棍的小贩中,有了一个北京大学的高才生。虽然刚开始卖冰棍时,李彦宏还颇为别扭,但很快便进入了一个冰棍小贩的角色,满面尘灰的他在脸上一点儿也看不出斯文和书卷气。不过,李彦宏一点也不在乎这些,做事很专心的他只在乎能不能多卖几根冰棍!

幸运的是,那些天,因叫卖冰棍而变得口干舌燥的他除了赚来一身身汗臭和精疲力竭外,还真发了一笔小财。

随着暑假的渐近结束,李彦宏也提早结束了自己的"冰棍贩子"生涯。这时,李贵富便语重心长地问他:"你这个暑假卖了这些天的冰棍,有何感受?"

"我觉得虽然能挣些小钱,可是这个活儿好累人啊!"

"那你觉得卖冰棍跟读图书情报专业的书相比呢?"

……

这时,李彦宏才明白了父亲叫自己去卖冰棍的良苦用心,这是父亲在

第13章
李彦宏：我与锅炉工父亲

对他进行"冰棍疗法"啊！他心里顿时涌起了一股暖流。因为那些天他也深刻地认识到了，学图书情报专业、当图书管理员怎么也比卖冰棍强！毕竟室内工作天太阳晒不着雨淋不着啊！而且劳动强度也比冰棍贩子轻松多了！

当那个暑假结束又回到北大校园后，李彦宏收到了父亲写给他的一封长长的信，在信中，父亲语重心长地说："……虽然你喜欢计算机专业，可你既然选择了图书情报专业，那么图书情报专业便是你的主业，你即使想学习计算机专业这个副业，也应该首先保证把主业学好再说啊！再说了，即使专业你不喜欢，可怎么说也是北京大学的专业啊！有北京大学的文凭，你走哪儿都吃香……"

这次，李彦宏再没对父亲的建议产生抵触。在他心中，父亲聪明饱学，写得一手好书法，尤其是对古诗、古文的阅读量，即使在李彦宏姐弟们考上大学后，他都时常给他们辅导汉语和古诗、古文方面的知识，他的这个才能在晋东化工厂里没几人能比，可就因为没文凭得不到厂里重用，而沦为一名锅炉工。

从此之后，李彦宏开始重新重视起图书情报专业来，成绩也冲到了班上的前列。在这个基础上，他又利用选修课的机会，去学习计算机专业的课程。

那时的李彦宏并没有意识到，当日后的某一天他成为搜索引擎大佬之时，正是因为他将自己所学的这两个专业结合得如此完美，才创造出了百度。

在选修计算机课后，当他的计算机知识越来越丰富时，李彦宏心里却又迷茫起来：在中国，分配工作是按所学专业分配到对口单位的，自己就算选修的计算机学得再好，可今后哪有用武之地呢？

而就在此时，李彦宏的三姐却从北京大学化学系出国，成了一名去美国公费留学的留学生，这为李彦宏豁然打开了一扇窗子：从小到大，三姐

都是自己的榜样，现在三姐出国了，自己岂能落后？他很快便将自己奋斗目标锁定为出国！因为国内重视文凭和所学专业，国外却并非如此！

李彦宏托福考了600多分，向美国20多个学校寄出了材料，但美国很少有大学开图书馆情报学专业，虽然偶有学校寄来录取通知书，但由于没有奖学金资助，他都放弃了。

1991年，李彦宏从北京大学毕业，准备出国的他拒绝了学校的统一分配。那段时间，等候录取通知书的他很着急：万一自己出国未成，又一毕业便失业，一向爱面子的父亲该怎么面对同事和邻居？

幸运的是，1991年秋，李彦宏终于等到了布法罗纽约州立大学的录取通知书，是计算机专业，有奖学金。既而，他的签证也很快通过了。

父亲的教诲：达则兼济天下

能成为一名留学生，李彦宏有一种腾飞的感觉。但美国并非人间天堂，李彦宏从小到大受到姐姐们的关照，受到父母的宠爱，考上大学后更是天之骄子。现在到美国留学，西式的生活方式与饮食习惯却让他很难适应；更有学习和生活的全部重担压到身上，且还要不时地受到美国人不经意间流露出来的对中国人的轻视……他几曾受过这样的罪啊？因而，刚开始那段时间，李彦宏开始后悔到美国留学了。

当李贵富从儿子的来信中得知了儿子的这种郁闷心情之后，又给他鼓起劲来："……你能到美国留学，家乡父老羡慕不已，怎么能打退堂鼓呢？古人说，'天将降大任于斯人也，必先苦其心志，劳其筋骨，饿其体肤……'这世上哪有一蹴而就的事？只有吃得苦中苦，方能成为人上

第13章
李彦宏：我与锅炉工父亲

人……"李贵富要李彦宏坚持，同时要求他要有"穷则独善其身，达则兼济天下"的心态。

父亲的信给了李彦宏极大的信心，他开始努力进行自我调节。同时，不服输的他暗暗在心里做了一个决定：一定要在互联网行业有一番作为，彻底改变外国人对中国的认识和印象，要用自己掌握的技术来回报祖国，用技术创新来改变祖国在外国人心中的印象。

此后，他白天上课，晚上补习英语，编写程序，经常忙到凌晨两点过后才入睡。

1992年，李彦宏的导师意识到信息检索将会有大的发展，当他得知李彦宏本科学的是图书情报检索后，便让他做信息检索方向的研究。

很快，他便在信息检索技术的研究方面做出了成绩——他将在北大学的图书信息检索跟计算机技术巧妙结合，搞出了一个科研成果，并写成题为《利用信息检索理论解决光学识别问题》的论文在美国电子工程学会会刊上发表。由于该论文有很高的科技含量，李彦宏拿到了美国绿卡。

李彦宏当初赴美留学时，给自己制定的人生奋斗目标也跟三姐一样，是"博士—教授—权威"的学术道路……但自从在读博士期间去一家公司实习之后，他便调整了人生目标，在工程师与科学家两种角色中选择了前者。原因是他发现自己的兴趣不单纯在学术研究上，更在做实用产品上。

于是1994年，李彦宏决定放弃唾手可得的博士学位而去闯荡工业界。对于他的这个想法，一直很器重他、希望他将来当一名科学家的导师虽然很舍不得，但最终还是选择了支持。

然而，当李贵富得知儿子要放弃攻读博士学位后，却坚决反对！理由是国内很看重学位，如果他将来想回国发展，没有博士学位会吃大亏！怕自己说不动儿子，李贵富又让李彦宏的母亲、姐姐们来轮番劝阻他。

父亲的话让李彦宏很犹豫，可这对他来说何尝不是一个艰难的选择呢？他知道像三姐那样读博士、博士后是正路，假如自己拿个硕士文凭便走人，多丢人啊！但他的兴趣不在学术研究方面，他希望学以致用，将研究成果转化为商业价值。

在写给父亲的一封长信中，他解释了放弃考博士学位的理由："我知道，父亲希望我有一个博士学位是对我好，国内唯文凭是重，没有文凭这块敲门砖，就不能进入好单位的门。我也深知父亲满腹经纶却因为没有一纸文凭而憋屈地烧了一辈子锅炉的痛苦。可我觉得，当某一天文凭多到泛滥成灾的时候，具有实际工作能力的人一定会最受欢迎！何况，我虽没有博士文凭，却有硕士文凭，还是北大毕业生……"

思考很久后，李彦宏又一次"叛逆"了，他觉得自己到美国应该学的东西是实际能力，而不是形式上的东西——他最终拿着硕士文凭离开了学校，加入了打工者的行列。

对儿子的"一意孤行"，李贵富虽然生气，但随着时间的推移，他还是渐渐认可了儿子的选择。

之后，李彦宏去了华尔街一家公司工作，为职业炒股人提供金融新闻的实时信息检索，年薪5.4万美元，还有奖金。

但在华尔街干了3年之后，李彦宏意识到华尔街最有前途的是金融家而非计算机天才，而自己热爱的却是计算机，于是他又来到硅谷当时最成功的搜索技术公司INFOSEEK工作。在此，他不仅见识了一个每天支持上千万流量的大型信息系统是怎样工作的，还写成了第二代搜索引擎程序。

而李彦宏在美国成为高级白领的那段时间，为了感恩父母，他特地三次请父母在美国去享福，而且每次都是一待便是一年。

在INFOSEEK公司，李彦宏仍觉得难以实现自己的抱负，他又一次辞职，不过这次他还有一个大胆的决定，那就是放弃国外舒适的生活，回国创业！李彦宏这个决定遭到了母亲和姐妹的极力反对，认为他简直是疯了：好不容易出国、拥有令人羡慕的绿卡和高薪，而且他在美国过上了住别墅、开豪车的生活，从事着自己喜爱的计算机编程工作，为什么放弃这

第13章
李彦宏：我与锅炉工父亲

来之不易、多少人梦寐以求的一切而选择回国呢？

但令李彦宏吃惊的是，这次父亲却力排众议支持他回国！理由是："科学无国界，学者有祖国！报效祖国乃匹夫责任！你愿意回国，我当然支持！"

父亲是一个多么深明大义的人啊！李彦宏很感动。就这样，1999年底，当美国正在爆发互联网泡沫的时候，怀着"科技报国"梦想的他回到了中国，并于2000年凭借120万美元的风险投资创办了百度。

经过艰难打拼，2005年8月，百度在美国纳斯达克成功上市，成为全球资本市场最受关注的上市公司之一，创造了中国概念股的美国神话，首日股价涨幅达354%，是自2000年以来纳斯达克单只涨幅最高的股票。有意思的是，在百度上市时，为了树立中国公司形象，在美国投资人的重重压力之下，李彦宏坚守"中国不打折"的信念，不仅改变中国制造都是便宜货的偏见，还得到了市场的高度认可：上市当天，百度股价从27美元涨到151.12美元；瞬间造就了7个亿万富翁、51个千万富翁、240个百万富翁。而此时，百度员工的平均年龄只有27岁。

风风雨雨一路走来，从最初只有7个人的公司，到今天已经拥有员工1万多人，市值也从当初的120万美元，飙升至2011年4月12日的506.3亿美元，百度成了中国人最常使用的中文网站、全球最大的中文搜索引擎。2012年，《福布斯》又将李彦宏罗列为中国首富。

看到儿子终于实现了自己的抱负，也发达了，此时李贵富又向儿子提起了"醒"，要他保持本色，再次提到"穷则独善其身，达则兼济天下"那句话。

事实上，位卑之时，李彦宏温文尔雅，发达了，依然未改本色：他要求公司员工不要叫他李总，而叫他Robin；在公司餐厅用餐时，去晚了他也跟普通员一样排队等位；他办公室的门永远不会关着，随时欢迎任何一个员工和他沟通；那个陪伴他走过整个创业历程的已经坏了的杯子现在他还在用……

"达则兼济天下！"父亲的提醒时刻在李彦宏的脑海中出现。当他的百度公司做大之后，他便想着如何回报社会：为汶川地震灾区捐款并为之奔走呼吁；在柑橘有虫风波的打击下，为脐橙大县湖北省秭归免费推销，使原本滞销的脐橙销售量比上年同期增长30%以上；为助推四川震后经济的恢复，推广灾区的土特产品，在国内掀起了"轻松购物，支援灾区"的热潮；投入5000万元资金，推动大学生利用互联网，参与到中国乡村信息化建设的实践中，促进其创业和就业……

虽然儿子已是中国新首富，但李贵富朴实依然，他还住着当年单位集资修建的房子。家里装修非常简单，家里也无甚摆设，除了书柜和书，便是李彦宏走到哪儿都忘不了给老人买的特产。

李贵富老人自幼喜欢书法，每天练笔不辍。当笔者采访结束时，来了雅兴的他还找出纸笔，写下一幅书法作品馈赠笔者，内容是："梅花香自苦寒来"，其字飘逸，意韵厚重。

这似乎也从另一方面说明了李彦宏成才的不易。

第14章

何马：父爱是我的成功密码

父爱有时候是和风细雨，让你的心灵得到春天般的润泽；父爱有时候是暴雨雷电，让你浮躁的心得到洗礼。

——题记

> 一部名叫《藏地密码》的书，影视版权转让费突破千万元，创中国小说影视版权转让费天价纪录。开此纪录者，是何方神圣？
>
> 一个名叫何马的非知名作家两度登上中国作家富豪榜，版税收入破千万，作家本人却神龙见首不见尾，谁解其中"密码"？

无异于平地一声惊雷，炸出了一个令人咋舌的纪录！传奇探险畅销小说《藏地密码》自面世以来，不断传出要被拍成电影的消息，2013年4月19日，这一重磅消息被确认：该小说影视版权签约仪式在北京举行，美国梦工厂首席执行官卡森伯格介绍说，届时，梦工厂将与中国国影投资管理有限公司、中国电影集团公司合作，将该小说拍成6部系列电影，力图打造成中国版的《夺宝奇兵》。

《藏地密码》系列书全套10本，共238万字，传奇般地畅销了1000多万册，在斩获无数奖项的同时，也引起了多家影视公司对其影视版权的疯狂争抢，此次影视版权的转让费就不低于千万元，可谓创造了国内小说影视版权转让费的天价。

经常听人说，如今文学不景气，作家们靠创作作品很难养活自己，可是，《藏地密码》这样一部超长篇小说却何以如此受人追捧？它的作者是何方高人？有何超能量，能够凭借一部小说就成为千万富翁？

第14章
何马：父爱是我的成功密码

没人想到，该书作者是一位蛰居四川一座小城的外表木讷的80后青年，他的成功既偶然，也必然。

1
耳濡目染，从听故事到讲故事

荫翳蔽日，豆大的雨点砸得窗玻璃"噗噗"地响，砸得人心里生痛。

一位罹患癌症的中年妇女弥留之际拉着丈夫的手，泪眼婆婆地说："我最放心不下的是儿子，他木讷，文凭又低，又没特长，今后该怎么立业啊？"

丈夫安慰说："你放心吧，我最近发现儿子有文学天赋，我想他在这方面发展的话，一定能够成就一番事业的。"

中年妇女奄奄一息的脸上，顿时浮现出惊喜："真的呀？"

"当然是真的！"丈夫一边说，一边分析起了我国文艺即将复兴的形势。

然而，就在他分析得头头是道的时候，却发现妻子已经面带微笑，安然而逝。

这是2001年10月27日发生的一幕。

这位中年妇女没想到，几年之后，她担心难以立业的儿子不仅两次荣登中国作家富豪榜，还创造了很多人难以企及的神话。

她的这位儿子就是《藏地密码》的作者何马。

当然，何马只是笔名，而非本名。1980年9月16日，何马出生于四川省资中县一个市民家庭，父亲韩华祥是乡镇企业局的干部，母亲何丹娅是一家医院的妇产科医生。因为父母很恩爱，母亲怀上他之后，便讨论起他的名字来。父亲说，要把他们夫妻二人的姓氏用爱连起来，作为孩子的姓名。母亲很吃惊："叫韩爱何？"父亲说："不，叫爱莲。'何'音同'荷'音，荷者，莲也。因而，韩爱何就是韩爱莲，君子爱莲嘛！"于是，何马便有了一个很女性化的名字，叫韩爱莲。

后来，父母又觉得君子当有玉洁之品格，便又将他的名字改为"韩瑷莲"。

何马的父亲是老牌大学生，多才多艺，20岁时便办过画展；何马的母亲生于中医世家，端庄贤淑，饱读诗书。因为传统，父母自然对何马寄予很大的希望，而且非常注意发现和培养他的才能及天赋。

何马的母亲爱美，闲暇之时喜欢莳花种卉，何马看到母亲在花盆里撒下种子后不久，便会长出植物，开出花来，于是有一天，他也在花盆里种了一些"种子"，希望能够有收获。不过，他盼望了很久，他种下的"种子"却没发芽，因为他种下的是一张张纸币——这是他一直舍不得花的压岁钱。

看到不满两岁的儿子这么有趣，母亲忍俊不禁，抚摸着何马的头说："傻儿子，钱是种不活的，钱是要用自己的劳动去挣！等你长大了，学到本事后，你就会挣钱了。"

刚满2岁那年，父亲从电视上学了一招，喜不自禁，便想在儿子身上也试试，于是依葫芦画瓢：把制图纸裁成边长15厘米的小方块，在每个方块上写一个字，然后又弄了一大包夹心饼干，并拿一块饼干给何马吃后，问他好吃不。当何马回答好吃之后，父亲便跟他做起了一个认字游戏：每次三个字，教何马三遍，然后让何马来认，认一个字，就给他一块饼干。

何马大感兴趣，第一次，三个字他一下子就认对了，并如约得到三块饼干。

没等一会，何马又对父亲说："爸，我们来认字。"

父亲对他说，这次要先把前面的字认完后，再教新的三个字，他能认新字后才能得到饼干,这次,他照样没难倒何马。

没几天,何马就将父亲所写的100多个字认完了,于是父亲又给他写了100多个字。何马饶有兴趣,总是不知疲倦地缠着父亲要认字,就这样,他的食品袋里的饼干积了小半袋。

又是几天后,在乡下医院上班的母亲何丹娅回城来,看到他拿着一大包饼干在数,感到很奇怪,当她得知这是丈夫超前教育的结果后,她没好气地对颇有成就感的丈夫说:"你这哪里是在教育自己的儿子?你纯粹是在训练动物!"她解释说:"孩子这么小,你就教他认个字就得块饼干,他今后要学的东西还多,你又拿什么给他呢?"

韩华祥觉得爱人说得很有道理,便从此放弃了他的饼干激励计划。

后来,母亲把教何马认字的方法,改成了讲故事的方法:何马每天睡觉前,母亲都会给他讲故事,一边讲,一边对着小人书教他识字。就这样,在上小学前,何马就把常用的几千字认得差不多了。

从何马两岁时开始,直到十五岁,每年六一儿童节,母亲都送给他一大包书。何马小时候,书是母亲给他选的,当他自己能选书时,母亲便由着他选,只跟着他后面付钱。

这些书并不是送给何马做摆设的,母亲会一页页地给他讲,并在讲故事的同时,给他解答他所提出来的各种问题。母亲这样做,不但教给了何马很多知识,还教给了他做人的道理。

在养育何马的观点上,他的父母也与别的家长迥然不同,基本上采用的是顺"势"培养、因"势"利导的育儿方法:

何马喜欢上了鼓捣家电修理,母亲虽一窍不通,却津津有味地看他操作,并不时给予鼓励;

何马喜欢下棋,从未下过棋的母亲又会买回棋书认真学习,并利用闲暇主动与他"过招"。

读初中时,何马喜欢打电子游戏,父母也不反对。不仅如此,母亲还

会陪他玩到尽兴。

何马喜欢编写故事,母亲就是他的第一个读者,她会认真地读,然后指出故事主题是什么,要怎样围绕主题来写才会更吸引人;每当他编的故事被老师朗读时,母亲也都会对他进行鼓励。

就这样,修理家电培养了何马敢于探索的勇气;下棋练习了他冷静思维的能力;玩电子游戏练就他一双打字的好手;讨论作文主题培养了他对写作的兴趣……

高考前,父亲辅导何马复习,却发现他在编故事。读过他写的东西,老爷子既开心又担心:开心的是发现他很有文学天赋,担心的是这样会影响高考成绩。果然,何马高考成绩不佳,连本科都没考上。考虑到未来的生计,父亲便要求他填志愿时只能选择教师或医生。何马不想当教师,便将所有志愿都填成医学院。就这样,他被一所医学院临床医学系录取了。

正是因为何马只考了个专科,母亲弥留之际才特别牵挂他。

因势利导,激励儿子写出《藏地密码》

大学毕业后,何马想到成都发展,但他文凭太低,找了很长一段时间工作,也未能如愿,没办法,只能铩羽而归,后来,他在资中妇幼保健院找了一个每月只有447元钱的工作。收入虽然少得可怜,但父子俩却很开心,因为这样的环境很宽松,利于何马在编故事方面有所发展。

由于工资太低,父亲叫何马每月交100元生活费,管吃管穿,其余的钱便存起来买电脑。于是何马从2003年元月开始领工资并存钱,存了一年零十个月后,于2004年9月29日,他终于买上了电脑。

第14章
何马：父爱是我的成功密码

有了电脑后，何马在博客中写了一篇寓言：森林中一棵树上，有一个鹰巢，鹰巢里住着三只鹰，两只老的带着一只小的。不幸的是，有一天一只老鹰折翅身亡了，另一只老鹰怕小鹰单飞又折了翅膀，便每有外出就把小鹰的眼睛蒙上，小鹰眼睛看不见，独自在巢里跳来跳去。老鹰没有想到，这巢的外边就是万丈深渊……

其实，何马编写这则寓言，是在绕着圈子发泄对父亲的不满，认为父亲把他管得太紧了。

这篇博文让老爷子哑然而笑，他对何马说："你要觉得我管得太紧的话，那你证明一下你翅膀已经长硬了，能够自由翱翔了。比如说你喜欢写东西，你可以写一部作品奠定你的江湖地位，不就证明了吗？"

何马说："爸，我会的！"

那信心满满的回答，并不令老爷子怀疑，原因是何马从10岁起便喜欢编故事，且所编故事还被同学们传抄。他这样说，只是想在某种程度上刺激或激励何马奋斗而已。

事实上，自买上电脑之后，何马的文思便恣意汪洋。尤其是他在一位网友的推荐之下，当上了"91文学网"没有报酬的兼职编辑后，更是如此。受该网创作氛围的熏染，何马激情万丈，文如泉涌：从2004年10月到2005年8月，在当"91文学网"编辑不到一年的时间里，他写了《反教》《向天诉说》等几十个中短篇小说，开始了他的作家生涯。

虽是初写小说，何马的小说却很有思想，耐人寻味。比如《向天述说》讲了这样一个故事："我"出生在一个探险世家，在"我"幼儿园毕业还没上小学之前，父母安排了一次穿越内蒙古沙漠的旅行。旅行途中，"我们"遇到沙暴，越野汽车报废了，就在"我们"一筹莫展之时，遇到了一只生病的怀孕野骆驼。因为这只野骆驼是"我们"走出沙漠的唯一希望，"我们"治好了它的病，赶走了偷袭它的狼。之后，母骆驼生了一只可爱的小骆驼。"我"骑在母驼的背上，一家人在骆驼的引领下在沙漠中艰难前行，并最终走出了沙漠。然而，就在快要走出沙漠的时候，大人们为了填饱肚子，竟然把对"我们"一家有救命之恩的母骆驼杀了，又把小骆驼卖了换钱……

这是一个发人深省的故事：人类为了自身的生存，杀死野生动物似乎是天经地义的事。真是这样吗？那些大人们平时对"我"的说教是一回事，自己做又是另一回事，令人费解。无以寻找答案，"我"只好无奈地向老天诉说了。

在完成第一篇小说后，何马决定也将它弄上网络发表。关于作者署名的问题，他想过用自己的本名，但又怕熟知自己的人骂他不知天高地厚，打击他的创作积极性，于是便想取一个笔名。可是取个啥名好呢？这时，他想到了自己的母亲，又想到了父亲，决定取名"何马"，意即母亲姓何，而生于1942年的父亲属马，这个名字融会了父母的姓氏和属相。

在完成了几十篇短中篇小说之后，何马便渐渐觉得写短篇已不过瘾了，想创作一部系列长篇小说，并把自己在学生时代写的一堆字纸翻了出来，重新构思新的故事框架。

从2005年7月动笔，到当年12月，仅用了5个月业余时间，何马就完成了一部40多万字的推理小说的初稿，并取名为《魔童》，很快，这部书便被出版商相中后出版了。

为了写出更多更好的故事，何马如饥似渴地学习，他没有放弃任何一次了解中国传统文化的机会，更买来了孔子、孟子、老子的有关书籍认真自学，以补习自己对中国传统文化知识的不足。

那段时间，何马曾写过一部名叫《战獒传说》的超长篇小说，为了写好这部小说，从来没有见过藏獒的他便在网上查阅起了相关资料，

在这个过程中，他不仅查到了与藏獒有关的传说，还查到了与西藏有关的很多传说：西藏魔女图的传说、四方庙的传说、朗达玛的传说、紫麒麟的传说、宁玛古经的传说、大天轮经的传说、香巴拉的传说、帕巴拉神

庙的传说……大大小小一共好几百个。

那时《青藏高原》这首歌很流行："是谁带来远古的呼唤，是谁留下千年的祈盼……"

高亢的歌声如引线，引发了何马的灵感。他想，如果我把西藏的历史当作一根线，将这几百个传说串起来，这不就是一部西藏史诗吗？这就是远古的呼唤，这就是千年的期盼！

何马又想，平铺直叙地讲这样一个好题材，一定没人想看，因而必须编个好故事才行，才不会辜负"远古的呼唤"和"千年的祈盼"。经过一段时间的思索之后，一个极富传奇色彩的故事逐渐成形了。

为了使整个作品更能吸引读者眼球，何马决定将其写成一部文化悬疑探险作品——自己想出去爬山，经济条件又不允许，倒不如来一次纸上的探险，以获得一种心灵上的享受。

要探险，只写西藏显得太单调了，最好把亚马孙也拉进来，还有神秘的玛雅文化。因为玛雅人的 DNA 与蒙古人极其相似，有可能玛雅人是亚洲人的后裔……当何马觉得自己所要的一切都了然于胸之后，便开始动笔了。

自打开始创作，何马的激情便像火山一样喷发，且一发不可收拾。从 2006 年 8 月到 2007 年 1 月，他以令人不可思议的速度一气呵成写了 200 多万字。

《藏地密码》围绕西藏千年隐秘历史展开，悬念迭出，环环相扣，历程惊险跨越全球，文化丰富历史感极强，这部小说包含着深奥的藏地佛经以及天文、地理、生物、医药、军事情报学等方面的知识。

小说发上网络之后，很快便拥有了大量追捧者——小说所描绘的西藏雄奇风光、风俗习惯、隐秘历史、宗教文化及民间传说，对于都市白领来说，充满了致命的吸引力，因而，不读则已，一读便欲罢不能。

3
成长路上,慈祥父亲总是挑刺

因《藏地密码》将西藏文化的神秘与刺激表现得淋漓尽致,小说中所写户外探险又极大地满足了人们日益崇尚的追求极限的精神,想不畅销都难。

以下数据足以说明这部小说的受欢迎程度:

2008年1月15日,《藏地密码》惊现新浪。

5天后,《藏地密码》新浪点击率冲破100万,留言近千条,同时被网友转载到几百个中文论坛上,百度搜索量突增17万次,广大读者将此小说誉为"一部关于西藏的传奇"。

6天后,共和联动、博集天卷、磨铁文化、重庆出版集团等内地50多家出版机构卷入该书的简体版权争夺战。

7天后,台湾20多家出版机构开始白热化争夺该书的繁体版权。

8天后,凤凰卫视、《北京青年报》《南方都市报》《杭州日报》《武汉晚报》《大河报》《新京报》等全国几十家媒体相继报道了《藏地密码》在网络上的迅速蹿红。

1个月后,北京读客图书有限公司携手重庆出版集团击退其他出版商,成功签下《藏地密码》中文简体版权。

仅隔一天,台湾普天出版社以5万美金抢走《藏地密码》繁体版权。

与此同时,企鹅集团等全球知名出版机构,纷纷争夺《藏地密码》的海外版权……

凭借此书,何马分别于2008和2011两次荣登中国作家富豪榜。

不仅如此,《藏地密码》在赢得万千普通读者的狂热追捧外,还赢得

第14章
何马：父爱是我的成功密码

著名作家、茅盾文学奖获得者阿来，鲁迅文学奖获得者晓航以及著名作家荆永鸣等人的强力推荐。

作为一名生长于普通家庭的80后，何马何以能够取得如此巨大的成功？他的成功到底有着怎样的契机？

何马生长于普通家庭不假，但他的成功却在普通之中蕴含着不普通。比如，作为《藏地密码》首位读者的何马的父亲韩华祥，便时时给他挑毛病，促进他成长、成熟。

在《藏地密码》中有一段关于香巴拉环境的描写，何马提到永动机，原文是这样的：

"……打开门，只是启动了它的防御机制，事实上，它一直在工作，否则，你以为笼罩方圆几百公里的雾气，是怎么来的？这些充满智慧的古人，降服了火山，利用火山的核心做动力，制造了一台可以影响方圆几百公里气候环境的大空调，同时，将这个世外桃源彻底地隐藏起来。你们别忘了，这是唐时的技艺，这样的技艺，已经超越了那个时代，有许多科技构想和原理，就是今天的科学家也只能望而兴叹。事实上，这世上，早就有永动机了，而且无处不在……"

韩华祥看了这段后，对何马提出了自己的看法：

"你要打破对机器认识的狭隘观点。首先机器是由动力、传动、做工这三要素组成，不要一说到机器，就是齿轮、轴承什么的。比如说太阳能路灯，它的动力是太阳能，传动部分是导线，做工部分是灯泡。你能说这不是一部机器？"

韩华祥还提出了具体的修改意见：

"古戈巴族人引来融化的雪水，利用火山熔岩制造了大量的蒸汽，制造了一个厚几千米、高几百米的蒸汽幕墙，由于蒸汽幕墙有聚热效应，使香巴拉里面一年四季都温暖如春。古人利用大气环流的原理，造出一个大涡漩，就像飓风风眼一样，把雾气都甩向四周，却给香巴拉留下了一片蓝天。"

何马觉得按父亲这样写，就把香巴拉的氛围写死了，没给读者留下想象空间。

韩华祥说："你不把想象的依据提出来，那就是瞎想。"

何马觉得父亲的建议不无道理，便做了适当修改。

又比如，关于《藏地密码》女一号吕竞男的结局，父子也发生了争执。韩华祥认为这个女一号不该轻易死亡，因为她受伤不重，又一贯坚强。但何马不以为然："那是你作为读者的看法。"

韩华祥说："没有读者，你屁都不是。"

……

经过几次争论，何马在他2010年2月12日的稿子中做了一些修改，既没明说吕竞男死了，也没明说吕竞男还活着，给读者留下一个悬念。

何马的《藏地密码》就是在父亲对他的这种不停挑刺中，变得余味无穷，一步步走向成功的。

虽然老爷子不干涉儿子写作，但却对何马约定了几条必须遵守、且不能触碰的规则：不准有污辱中华民族形象的文字出现在作品里；不准突破中华文化道德底线；必须尊重我国各少数民族的文化风俗及宗教信仰；必须尊重世界各国人民的文化、风俗和信仰。

父爱护航，影视转让开创天价

随着2012年春天的到来，何马父亲的手机也忙碌起来，他必须天天坐在电脑前，用手写板回复电子邮件，因为有几家影视机构同时向《藏地密

第14章
何马：父爱是我的成功密码

码》的影视版权发起了冲刺。

有一天，正在床上养病的老爷子突然接到了一个陌生的电话，打电话者自称是中国国影投资管理有限公司总裁王国伟，他说他已经来到了资中县，住在资中县唯一一家五星级饭店"顺通大酒楼"里，希望与其签订《藏地密码》的转让合同。

何马和父亲连忙赶去，并很快谈妥了影视版权转让合同的内容，转让费竟然高达千万元以上。随着王国伟一句"让我们共同见证中国最贵的一份影视版权转让合同诞生"，签字仪式正式开始。

双方签完合同后，王国伟紧紧握着何马父子的手约定："当《藏地密码》在全球上演时，我们到北京聚会！"

这个真实的故事似乎有些像"天方夜谭"，但这还真不是奇迹，因为就在这两三年里，身为何马经纪人的韩华祥曾与主动联系他的来自英国、美国、新加坡以及中国的众多影视机构打过无数次交道，所谈内容都是《藏地密码》的影视版权转让。

曾经，一个美国人出价一千万美元想买走《藏地密码》的电影改编权，但何马父子没同意；曾经，一个英国人出价一千万英镑想买走《藏地密码》的影视改编权，何马父子也没同意。

一位美国投资基金老总曾说，《藏地密码》是一个聚宝盆，可以用不到10亿美元的投入，赚得超过百亿美元的回报。因为在商人眼里，《藏地密码》就是一个不冒烟的工厂，就是实现发财梦的梦工厂。

但在何马父子眼中，《藏地密码》不过是一种媒介，他们想得更多的，是如何通过《藏地密码》把古老的中华文明、中华文化，以及中华道德观念传到世界各地；他们希望《藏地密码》能成为中国文化向全球输出的载体之一。所以，他们绝不把《藏地密码》的影视版权单纯转让给国外的影视公司，而一定要国内的影视公司和国外的影视公司共同拥有版权。

2013年4月15日，何马和父亲接到邀请，希望他们能出席4月19日

在北京举行的《藏地密码》中美合拍签字仪式,但因何马的父亲刚做了手术,而未能成行。

4月20日,北京的不少媒体报道了4月19日《藏地密码》中美合拍签字仪式这一盛事,读者看到了《藏地密码》掷地有声的拍摄议程:由国影投资公司、中影集团以及美国梦工厂联合拍摄;将拍成系列版中国《夺宝奇兵》;将由中外一流影星共同打造;影片将在世界多个国家采用双语拍摄;拍成之后将在中国和全球同步上映……

就在《藏地密码》的电影拍摄事项启动的同时,其电视连续剧版权也在国影、中影、梦工场这三驾马车的合作体手上开始了剧本的编写,当电影向全球推出后,接着便是数百集电视连续剧向全球推出;继而又是林芝主题公园(如迪士尼乐园那样搞《藏地密码》乐园)等一系列衍生产品的系统开发。

何马有一句座右铭:"希望更多的人读到更好的故事。"因而,在完成《藏地密码》这部铸就他人生华彩第一步的238万字超长篇小说之后,他并没有沾沾自喜、止步于此,而是又开始写起了系列小说《神探韩峰》,该系列小说是中国版希区柯克式的小说,中国的广大读者用他们的热情和忠诚耐心地等待着它的问世。

第15章

"三德子"赵亮：岳父与我的翁婿深情

真正的爱不是说出来的，而是做出来的。

——题记

> 身高只有 1.70 米的他却迎娶了一位身高 1.80 米且比他小 16 岁的模特冠军老婆，令人艳羡；他相貌平平却说话幽默，谈吐睿智，对老婆有撼之不动的魔力，打动美女全凭那一颗金子般的心；两年之间，岳父先患再生障碍性贫血，再得口腔癌，他孝如生父，成为岳父飘摇生命中不倒的大旗。

有一阵子，北京卫视、央视一套等电视台正在热播一部名叫《大家庭》的年代电视连续剧，人们对剧中主演赵亮的演技可谓赞不绝口，但对他在剧中所扮演的张从军一角，却又爱又恨。因为张从军极不靠谱：不仅是吹牛大王，还欺骗最好的朋友，拐走最好朋友的妹妹……

在剧中把这个角色扮演得如此生动逼真，赵亮也是一个如此不靠谱的人吗？非也！

几年前，身高只有 1.70 米的他，却娶了身高 1.80 米的老婆；他其貌不扬，老婆却是模特美女；他是 60 后老男人，老婆却是 80 后小美眉……

一个全国模特大赛冠军，心甘情愿放弃事业，从北京到成都，无怨无悔地追随着他，做他身后的女人，在人们羡慕着赵亮"艳福"的同时，却少有人知道他打动美女那一颗金子般的心；对老婆，他有撼之不动的魔力，对两年间既患再生障碍性贫血又得口腔癌的岳父孝如生父，他是岳父病入膏肓时飘摇生命中不倒的大旗。

第15章 "三德子"赵亮:岳父与我的翁婿深情

1

精明岳父慧眼识佳婿

2003年2月的一天,一个很老套的缘分故事在赵亮和胡敬身上发生了。

那天,在北京拍戏的他陪一个影视圈内的哥们去相亲,结果哥们与要相亲的女孩不来"电",身为相亲配角的他却与那个相亲女孩的闺蜜来了"电",这个女孩便是胡敬。

胡敬这时19岁,吉林省通化市人,11岁那年便到长春艺术学院求学。年龄虽小,但在模特界却大有名气:她17岁那年便获得了北京新丝路全国模特大赛冠军,身高1.8米的她事业正如日中天。

赵亮是个幽默的人,见胡敬腼腆,便调侃说她身上写满了旧社会的痛苦。没想到几句幽默的话,竟让胡敬面如桃花,芳心荡漾,之后,在赵亮半开玩笑半认真的情况下,两人认了兄妹。

5月25日是胡敬的生日,赵亮的哥们觉得胡敬对赵亮不设防,估计他俩有缘分,便撺掇着赵亮给胡敬送一个生日礼物,并建议一定要有玫瑰。

"这个不好吧?"赵亮听了哥们的建议后,有些茫然。胡敬比自己高近10厘米,比自己小16岁,又是自己刚认下的"妹妹",送玫瑰不无异于"癞蛤蟆想吃天鹅肉"吗?

"不试试,你咋知道不行?"哥们说。

想来想去,赵亮有了主意:他去超市给胡敬买了一根黄瓜!胡敬不是模特吗?为了保持身材,经常以黄瓜为食,送黄瓜不正是投其所好吗?但是,他没送玫瑰,而是外加了一枝百合。

见到赵亮所送礼物,一时间众人起哄:这家伙是晚上想吃炒黄瓜吗?

赵亮连忙对胡敬解释说:"黄瓜是保持身材的最好食品,这是四川产的黄瓜,跟北方的黄瓜品种不一样,你要觉得好吃,我明天送你一筐!"心有灵犀,胡敬倍感温馨,甚至眼里涌出了泪花,立即当着众人的面就将那根黄瓜美美地吃了。

此后,在与赵亮接触的过程中,胡敬逐渐认识到赵亮的好:34岁的赵亮虽然长相一般,但风趣可爱,幽默乐观,事业心很强。最令胡敬感动的是赵亮的孝顺:赵亮每次给自己买衣服时,都会忘不了给母亲买一件,他还感慨父亲过世早,不然他也要把父亲打扮得帅气十足。胡敬觉得赵亮是一个难觅的好男人,日积月累,她渐渐爱上了赵亮。

在别人眼里,身高、年龄、相貌差距很大的胡敬和赵亮不怎么般配,但在胡敬看来,身高和年龄都不是问题,只要两情相悦,便可朝朝暮暮。不过,她有点担心父母会反对她与赵亮的爱情。

谁知,当胡敬战战兢兢地将自己恋爱一事告诉父母后,父母却不但没反对,还夸她有眼光。尤其是父亲,更是很欣喜,他的理由只有一条:"百善孝为先!能对母亲这么好的人,一定很善良!"

后来,赵亮得知岳父如此看重自己、欣赏自己时,非常感动。

女婿巧学岳父持家之道

在自己的爱情得到父母支持之后,深爱赵亮的胡敬便完全舍弃了她在北京正蒸蒸日上的演艺事业,追随着赵亮到了对她来说完全陌生的成都,成了站在赵亮身后的人。

第15章 "三德子"赵亮:岳父与我的翁婿深情

赵亮因为出演《康熙微服私访记》《风浪才子纪晓岚》《山城棒棒军》等而出名,并拥有大量"粉丝",但他是一个不满足于已有成就的人。他看到好友张国立"演而优则导"之后,也想过一把导演和制片人的"瘾"。于是,他投资拍摄了一部名叫《非常敢死队》的电视连续剧。

但无奈经验不足,预算不周全,在拍摄过程中,出现了资金链断裂的困局。为了维持剧组的运行,他甚至不惜将自己的房子抵押给银行,从银行贷款用于拍戏。

戏拍完后,又因宣传资金不足,投资没能得到预期的回报,于是追债的人便纷至沓来,最穷时,赵亮的积蓄只有20多块钱。

身处人生低谷,方能看清人情冷暖。那段时日,赵亮不少朋友都远离了他,反倒是那些平时交往不多的人,此时倒显出友情来。

在遭遇人生如此大坎坷时,最令赵亮感动的是,胡敬对他一直不离不弃,总是关心他,抚慰他,与他共度患难,还将自己20多万元的私房钱全都拿给了赵亮。女友小鸟依人、忠贞不贰的做法,时常让赵亮感慨上苍对他的厚爱。

见赵亮情绪低落,胡敬又帮男友分析了原因:"你明明是一名出色的演员,为啥要舍本逐末去当导演,当制片人呢?你如果及时抽身,重新全身心地当一个演员的话,你不仅能很快走出困境,也许还能重新红起来。"

赵亮想想,胡敬说得很在理,他立即调整了方向,重新当起了演员。

那段时间,为了给男友分担一些压力,胡敬也从长远考虑起他们未来的人生:思虑再三,她决定学习法律,成为一名法律工作者!

为了考律师资格证书,胡敬去读了四川大学的法律系。

然而,就在胡敬只有英语四级考试这一门课时,她发现自己怀孕了,于是结婚之事被紧急提到议事日程上来。

2009年3月28日,赵亮与胡敬在成都幸福地举办了婚礼。

婚后,见妻子挺着个大肚子去上学很辛苦,赵亮便建议胡敬先放弃读

书,等孩子出生后再接着读:"你这么累,我怕你把身体拖垮了!"

丈夫的提议让胡敬很纠结:自己从北京到成都,放弃了正风生水起的演艺事业,现在自己想成为律师,只差一步便能拿文凭,此时叫她放弃,她心有不甘啊!

何况影视圈内的婚姻本来就动荡不安,自己放弃一切、孤注一掷地跟着赵亮,万一今后感情生变,自己既没文凭,又无青春,又该如何是好?

在不知何去何从时,胡敬给父亲打了电话。父亲在电话中对她说,有一句名言是:每一个成功的男人背后都有一个女人。如果你希望你老公能够出人头地有出息,那么你就做他背后的女人吧!"我家姑爷是一个靠得住的人,朴实孝顺,心地善良,他一定会珍惜你们的婚姻的,所以,你听咱姑爷的没错!""自信的人任何时候都不愁有光明的日子!再说了,咱姑爷不是心疼你有孕在身,只是叫你暂时休学吗?实际上,是怕你受苦呢!"

想想父亲说得有道理,胡敬便静下心来,暂时中断了学业,开始安心在家养胎。

赵亮虽然从未在妻子面前说一些肉麻的话,但他却一直跟着岳父学习,少说多做,用行动来证明自己对家人的爱。自从他建议妻子暂时不要去上学之后,事业渐渐有了起色的他便将自己所挣之钱全部交给妻子,让妻子支配、保管,每个月按需给他发工资。

胡敬很感动。丈夫对自己这么好,她很开心。但她却不愿当丈夫的"老板",她觉得爱情就如同用手抓沙,抓得越紧,手中的沙子越少。

赵亮像开玩笑又很认真地说:"老婆,你是我的领导,我应该向岳父大人学习,把所挣的钱全都交给你,让你来打理啊!"

见妻子执意不当自己的"老板",赵亮便又生出一个主意:将自己所挣的钱一分为三,自己只占其中一份,妻子和妻子腹中的孩子,各占一份。他觉得这个办法很好,便即刻依计行事。

赵亮的这个做法让胡敬很感动:以往报纸杂志、影视剧中所描写的老

第15章 "三德子"赵亮：岳父与我的翁婿深情

公对老婆好，无非就是买条项链、买颗戒指，还有谁有自己老公这么实在地对老婆好的？

3
女婿拍戏，岳父不忘探班

胡敬最大的愿望是与赵亮纵情山水，浪漫旅游，特别是去国外旅游。自从她与赵亮恋爱开始，就不止一次地向赵亮表达过这个愿望：有机会你要带我去新马泰玩，去普罗旺斯玩，去马尔代夫玩……

然而，胡敬的护照都过期了，赵亮依然没带她出境旅游。面对胡敬的疑惑，赵亮解释说，自己是成都军区战旗文工团的演员，是军人，按规定不能出国。

当然，赵亮并非没有陪胡敬在国内旅游。他曾带着胡敬自驾游了九寨沟、黄龙、泸沽湖、丽江、大理、西安等地。

后来，赵亮从成都战旗文工团退役，与北京一家影视公司签约，没了军人身份的约束，可赵亮仍没带胡敬去国外旅游，这时，胡敬便又有意见了。

这天，当胡敬说起想去泰国旅游时，赵亮说："要不，我送你一个东西，就相当于我陪你一起去旅游了。"说完，他就走了出去。不一会，他抱回一个柚子来送给胡敬。

面对这个礼物，胡敬哭笑不得："这跟去泰国旅游有啥关系呀？"赵亮解释说："这可不是一个普通柚子，而是一个泰国柚子。我陪你去泰国旅游，无非就是去感受一下泰国风光，品尝一下泰国风味。现在我与你吃一个泰国产的柚子，不就体味泰国的风味了吗？这多浪漫啊！"几句话说得

胡敬无言以对。

面对这样的"忽悠",胡敬有时候也抱怨,虽然并非是真抱怨。但赵亮却会适时提示:"要做一个快乐的人,不要做一个抱怨的人。快乐的人能让自己快乐,也能让别人快乐;抱怨则让自己不快乐,也让别人不快乐!"

听了赵亮的话后,胡敬解释说,嫦娥最想去的地方是月宫,可她真去了月宫却并未感到快乐,因为高处不胜寒,而且后羿不在她身边。"吃什么重要吗?不重要!喝什么重要吗?不重要!关键是看和什么人在一起吃喝。去什么地方重要吗?重要!玩什么地方重要吗?重要!最重要的是跟谁一起去那个地方,跟谁一起玩。所以,我最想的是跟你多些时间待在一起,而非一定要你陪我到哪儿旅游。"

胡敬的话让赵亮非常感动,也明白了胡敬总希望他陪她旅游的真实想法。那之后的某一天,他对胡敬说,他不仅可以带她去旅游,还能带着全家人去旅游。

"当真?"胡敬乐坏了。

"君无戏言!"赵亮笑着说:"我决定从现在起,不管我在哪儿拍戏,我都把你带着,只要我有时间,我都陪你在片场附近旅游。"原来赵亮所说的旅游就是让她去探班呀!

"当你以为是旅游时,那就是旅游。当你以为是探班时,那也可叫探班。这要看你有没有一颗幸福的心了。"

于是,从此以后,赵亮但凡在外拍戏,都会把胡敬带在身边,让胡敬名副其实地成为他的"助理",帮他对戏,背台词。而在没拍戏之时,他会带着胡敬旅游外景地附近的风景名胜。

在与胡敬结婚之后,赵亮每次拍戏就不只带胡敬一个人了,还带上了儿子、岳母等人。他总是在片场附近的居民区租一套房子,然后再把妻子、儿子和母亲、岳母等人接来住,同时还搬来锅碗瓢盆和四川的调料。

第15章 "三德子"赵亮：岳父与我的翁婿深情

在拍片的间隙，哪怕只有半天，他也会带着家人去附近旅游。

在影视圈，像赵亮这种在哪儿拍戏便把家"搬"到哪儿的演员，可谓绝无仅有，因而，不少人都夸奖赵亮是一个万里难得挑一的好男人、好儿子、好女婿。

那阵子，赵亮的岳父还没退休，所以每每看到赵亮带着一家人去片场生活时，他都羡慕得不得了，盼望着能够早些退休，一家人住在一起，既享天伦之乐，又能游遍各地名胜古迹。

父亲的羡慕点醒了胡敬：丈夫没陪自己去国外旅游，可这比他陪自己去国外旅游还令人感动，更难能可贵的是：多少演员都会在拍戏时发生绯闻，而赵亮却主动将她和家人带在身边，既"探班"又旅游，这说明他多爱自己啊！他既拍戏挣了钱，又陪着家人旅游了，这多好啊！这样的好男人上哪儿找去？

随着时间的推移，胡敬再也不埋怨丈夫没抽时间陪自己去国外旅游了。相反，她还感激丈夫所创造了这种一家子"探班旅游"的独特形式。

4

岳父罹恶疾，翁婿如父子

2010年6月，赵亮的岳父终于退休了，他非常庆幸自己能够与女儿、女婿以及外孙子天天在一起，安享晚年。

然而，天有不测风云。2011年春节，当一家人其乐融融地在吉林通化过春节时，赵亮岳父却发现自己身体乏力，偶尔还有牙龈出血。

开始时，老人还以为是春节期间食肉过多而上火，就吃了一些下火的药。但几天时间过去，吃的药一点作用也没起，便去通化市第三人民医院

检查,结果发现他不是上火,而是贫血。

谷德庆不相信医生的这个检查结果:贫血?这咋可能呢?这年头,春节期间哪家会少大鱼大肉?还缺营养?

那段时间,赵亮也发现岳父脸色苍白、无精打采,还不时牙龈出血……他建议岳父去医院检查一下,看有啥病没有。

"我去查过了,医生说是贫血。"岳父说,"但我觉得这个检查结果好滑稽,我吃这么好,咋可能贫血呢?"

赵亮也觉得岳父的病不可能是贫血,便坚持要他再去检查一下:"查查血,看看到底是不是贫血。"

于是在赵亮的陪伴下,老人再次来到医院,做了全血细胞计数、网织红细胞计数、血涂片等多项检查。检查结果发现,老人可能得了再生出障碍性贫血。

得知这个结果,赵亮心里一紧,考虑到通化市的医疗条件相对落后,他马上决定将岳父接到成都的医院检查,以确定准确的病症,于是一家人第二天就齐齐飞到成都。但在成都几家医院检查后,结论依然是再生障碍性贫血。

医生说,再生障碍性贫血很有可能转化成白血病,得赶紧治!

几个月前体检时身体还好好的,怎么就突然生病了呢?赵亮不相信岳父能得这个怪病,便又将岳父接到天津中国血液病研究所去诊断。

然而,天津的中国血液研究所诊断结果依然与在成都时诊断的结果一样,期待中的奇迹并未发生。由于当时胡敬已生小孩,护理岳父之事便由岳母和赵亮轮换着干。

确诊之后,便及时对岳父的病进行治疗,几天要输一次血红细胞,一个星期要输一次血小板,还要服用联合抗人胸腺细胞免疫球蛋白以及环孢素。由于天津中国血液研究所的病人很多,透析、输血、输血小板都要排队,家人护理和住宿都很麻烦。所以,在给岳父治疗了一个多月后,赵亮

第15章 "三德子"赵亮：岳父与我的翁婿深情

又将岳父接回成都，在成都军区总医院继续治疗。

自从岳父被查出得了再生障碍性贫血之后，在通化、成都和天津飞来飞去地治疗，赵亮不仅尽可能多地陪伴和护理岳父，而且治疗费就像流水般"哗哗"地用，所花费的钱全都是赵亮所挣的属于自己那三分之一。看到赵亮对自己父亲这么孝顺，胡敬很感动。

胡敬问赵亮："你怎么对我父亲这么好啊？"赵亮回答说："他是你的父亲，就是我的父亲！你对他好，我就会对他好！"

"可是他并不是我的亲生父亲啊！"

"你告诉过我，他比你亲生父亲对你还要好一百倍，而且对你母亲和你姥姥都非常好，所以，我理所应当要孝顺他！"

赵亮的回答，让胡敬感动得眼泪都落了出来。

原来，赵亮的岳父名叫谷德庆，是胡敬的继父。谷德庆对胡敬一直视如己出。胡敬忘不了自己11岁离家去长春求学之后，继父总是每月都会开车带上母亲，从通化赶往长春去看她，总是在生活费外还塞钱给她花，一塞就是好几千元，理由是"穷养儿，富养女"，还说只要她想要什么，他一定全力满足她……因而在胡敬的心中，谷德庆比生父还亲。

虽然丈夫从未在自己面前说过一声"我爱你"，但丈夫对父亲这么好，胡敬深深地感到，这是丈夫爱她的表现！

5

她是岳父生命不倒的旗

赵亮把谷德庆接到成都继续治疗之后，谷德庆的病情渐渐好转，自身的造血功能也渐渐恢复，一家人紧绷的心弦终于松弛了下来。

2012年春节到来之时，赵亮刚好拍完电视连续剧《大家庭》，处于休整期，于是，他再次拖家带口带着一家子回到胡敬的娘家过春节。

然而春节期间，谷德庆左脸又生出包块，吃饭时很痛。去医院一检查，结果显示，那个包块不是上火的原因，而是个恶性肿瘤。

为了进一步确诊，赵亮又带着岳父及一家子飞往成都，前往成都的医院就诊。

4月7日，成都军区总医院检查结果显示：谷德庆口腔里那个包块，是口腔癌！

口腔癌是发生在口腔里的恶性肿瘤之总称，包括唇癌、牙龈癌、舌癌、软硬腭癌等，是发生于颜面部皮肤黏膜的恶性肿瘤。

医生告诉赵亮说，谷德庆的口腔癌很严重，必须尽快做手术，并在术后行放射治疗，否则可能扩散，危及生命。

这个结果让赵亮心如刀绞，但怕岳父知道真实病情后受打击，只能掩泪装欢。同时，他还对妻子和岳母隐瞒，怕有高血压的岳母知道岳父的病情后发生意外；也怕性子急躁的妻子得知父亲的病情后会着急上火。

由于谷德庆有再生障碍性贫血，医生担心做手术时他失血过多到时血库的血供应不上，而有生命危险，赵亮又找了10个跟岳父的血型一样，都是A型血的朋友到手术现场，以备岳父在手术过程中需要输血时，让他们及时地给岳父输血。

手术定于2012年5月8日，手术前需要患者配偶签字。直到这时，赵亮的岳母肖玉霞才得知丈夫真实的病情。也是到了此时，她才知道女婿一直独自担当着丈夫真实病情的压力。

手术开始了：医生将谷德庆的左下巴骨头剧掉，把牙龈敲掉，把10多个淋巴全都取掉……一般的病人做这个手术只需3个小时便可完成，但谷德庆这个手术做了11个小时，可见病情之重。

术后，虽骨头归位，但谷德庆的脸却完全变形了。当他发现自己的术

第15章 "三德子"赵亮：岳父与我的翁婿深情

后相貌时，禁不住老泪纵横。见此，赵亮笑着安慰说："爸，良性肿瘤已经摘除了，应该开心才是，哭啥呢？"

"我不是为自己的病流泪，而是为有你这样的好女婿，有胡敬这样的好女儿流泪。"是啊，有这么孝顺的女儿女婿，医药费也全是女婿出，他能不感激吗？

为了照顾岳父，那段时间赵亮推掉了好几部戏，全身心地为岳父的病奔波，又当护工又当车夫，还当厨师，累得够呛。

丈夫对父亲这么好，胡敬再一次庆幸自己嫁给了这么好的一个丈夫。

一个月后，谷德庆做过手术的脸部创口结痂，按计划，医生又对其面部进行局部放疗。这时，他才知自己得了口腔癌。

"姑爷，你比我亲儿子对我还好，我该怎样报答你啊？"得知自己真实病情那一刻，谷德庆哭了："我这种病是绝症，治不好的，我不想治了！我不能再拖累你，再将你辛辛苦苦挣的钱像流水般地花掉！"

"爸，请您千万不要这样说！身为儿女，我哪怕穷得只能卖房，也一定要给您治病！"赵亮一边说着，一边用纸巾给岳父擦眼泪，以及从岳父那做过手术后难以闭合的嘴里流出的口水。

赵亮的话让谷德庆哭得更凶了。

几个月后，谷德庆的病情开始稳定，这时，赵亮又重新投入到了紧张的拍戏之中：岳父的病情需靠药物维持，而所谓的药物维持就是靠钱来维持！妻子又没工作，儿子只有两岁多……上有老下有小，他得拼命挣钱！

见丈夫经常累得脸青面黑的样子，胡敬非常心疼。多少时候，她都想对丈夫表面自己的爱与感激，可丈夫往往回家后都累得倒头便睡。有一天，她流着泪给丈夫写了一封情书，表达自己对丈夫的关心和深爱：

"……虽然你不曾向我求婚，但却给了我一个难忘的婚礼，我觉得自己很幸福。

虽然你没有高大而英俊的身体和相貌，可你有颗真诚的心，一颗能包

容我坏脾气和任性的心，所以我对你的要求十分苛刻，请你爱惜自己的身体，少用酒精伤害它。因为它是属于我与儿子的！它所承担的责任是那么多那么重。即使有一天，我们生活没有现在这样好了，我只要你平安健康，我也愿用我仅有的力量去撑起家的重量，尽管我的力量是那样薄弱。

我不需要你赚很多钱，我需要的其实很少，所以请减少你的应酬，多陪陪我和儿子。

我知道我不算漂亮，也不够聪明，有很多缺点，脾气也不好，有时候很固执……但请不要嫌弃我，希望你能够抱抱我，鼓励我，我会很开心的。

我会尽量改变自己，让自己成为你心中所需要的妻子。你朋友多，应酬多，但希望你在晚归时可以给我打个电话，因为我会不眠地一直等你回家。而你在外工作时，也一定要给我打个电话，报个平安，让我忐忑的心能够放下，因为我爱你，所以我在乎你的安危。

到了今天，我才知道，你不仅是我与儿子心中的大树，更是我父亲飘摇生命中不倒的大旗……"

读过这封信后，从来羞于对妻子说"我爱你"的赵亮还是在自己心中漾起了感动的涟漪，默默地说："老婆，我爱你！"

那之后，当电视连续剧《大家庭》在北京卫视等电视台播出，观众对赵亮所扮演的一个很不靠谱的暴发户张从军既恨又爱，对其演技纷纷给予好评。

这一刻，只有坐在电视机前的谷德庆以及妻子、女儿才最真切地感受到，生活中的赵亮是多么靠谱、多么好的一个人！

结 语
父爱浩荡，生命粲然

结语：父爱浩荡，生命粲然

悠扬婉转，动心动情。

一泓深沉的名人父爱，撩拨积满尘灰的心灵琴瑟。

如歌如诉的文字，能净化人的心灵。

父爱总是厚重如山，又煦暖如春，芬芳怡人。

有这样一个广为传诵的父子情故事，同样令人唏嘘：

在一个春寒料峭的黄昏，一家牛肉面店里来了一对特别的父子俩。

说他们特别，是因为父子俩衣着朴素到了十分寒酸的程度，而且父亲还是一名盲人。男孩十七八岁，看上去像一个中学生。男孩小心翼翼地将父亲搀扶进店后，大声地对服务员说："请来两碗牛肉面！"

服务员正要开票，已经匆匆安顿好父亲的男孩却又朝服务员又是挤眼又是摇手。服务员诧异地看着男孩，男孩却走了过来，歉意地笑了笑，然后用手指指服务员身后墙上贴着的价目表，轻声地告诉服务员："我们只要一碗牛肉面，另一碗是葱油面。"

服务员先是一怔，继而面容淡然，因为顾客所点餐食在传回内厨之前，都是可以变更的。

厨房很快就端出来两碗热气腾腾的面。男孩把那碗牛肉面移到父亲面

前,开心地招呼着:"爸,面来了,慢慢吃,小心烫着。"而他自己却将那碗清汤面放在了自己面前。

这实际上是一幕司空见惯的餐厅风景,无论价格稍贵的牛肉面还是价格相对便宜的葱油面,吃什么并不能说明什么,无非是"萝卜白菜,各有所爱"。

然而,接下来的场景就有些非同一般了。

那位盲人父亲并不着急着吃面,只是摸摸索索地用筷子在碗里探来探去,好不容易夹住了一块牛肉,就忙不迭地把那片肉往儿子碗里夹。

"吃,你多吃点儿,吃饱了好好念书。快高考了,考上大学,将来做个对社会有用的人。"老人慈祥地说,一双眼睛虽失明无神,满脸的皱纹却布满温和的笑意。

让服务员奇怪的是,那个男孩并不阻止父亲的行为,而是默不作声地接受了父亲夹来的牛肉片,然后再悄无声息地把牛肉片又夹回父亲碗中。

周而复始,那父亲碗中的牛肉片似乎永远也夹不完。

"这个饭店真厚道,面条里有这么多牛肉片。"父亲感叹着。一旁的服务员不由一阵汗颜,那只是几片屈指可数又薄如蝉翼的肉啊。

做儿子的这时赶紧接话:"爸,您快吃吧,我的碗里都装不下了。"

"好,好,你快吃,这牛肉面其实挺实惠的。"

父子俩的行为和对话把服务员和父子俩所坐桌子附近的顾客都感动了,有的人甚至抹起了眼泪:男孩大声叫两碗牛肉面是说给他父亲听的,为了节约钱,他向父亲盲人父亲撒了谎。

但谁也没有揭穿这个毫无遮掩,却又能暖化已经近乎化石的情感的谎言。

不一会儿,目睹了这一幕的饭店老板亲自端来一盘干切牛肉,放在了那对父子的面前。

男孩抬起头来,奇怪地看着饭店老板:"老板,您放错了吧?我们没

结 语
父爱浩荡，生命粲然

要牛肉。"因为他们旁边并无其他顾客。

老板微笑着说："没错，今天是我们开业年庆，这盘牛肉是赠送的。"

男孩笑笑，不再提问。他又夹了几片牛肉放入父亲的碗中，然后，把剩下的装入了一个塑料袋中。

人们就这样静静地看着他们父子吃完，然后再目送他们出门。

慈祥之花怒放，孝爱的青果孕育。

"百善孝为先"。孝顺的人都善良，善良的人往往都是有孝心的人，往往都会坚守"老吾老以及人之老，幼吾幼以及人之幼"的处世信条。

哈杰·厄斯金心地善良、英俊潇洒，但他却不太聪明，还是个穷光蛋。

有一天，他不可救药地爱上了退役陆军上校的女儿劳拉·默顿。他俩非常般配，当然，他俩都没有钱。上校虽然喜欢哈杰，但不同意他俩结婚。

"孩子，当你拥有一万英镑的时候，你再来找我。那时，我们再谈这件事。"上校这样说。可怜的哈杰，简直窘迫透了！

一天早上，哈杰要去见劳拉，途中顺便拜访了画家朋友艾伦·特拉弗。

哈杰进屋时，特拉弗正在完成一幅和真人一样大小的乞丐画像，做模特的乞丐站在屋子角落的一个平台上。乞丐很老，弓腰驼背，满脸皱纹，一副可怜巴巴的样子，一件又破又脏的棕色大衣斜搭在肩上，笨重的靴子满是补丁。乞丐一手挂着根粗糙的木棍，一手伸出帽子做讨钱状。

"可怜的老头！"哈杰说，"他的表情多么哀伤啊！他给你做模特能挣多少钱？"

"一个钟头十便士。"

不一会儿，有人进来告诉特拉弗说，做画框的人想和特拉弗谈一谈。

"哈杰，我一会儿就回来。"特拉弗说着就走出屋去。

老乞丐在身后的一个木凳子上坐了下来。看到他如此孤独忧伤，哈杰动了恻隐之心，他想帮助老乞丐，可自己身上也仅有一镑金币了。

"也许，他比我更需要这一镑金币。"最终，他将金币塞进了乞丐手中。

"谢谢，先生！"老乞丐得到这枚金币，非常感激。

这时，特拉弗回来了。哈杰说了声再见就离开了，虽然因缺钱而烦恼，但他却为自己的善良之举而开心。

传说，这是爱尔兰著名作家、诗人、剧作家、英国唯美主义艺术运动的倡导者奥斯卡·王尔德根据自己的经历写的一篇名叫《乞丐》的文章。

这篇文章虽然被世界各地的读者当作小说来读，却依然感动了很多人。国内出版的《世界微型小说名家名作百年经典》一书中，也收录了此篇文章，而且是首篇。

哈杰·厄斯金的善良之举，是父爱之因在社会结出的孝爱硕果。

哈杰·厄斯金自己也没想到，他无意之间的善举，给他带来了意想不到的回报：

第二天早晨，哈杰正在吃早饭时，有一位老绅士送来一封封了口的信，并谦恭地对他说："哈杰先生，我是豪斯伯格男爵的信使，这封信是他让我转给你的亲笔信。"

"豪斯伯格男爵给我的信？"哈杰听了来人的介绍，很吃惊。

要知道，豪斯伯格男爵是欧洲最大的富豪之一，即使买下整个伦敦城，他也不会缺钱花。他在每个国家的首都都有一所住房，他吃饭用的餐具都是金子做的，只要他愿意，就完全能够阻止任何国家卷入战争。哈杰

结语
父爱浩荡，生命粲然

知道豪斯伯格男爵，可是男爵怎么认识他呢？还派人给他送信？并还是亲笔信？

"是的，是豪斯伯格男爵派我给你送的信。信已送到，我告辞了。"信使说完，便微笑着离开了。

看着信使离开的背影，哈杰更加困惑了。他立即拆开了手中的那封信。

只见信笺上写着："给哈杰·厄斯金和劳拉·默顿的结婚礼物——一名老乞丐敬上。"

信封里除了装有雅致的信笺之外，还有一张一万英镑的支票……

前面所讲的那个盲人父亲与中学生男孩的故事，也是如此，他们之间的父子情也延伸和感化着世人。

令人没有想到的是，当父子俩微笑着走出那家饭店之后，当服务员收碗时，却突然轻声地叫了起来。原来那男孩的碗下，还压着几张纸币，价格正好是饭店价目表上一盘干切牛肉的价钱。

此情此景，让饭店老板和服务员们惊讶得都说不出话来，但却心潮起伏，巨浪滔天。

父爱如春风，能融化冷酷的冰凌；
是风雨人生中时时绽放的最美的风景。
父爱是航灯，是天下永不沉落的太阳；
是涌泉之恩后连滴水相报也不奢求的付出；
更是社会起伏跌宕汪洋中迎风破浪不沉的方舟。
人心都是肉长的，无论你是穷人，还是富翁。
父爱挚诚，也往往向社会延伸。

有一位扎根贫瘠大山的青年老师,为了让孩子们有书读,他的人生貌似甜蜜的可乐瓶,但里面却藏着苦涩而动人的故事;他罹患肾衰竭,不仅引发了学生们的爱心大激荡,他寂寞的奉献还感动了中宣部;当他通过换肾而拥有了第二次生命时,他又成立了中国爱心联盟,关爱更多的穷孩子……

他就是全国道德模范、重庆市彭水县的山村教师豆洪波。

豆洪波的故事很感人,但采访豆洪波的过程,却如同豆洪波被身上的疾病折磨一样,一点诗意也没有,甚至可以说满眼是泪。

但就是这样一次普普通通的采访,也凝聚了父亲对我的牵挂和从不言表的爱。

事实上,父爱的荫蔽既存在于子女的生活之中,也无声地陪伴着子女的成长,伴随在子女的工作之中,并向社会外延。

还记得那是 2007 年 2 月 16 日,新年将至,第二天就是除夕。身为一名作家型的记者,一年到头都在全国各地奔波,没办法照顾年过七旬的父亲,本想借春节之机将父亲接到身边享几天清福,但就在这天上午 10 时许,我刚把父亲从老家乡下接来成都,便被一条重量级新闻打动了:关于山村教师豆洪波的新闻。我当即决定前往重庆采访豆洪波!

采访是孤独的,春节是热闹的。

"明天就是除夕了,你还要出差啊?"

听说我决定马上动身去重庆,父亲诧异地问,言下之意显而易见:"你怎么早不出差,晚不出差,我刚来成都你就要出差?你这样做是不是不欢迎我?"

当然,父亲的问话中,更有对我航灯般明亮却又柔软的关心。

但眼里写满落寞的父亲也被这条新闻感动了:"这样的好老师,应该好好宣传!你去采访吧,我支持你!"

父亲的理解与支持让我开心,但我却对他心存愧疚:一直生活在农村

结　语
父爱浩荡，生命粲然

的父亲只会用柴禾做饭，身为单身汉的我出差后，他便连饭也吃不上，如何是好？想来想去，我便拿了些钱给父亲，让他一日三餐去外面饭馆吃。

时逢春运，去重庆的旅客人山人海，我排了两个小时的队也没上去车，只好花600元钱包了一辆出租车，直奔重庆而去。

下午5时许，到重庆后，又花钱包了一辆车去彭水县。待我赶到彭水县城时，已是深夜9时许了。

灯火阑珊的当晚，我草草地找了一家旅馆住下。

思念与牵挂穿过纷繁的春节气氛，不时敲打着我的心门，在我的脑海里奔驰。短暂而又清冷的夜，我在生疏僻远的他乡，在一个斑驳破旧的房间，盖着脏兮兮且有着几分潮湿和浊气的被子，勉强睡了一个囫囵觉。

第二天晨曦刚现，天色熹微，我又如一只早更鸟，穿衣、洗漱、退房，紧锣密鼓，匆忙赶往此次行程的重要站点——彭水县桑柘镇。

桑柘镇虽山高瘠贫，但这里一样被浓郁的春节气氛所包围，人们辛劳了一年的脸上，绽放着年节的欢愉。

"独在异乡为异客，每逢佳节倍思亲"，我却无心也无暇欣赏这大同小异的山城春节景致，更刻意将思念和渴望抛在脑后，脚步踽踽，无牵无挂。

我在晨光未朗、人流稀疏的大街上，操着陌生的语言，经过讨价还价之后，又租了一辆浑身扑满泥土、粗喘似老牛的"摩的"，如大海行船般在崎岖山路上摇来摆去，心惊胆战地赶往崇山之中的鹿青村。

离成都的距离越来越远了，置身于喧嚣浓郁但此时却与我毫无关系的春节喜庆里，我的心却惴惴不安，既担心老父在成都是否安好，又担心此次采访能否圆满完成。

彭水县地处武陵山区，位于乌江中下游，这里山高谷深，地势险峻，自然条件十分恶劣，跃入眼帘的是一览无余、刺痛人心的荒凉和贫瘠。千百年来，居住在这里的苗、汉、土家、仡佬、布依等少数民族食不果腹，

敝衣褴褛。改革开放后,虽然人们的温饱问题渐渐得到了解决,但贫困的经济状况依然没得到多大改善,这一点从人们的穿着就能看得出来。

桑柘镇是彭水县最穷的镇。倘是在这里短暂停留,也许会觉得这里挺美,因为桑柘镇有独特的自然景观:蜿蜒曲折,绵延3公里的神龙峡谷,谷内流泉飞瀑、青树翠蔓、蒙络摇缀,还有绝崖耸峙、雾气蒸腾、幽险瑰丽的壮丽景观;除了览不胜览的美景之外,峡谷内还有15个溶洞,每个溶洞都鬼斧神工,地球亘古的伤痕,人间绝妙的仙境,皆集于此。据"摩的"司机讲,登上桑柘的高山之巅,可观看云海日出,览众山姿态,令人恍若神仙。

"摩的"顺着崇山峻岭间近乎凌空开出的山道摇曳前行,我的身体随着山路的坎坷而不时被摩托车颠上跌下。蹦跳的心,也随之七上八下。

坐在一路沉重喘息着奔向目的地的"摩的"之上,我觉得自己像一只坐在风雨飘摇鸟巢里的无助的鸟,既感安宁,又感惊恐。

我的目光,一直被这座陌生且冷峻的大山牵引。然而,当我带着翩飞的思绪,行进在这座以草木为衣、以云水养颜的大山面前时,我发现尘世里的许多东西原来都是多余的。正如眼前的山,只要有草木有云水,就能在天缺一角的太虚里,自然地活着,就能让所有灵犀的目光,不论落在哪里,都能读出许多美好的东西来。

我当然明白自己此行跋山涉水、迢迢而来的目的,也能掂量出自己此行肩上的重任。

鹿青村到了,最显著的标志便是几间破败的教室,像风烛残年的老人,艰难地站在那里,在寒风中瑟瑟地抖索着,似乎时刻都有崩塌的可能。教室前面挂着一块破旧的木牌,上面写着"鹿青村小学"。

校舍孤独空寂地伫立在村头。由于正在放寒假,视线穿过淅沥的雨雪,已找寻不到人迹。

学校无人,我便朝着炊烟袅袅之处走去,最后终于找到了鹿青村的王

结　语

父爱浩荡，生命粲然

村长，诚恳地说明来意。

除夕这天还有记者前来僻远薄瘠的大山里采访，村长很感动，憨憨的笑容倾泄着一尘不染、澄泽透明的好客，凛冽的寒风中被冻得红红的脸，灿烂得就像一颗微笑却迎风傲雪的红枣。

得知我的大致采访内容后，村长当即给我介绍了豆洪波任班主任的班上的一些学生：彭卫红、周建国、任小勇……他像之前与我有预约般地默契和热忱，并顶风冒雪，带着我一家家上门采访，山民的质朴在冰雪寒天里闪着光，透过我几乎与天气一样寒冷的皮肤，温暖着我的内心。

山路蜿蜒，爬坡下坎，翻山越岭，跨沟越涧……

在村长的引导下，我见到了一个又一个孩子，豆洪波老师的一个又一个学生。

就在我好奇地打量着这一个又一个孩子的时候，孩子们清亮的目光也正无邪地穿过令人恻隐的贫穷，好奇地打量我，他们或害羞、或局促地告诉我，他们所看到的、所经历的与豆洪波老师有关的感人故事。

在鹿青村采访完后，我又马不停蹄往彭水县城赶，之后又坐出租车往重庆赶——我得在大年初一去医院采访了病床上的豆洪波老师。

2007年2月17日下午5时许，我赶到了重庆医科大学附属第二医院采访了病床上的豆洪波。

采访结束，我翻遍衣袋，掏出除了车费外的500多元钱，全都送给了豆洪波的父亲豆兴伦，希望以此给豆洪波奉献一点微薄的爱心，让我感动唏嘘的心多一丝慰藉。

之后，当我再次心急火燎地翻山越岭赶回家时，一路原本醉人的风景全都在春节的热烈氛围和我的归心似箭里变得寡淡、索然，再也没有任何眷恋。

回到成都，已是正月初一深夜了。冷寂的街上，行人几无，昏暗的路灯无精打采地发着光，如鬼影幢幢。

　　在寒气逼人的夜晚,穿越磅礴的清冷归来,在别人春节的欢悦里,我心里竟有一种想落泪的冲动。

　　轻轻地将钥匙插进锁孔,轻轻转动,怕惊醒夜的沉睡,惊醒为我担惊受怕、疲惫入眠的父亲,也怕心中的愧疚与落寞过度泛滥。

　　打开门,打开廊灯,蹑手蹑脚,一边走,一边用嘴对着冻得麻木的手轻轻哈着气,一边猜想着父亲这几日里过得是否好。

　　冷冷的夜,可有温馨的暖?

　　我心里对之写满愧意的老父亲,他此刻可安好?是否已经睡下?

　　寒气致极之时,暖意已悄然暗生。

　　"你回来了?采访还顺利吧?"

　　一个半梦半醒的声音慈祥地从父亲的卧室里传来。浑浊,亲切,温暖。

　　犹如春风,拂出我心中的阴霾和冬夜的寒冷;又如春雨,淋湿我的眼眶和情感的心田。

　　"嗯,爸,这么晚了,您怎么还没睡着啊?"

　　"老年人瞌睡少,所以还没睡着呢。"

　　父亲的解释虽然听上去似有道理,但我知道,他时时都在盼着能听到我开门归家的声音。

　　说话间,父亲已经抖抖索索地从被窝里爬出来,一边穿衣服,一边高兴地接过我的行李:"吃饭了没有?饮水机里有开水,我给你泡一碗方便面吃吧?"

　　说着,父亲蹒跚着忙碌起来。

　　原来,父亲为了给我节约钱,并没去饭馆吃饭,而是去买了一箱方便面,用饮水机里的开水泡着吃了几天。

　　看到父亲忙碌而又亲切的身影,我的眼泪悄悄地落了下来:这可是过年啊!我将鳏居二十多年的他从乡下接来,原本是想让他吃几顿好饭菜

结　语
父爱浩荡，生命粲然

的，可他却吃了几天的方便面……

这次采访豆洪波后，我一直与之保持联系，并时时补充采访内容。豆洪波的故事感动了很多人，他也因此而获得了中华慈善奖。

豆洪波的故事被记录在我的另一本名叫《感动孩子的真爱故事》的作品中。

一个人执着的奉献是寂寞的，但寂寞且执着的奉献却换来了众志成城的感动！幸运的是，当凝聚着我心血和父亲默默支持与关爱的文章发表之后，立即在广大读者中引起了强烈的反响，这个恩恩相报的爱心故事，这个和谐社会一个大"爱"的缩影，感动了很多人！很多读者告诉我说，他们在读到这个故事时，内心都如春雨潇潇，脸上更是热泪横流。还有不少读者纷纷给豆洪波和他的中国爱心联盟捐款。

在我们的生活中，多少父爱故事，是那么轰轰烈烈。

更多的父爱故事，在我们的生活中，却又平淡无奇。

父爱，总是润物无声。

生活中，有父爱，人生定粲然。

生命中，无孝爱，灵魂必枯焦。